Frank Esser

Totenhändler

Der Autor:

Frank Esser, Jahrgang 1974, absolvierte nach dem Abitur eine Ausbildung zum Industriekaufmann und arbeitet seitdem in der Musikbranche. Er lebt in der Nähe von Aachen. Seine Liebe zu Krimis inspirierte ihn, seinen ersten Regionalkrimi zu schreiben, der in der Kaiserstadt spielt und 2017 veröffentlicht wurde. Mittlerweile veröffentlichte er neben seiner Aachen-Krimi-Reihe weitere Thriller und Krimis. Seit neuestem darf er sich stolzes Mitglied der Empire-Verlag-Familie nennen.

Frank Esser

Totenhändler

Krimi

Jana Brinkhorst ermittelt: Fall 4

Bibliografische Information der Deutschen Nationalbibliothek:
Die Deutsche Nationalbibliothek verzeichnet diese Publikation in der Deutschen Nationalbibliografie; detaillierte bibliografische Daten sind im Internet über http://dnb.d-nb.de abrufbar.

Empire-Verlag OG, Lofer 416, 5090 Lofer

Lektorat: Christine Weber – https://www.textomio.de
Korrektorat: Heidemarie Rabe

Cover: Chris Gilcher
https://buchcoverdesign.de/
Illustrationen: Adobe Stock ID 685106775

Buchsatz: Catherine Strefford
www.catherine-strefford.de

Bestellung und Vertrieb: Nova MD GmbH, Vachendorf

Prolog

»Fick dich, du blödes Arschloch.«

Patricia Lambrecht öffnete die Autotür und knallte sie wutentbrannt wieder zu, nachdem sie ausgestiegen war. Die ersten Tränen bahnten sich ihren Weg, aber sie wollte auf keinen Fall, dass Lars sie weinen sah. Tränen waren ein Zeichen von Schwäche, doch sie war eine starke Frau. Jedenfalls redete sie sich das ein, denn im Grunde fühlte sie sich gerade hundeelend. Mit dem Handrücken wischte sie sich die Tropfen aus dem Gesicht, klemmte die widerspenstige dunkelbraune Haarsträhne hinters Ohr, drehte sich ruckartig um und streckte ihrem zukünftigen Ex-Freund den ausgestreckten Mittelfinger entgegen. Was bildete sich dieses Schwein eigentlich ein? Dass sie ihm den Seitensprung mit dieser eingebildeten Zicke aus dem Englischkurs einfach so verzieh? Diese blöde Schnepfe hatte sie ohnehin noch nie ausstehen können.

»Es war doch nur das eine Mal«, äffte sie ihn nach, als sie wieder losmarschierte. Kurz darauf ertönte ein Hupkonzert, offenbar war die Ampel an der Kreuzung mittlerweile auf Grün gesprungen. Dann hörte sie einen Motor aufheulen. Lars hatte sich den ungeduldigen Autofahrern gebeugt und war losgefahren. Zum Glück, dachte sie erleichtert. Hätte gerade noch gefehlt, dass er ihr nachlief – darauf legte sie nun wahrlich keinen Wert.

Das vermeintliche Traumpaar *Patricia und Lars* war von nun an Geschichte.

Während sie deprimiert die Straße entlangging, wurde ihr klar, dass sie keinen blassen Schimmer hatte, wo sie sich hier überhaupt befand. Erst vor einem halben Jahr war sie des Studiums wegen nach Hamburg gezogen, sie kannte sich so gut wie gar nicht in der Hansestadt aus. Gleich in der zweiten Woche hatte sie Lars auf einer Studentenparty kennengelernt und sich Hals über Kopf in ihn verliebt. Viel gesehen hatte sie seither nicht von Hamburg. Entweder war sie an der Uni, verbrachte so viel Zeit wie möglich mit Lars oder steckte die Nase in die Bücher. Sie zückte das Handy und ließ sich mithilfe von Google Maps ihren Standort anzeigen, um zur nächsten U-Bahn-Haltestelle zu gelangen. Der kleine rote Punkt hatte ihr gerade den eigenen Aufenthaltsort verraten, als das Display plötzlich schwarz wurde.

»Fuck«, fluchte sie leise vor sich hin. Sie hatte vorhin vergessen, das Handy aufzuladen.

Passanten waren keine zu sehen. Hatte sie nicht einen Friseursalon in der Nähe der Ampel gesehen, an der sie aus dem Wagen gesprungen war, nachdem er ihr den Seitensprung gestanden hatte? Dort würde man sie ganz bestimmt telefonieren lassen. Sie machte auf dem Absatz kehrt und marschierte wieder zurück in die Richtung, aus der sie gekommen war.

Genau in dem Moment erkannte sie aus dem Augenwinkel, dass ein Lieferwagen aus einer nahe gelegenen Parklücke schoss und neben ihr stoppte. Die seitliche

Schiebetür wurde aufgerissen. Zwei Maskierte preschten aus dem Laderaum, packten sie mit schraubstockähnlichem Griff, stülpten ihr eine Art Sack über den Kopf, und ehe sie überhaupt wusste, wie ihr geschah, bemerkte sie einen schmerzenden Stich am Hals. Sie spürte nicht mehr, wie sie von den Entführern in den Van verfrachtet wurde. Es war das letzte Mal, dass Patricia Lambrecht durch Hamburgs Straßen gelaufen war.

Kapitel 1

Donnerstag, 11. April, kurz nach acht

Reinhardt Felgenhauer zog die Abdeckplane von der Grabstelle, die er vor drei Tagen ausgehoben hatte. Mit Kippe im Mundwinkel und Baskenmütze auf dem Kopf trotzte er dem leichten Regen, der unentwegt auf ihn niederrieselte. Als Hamburger war man Schietwetter gewöhnt. Außerdem hatte er keine Wahl, schließlich gab es einen vorgeschriebenen Zeitplan, wann der Job erledigt werden musste. In vier Stunden würde eine Beerdigung stattfinden, das Erdloch für die Beisetzung sollte nach Vorgabe des Bestattungsinstitutes bis spätestens zehn Uhr vorbereitet sein.

Er legte die triefnasse Plane über den Aushub der Grube, den er keine zwei Meter von der Grabstätte entfernt zwischengelagert hatte, um das Loch später wieder damit füllen zu können. Als sein Blick auf den Boden des Erdloches fiel, stutzte er und kratzte sich an der Schläfe. Irgendetwas stimmte hier nicht, da war er sich ganz sicher. Sein geschultes Auge erkannte das sofort: Mit solch zerklüftetem Lehmboden würde er niemals eine Grabstätte hinterlassen.

Er hockte sich an den Rand des Loches und kniff die Augen zu schmalen Schlitzen zusammen. Was lugte da aus dem Boden heraus? Es sah aus wie ein Stück Plastik.

In seiner Grube. Wie war das möglich? Als er das Loch am Vortag ausgehoben und nach Verrichtung seiner Arbeit verlassen hatte, war das mit Sicherheit noch nicht dort gewesen. Seufzend erhob er sich und ging hinüber zu seiner Schubkarre, in der die Klappleiter und eine Schaufel lagen. Kurz darauf stieg er in die Grube hinab. Der Boden gab unter seinem Gewicht sofort nach. Die Sache wurde immer seltsamer, der Untergrund hätte eigentlich fest sein müssen. Felgenhauer kniete sich erneut hin.

Tatsächlich, er hatte sich nicht geirrt. Ein weißes Stück Plastik ragte aus dem Lehm, ähnlich einer Einkaufstüte, wie man sie früher massenweise an den Supermarktkassen finden konnte, bevor sie aus Umweltschutzgründen aus dem Verkehr gezogen worden waren. Neugierig zog er an dem Plastikzipfel, und noch ein klein wenig mehr von dem Kunststoff kam zum Vorschein. Hatte hier etwa irgendein Idiot Müll verbuddelt? Er zog ein paar Arbeitshandschuhe aus der Jackentasche hervor, stülpte sie über und begann, mit der Schaufel zu graben.

Lediglich eine dünne Erdschicht von vielleicht zehn Zentimetern bedeckte den Fund. Binnen weniger Sekunden hatte er eine kleine Fläche freigeschaufelt, zum Vorschein kam ein weißer blickdichter Plastiksack. Felgenhauer zog die Handschuhe aus und riss den Sack kurzerhand auf. Im selben Augenblick wünschte er sich, dass das kleine Plastikstück nicht seine Neugier geweckt hätte. Er starrte auf den zur Seite geneigten Kopf einer toten jungen Frau. Es gelang ihm gerade noch, sich aufzurappeln und die ersten Stufen der Leiter zu erklimmen, bevor er die Reste seines morgendlichen Frühstücks auf den Rand der Grube erbrach.

Kapitel 2

08:21 Uhr

Der Anruf ereilte Jana Brinkhorst, Leiterin der Hamburger Mordkommission, genau in dem Moment, als sie einen Kaffee aus dem Automaten zog. Die Sechsundvierzigjährige lauschte den Worten des Streifenpolizisten und stürmte anschließend in das Büro ihrer Kollegen Steffen Hempel und Henning Kruse. Seit über sechs Jahren arbeitete sie jetzt mit den beiden zusammen, nachdem sie zuvor ihrer Heimatstadt Kiel den Rücken gekehrt und die Leitung der Mordkommission in Hamburg übernommen hatte. Der glatzköpfige Hüne Hempel stammte ursprünglich aus dem Ruhrpott und war vor mehr als zwei Jahrzehnten der Liebe wegen in die Hansestadt gezogen und auch geblieben, als seine damalige Freundin ihn verlassen hatte. Kruse, der vor einer Woche genullt und die vierzig Lenze vollendet hatte, war der einzige waschechte Hamburger des Ermittlungstrios, wie er selbst immer betonte. Er war verheiratet und Vater zweier Töchter im Teenageralter.

»Uns wurde gerade ein Leichenfund auf dem Friedhof Wohldorf-Ohlstedt gemeldet. Schnappt euch eure Jacken, wir fahren sofort los«, sagte Jana nur und machte auf dem Absatz kehrt.

»Ist jetzt nicht so ungewöhnlich, oder? 'ne Leiche auf

dem Friedhof, mein ich.« Hempel grinste über beide Wangen, wie Jana registrierte, als sie sich wieder zu ihm umwandte. Seine Mundwinkel sackten herab, nachdem er ihren ernsten Gesichtsausdruck bemerkt hatte.

»Nicht witzig«, erwiderte Jana nur und eilte aus dem Raum. Auf dem Weg in ihr Büro verständigte sie die KTU und beorderte die Kollegen ebenfalls zum Fundort der Leiche. Horst König – der Leiter der kriminaltechnischen Untersuchung – versprach, sich umgehend mit seinen Leuten auf den Weg zu machen. Kurz darauf stieg das Trio der Mordkommission in den Dienstwagen.

Für die knapp zwanzig Kilometer vom Präsidium am Bruno-Georges-Platz bis zum Waldfriedhof benötigten sie mehr als eine halbe Stunde. Schon am Eingangstor des Friedhofs waren zwei Streifenpolizisten postiert.

»Moin«, sagte der schmächtige und offensichtlich ältere der beiden, als Hempel das Fenster des BMW hinunterfahren ließ. Die drei blauen Sterne auf der Schulter verrieten ihm, dass er es mit einem Polizeiobermeister zu tun hatte. Der Ermittler zeigte seinen Dienstausweis vor, was der Polizist mit einem Nicken quittierte.

»Sie können mit dem Wagen zur Grabstelle fahren. Nach der Einfahrt direkt rechts halten. Am Ende des Weges links abbiegen. Sie können die Stelle nicht verpassen«, erklärte der Mann.

Hempel bedankte sich. Er wollte gerade durch das geöffnete Tor fahren, als er im Rückspiegel sah, dass ein weißer Kastenwagen auf die Zufahrtsstraße bog. »Das sind die Kollegen der KTU, einfach passieren lassen«, wandte er sich noch mal an den Streifenpolizisten, bevor er den Wagen langsam beschleunigte.

Nicht einmal eine Minute später erreichten sie den Leichenfundort. Ein weiterer Polizeiwagen markierte die Stelle, an dem der Totengräber die sterblichen Überreste einer Frau gefunden hatte, als er das Grab für eine bevorstehende Beerdigung vorbereiten wollte.

Der Bereich rund um die Grabstelle war bereits großräumig mit Flatterband abgesperrt worden.

Als Jana aus dem Wagen stieg, setzte Regen ein. »Natürlich, es war ja auch schon eine halbe Stunde trocken«, murmelte sie missmutig, stellte den Kragen ihrer Softshelljacke auf und zog die Kapuze tief über die schwarzen Locken. Vor Kurzem hatten sich sehr zu ihrem Leidwesen die ersten grauen Strähnchen gezeigt, die sie nun mit Färbemittel kaschierte. Im Hintergrund hörte sie, dass Horst König, der Leiter der KTU, seinen Leuten bereits Anweisungen gab. Sie sollten ein Schutzzelt über dem Erdloch aufbauen, in dem die sterblichen Überreste der unbekannten Toten gefunden worden waren. »… bevor der Scheißregen uns sämtliche Spuren wegspült«, hörte sie ihn noch sagen, ehe sie sich und ihre beiden Partner den Streifenpolizisten vorstellte, die dem einsetzenden Regen trotzten.

»Wir haben die Schutzplane schon wieder über das Loch gezogen, mit der das Grab abgedeckt worden war, bevor der Totengräber die Tote gefunden hat«, erklärte der schwergewichtige Mann mit dem hochroten Kopf.

Er litt mit ziemlicher Sicherheit unter Bluthochdruck. Jana reckte den Hals in Richtung Grube und nahm anerkennend zur Kenntnis, dass die beiden Kollegen vorausschauend gehandelt hatten.

»Das wird Horst freuen, dann werden wenigstens nicht alle Spuren weggespült, bis die das Zelt aufgebaut haben«, meinte Henning Kruse und setzte sein Hans-Albers-Lächeln auf. Er sah dem Hamburger Kult-Schauspieler nicht nur ähnlich – zuweilen erinnerte sein Gesichtsausdruck auch an den längst Verstorbenen.

»Sitzt der Zeuge bei Ihnen im Wagen?«, wollte die leitende Ermittlerin von dem Beamten wissen.

»Jepp. Reinhardt Felgenhauer, dreiundfünfzig«, rasselte der die Eckdaten herunter.

Königs Leute gaben indes Gas und schleppten allerhand Ausrüstungsgegenstände zum Leichenfundort.

»Die Befragung übernehme ich«, meinte Jana nur und wandte sich dann an ihre beiden Partner: »Und ihr schaut euch schon mal am Fundort um. Ich stoß dann gleich zu euch.«

Das Gespräch mit Felgenhauer dauerte nicht lange. Der Totengräber hatte sichtlich unter Schock gestanden, deshalb hatte es Jana auch nur bei den notwendigsten Fragen belassen, damit sich ein Arzt schnellstmöglich um den Mann kümmern konnte. Wichtige Erkenntnisse hatten sich nicht ergeben. Ein Mitarbeiter der SpuSi nahm anschließend eine DNA-Probe sowie Fingerabdrücke vom Totengräber und erstellte einen Abdruck von dessen Schuhprofil, um seine Spuren später von anderen Fremdspuren am Leichnam und in dessen unmittelbarer Nähe unterscheiden zu können. Schließlich war Felgenhauer ja in die Grube hinuntergestiegen und hatte den Sack aufgerissen, in dem die Leiche eingewickelt und vergraben worden war.

Nachdem Jana aus dem Polizeiwagen gestiegen war, steuerte sie geradewegs auf das weiße Schutzzelt zu, das mittlerweile die Grabstelle vor dem Niederschlag schützte. Königs Leute waren bereits damit zugange, den Fundort der sterblichen Überreste der Toten zu fotografieren. Um die räumlichen Dimensionen zu erfassen, lief eine Videokamera. Während Kruse in der Nähe der Grube stand und etwas in sein Tablet tippte, war von Steffen nichts zu sehen. König hockte am Grund des Lochs und war mit einem kleinen Schäufelchen und einem groben Pinsel damit beschäftigt, den Plastiksack, in dem der Leichnam begraben worden war, von Schmutz und Lehm zu befreien. Am Grund des Bodens erkannte Jana auch drei schuhgroße weiße Flecken. Offenbar hatte der Leiter der KTU bereits Abdrücke von Schuhabdrücken mit Gips ausgegossen, um sie zu sichern.

»Wo steckt denn unser Kollege?«, fragte sie, als sie sich Kruse zuwandte.

Henning schaute kurz auf. »Wollte in Erfahrung bringen, ob es hier irgendwo Überwachungskameras gibt. Ich bin übrigens gerade die Vermisstenanzeigen der letzten Tage durchgegangen. Könnte sein, dass ich einen Treffer habe. Marion Hufnagel, siebenundzwanzigjährige

Verkäuferin. Wurde vor zwei Tagen von ihrem Freund als vermisst gemeldet.« Kruse hielt ihr das Tablet mit einem Foto der Frau vor die Nase.

»Hat eine gewisse Ähnlichkeit«, erwiderte sie, nachdem sie noch einmal einen Blick in die Grube geworfen und in das mittlerweile freigelegte totenweiße Gesicht der Frau geblickt hatte.

Ein Motorengeräusch ließ sie aufhorchen, als Autonärrin erkannte sie sofort den alten Mercedes des Rechtsmediziners, Doktor Robert Dürr. Der Mann liebte seinen Oldtimer genauso wie seinen Job. Kurz darauf steuerte der hoch aufgeschossene schlanke Forensiker mit seinem Instrumentenkoffer, dessen Inhalt er für die erste Leichenschau benötigte, auf sie zu. Horst König hatte zu diesem Zeitpunkt bereits vorsichtig den kompletten Bereich des Oberkörpers der Toten vom Lehm befreit, wobei die verschmutzte Plane mehr und mehr zum Vorschein gekommen war. Akribisch machte sich König daran, die Beine freizulegen.

»Morgen zusammen«, begrüßte Dürr die Ermittler mit seiner tiefen Stimme. Er stellte den Koffer auf den Boden und fischte aus der bereitstehenden Kiste der SpuSi einen Schutzanzug, den er überstreifte, bevor er die Leiter hinunter zu Horst König in die Grube stieg.

»Hier wird's langsam eng wie in einer Sardinenbüchse«, murmelte der KTU-Chef nur.

Und nahezu zeitgleich polterte hinter Jana und Kruse plötzlich Steffen Hempel los. »Natürlich funktioniert die Kamera an der Toreinfahrt nicht! Dieses blöde Teil ist schon seit über zwei Wochen kaputt«, blaffte der Ermittler, als er das Schutzzelt betrat. Das Wasser lief in feinen Rinnsalen von seinem Glatzkopf in den Kragen der Jacke. Hempel schien das schlechte Wetter nichts auszumachen.

Jana seufzte. »Ist doch eigentlich immer so. Leicht wird's uns in der Regel nie gemacht.« Dann wandte sie sich wieder der Grube zu und beobachtete Doktor Dürr dabei, wie er sich daran machte, die sterblichen Überreste der jungen Frau zu untersuchen. Die Plane hatte er mittlerweile bis auf Hüfthöhe aufgeschnitten. Im Bereich des nackten Oberbauchs konnte Jana eine klaffende Wunde erkennen.

»Sieht ganz so aus, als ob unsere Jane Doe erstochen wurde«, meinte Hempel schließlich.

»Da bin ich allerdings anderer Meinung«, ertönte aus der Grube Dürrs Stimme. Er blickte zu ihnen hinauf. »Die Frau ist zwar höchstwahrscheinlich aufgrund hohen Blutverlustes infolge eines hypovolämischen Schocks gestorben. Aber ursächlich dafür war vermutlich eher der Umstand, dass man ihr zuvor die Leber entfernt hat. Selbst wenn man sie ordnungsgemäß wundversorgt hätte, was definitiv nicht der Fall gewesen ist, wäre sie gestorben. Ohne Leber, na ja, Sie wissen schon, kann man nicht überleben.«

Jana stöhnte auf. Auch ihre beiden Partner verzogen den Mund und starrten sie an. »Bitte nicht schon wieder«, murmelte sie und dachte an einen Fall, in dem sie vor zwei Jahren ermittelt hatten. Damals waren den

Opfern Körperteile und Organe entfernt und am Tatort platziert worden. »Todeszeitpunkt?«

»Da die Totenflecken schon stark ausgebildet sind und die Totenstarre bereits vollständig wieder gelöst ist, schätze ich, dass die Frau mindestens vierundzwanzig bis achtundvierzig Stunden tot ist. So genau lässt sich das aufgrund der Umgebungstemperatur nicht sagen. Da müssen Sie sich leider gedulden, bis die Obduktion abgeschlossen ist«, erwiderte Dürr.

»Könnten Sie bitte nachschauen, ob die Tote auf dem rechten Oberschenkel ein ovales Muttermal hat«, bat Kruse den Rechtsmediziner.

Der beugte sich wieder hinunter, schnitt die Plane noch ein bisschen weiter auf und suchte nach dem Mal. Wenige Sekunden später erhob er sich und nickte.

»Dann dürfte es sich mit hoher Wahrscheinlichkeit um Marion Hufnagel handeln, und aus dem Vermisstenfall wird jetzt leider eine Mordermittlung«, erklärte der Oberkommissar und stieß einen tiefen Seufzer aus. »Der Freund hat so ein Muttermal erwähnt.«

»Womit in Dreiteufelsnamen haben wir's jetzt wieder zu tun?« Hempel stand mit verkniffenem Mund und verschränkten Armen vor dem Grab und blickte in das Gesicht der Toten.

Robert Dürr zog inzwischen seine Nitrilhandschuhe aus, schloss den Untersuchungskoffer und kletterte die Leiter wieder herauf.

»Da fallen mir auf Anhieb gleich mehrere Möglichkeiten ein. Kannibalismus, Organhandel, okkulte Opferrituale«, war es Horst König, der sich daraufhin zum ersten Mal zu Wort meldete.

Hempel schaute den KTU-Leiter zweifelnd an. »Du willst nicht ernsthaft andeuten, dass die Frau einem Menschenfresser zum Opfer gefallen ist.« Er schnaubte verächtlich.

»Du wolltest wissen, womit wir es zu tun haben könnten. Das ist meine Meinung dazu«, erwiderte König und setzte seine Arbeit fort.

Kapitel 3

Drei Stunden später

König hatte mit seinen Optionen leider recht behalten, wie Hempel bei seinen Recherchen schnell feststellen musste. Fälle von kannibalistisch motivierten Tötungsdelikten kamen häufiger vor, als er das auf dem Schirm gehabt hatte. Auch in Deutschland. Jana hatte ihm aufgetragen, sich mit Straftaten auseinanderzusetzen, in denen Kannibalismus eine Rolle gespielt hatte.

Natürlich war ihm in diesem Zusammenhang zuallererst der Name Joachim Kroll in den Sinn gekommen, auch wenn dessen Taten bereits Jahrzehnte zurücklagen. Als gebürtiger Essener kannte er selbstverständlich die Geschichte des als »Menschenfresser von Duisburg« beziehungsweise »Ruhrkannibalen« in die Kriminalgeschichte eingegangenen Serienmörders. So wie vermutlich fast jeder Erwachsene, der vor den Achtzigerjahren im Ruhrpott aufgewachsen war oder dort gelebt hatte. Acht vollendete Morde konnten Kroll damals nachgewiesen werden. Bei seinem letzten und gleichzeitig jüngsten Opfer handelte es sich um ein vierjähriges Mädchen, dessen Körper dieser Abschaum in alle Einzelteile zerlegt hatte. Als Polizeischüler hatte sich Hempel ausgiebig mit dem Fall beschäftigen müssen. Noch heute drehte sich ihm der Magen um, wenn er an die Einzelheiten dieser Gräueltaten dachte.

Aber auch in der jüngeren Geschichte gab es Fälle von kannibalistisch motivierten Morden, der letzte hatte sich im Jahr 2020 in Berlin ereignet. Seine Recherchen hatten ergeben, dass es verschiedenartige Foren gab, in denen sich Menschen über Kannibalismus austauschten und sogar anboten, sich essen zu lassen. Was ging nur in den Köpfen dieser Leute vor, dachte er nicht zum ersten Mal, seit er mit den Recherchen begonnen hatte. Er hielt einen Moment inne, um die Informationen sacken zu lassen, die er bisher zusammentragen konnte. Er hatte bereits etliche Stichpunkte notiert, um später noch tiefer in die Materie einzutauchen. Vorher jedoch wollte er die Jungs von der Cyber-Abteilung bitten, in den Kannibalismus-Foren, die sich vornehmlich im Darknet tummelten, nach Hinweisen zu suchen, die möglicherweise mit dem Mord an der jungen Frau in Verbindung standen. Nachdenklich verschränkte er die Hände hinter dem Kopf, schloss kurz die Augen und lehnte sich in seinem Stuhl zurück.

»Der Büroschlaf ist bekanntlich der gesündeste«, feixte Henning, der am anderen Ende des Büros an seinem Schreibtisch saß und ebenfalls mit Recherchen beschäftigt war. Er sollte sich mit Satanismus und okkultistisch motivierten Morden auseinandersetzen.

»Ich denke nach«, brummte Steffen, öffnete das linke Auge, während er das andere geschlossen hielt, und starrte seinen Partner über den Monitor hinweg an.

»Aha, und worüber?«

Steffen atmete tief durch und blickte seinen Freund und Kollegen jetzt ernst an. »Ich versuche zu verstehen, was Menschen antreibt, sich freiwillig in die Hände eines Kannibalen zu begeben, um sich dann töten und anschließend essen zu lassen. Das ist mir völlig unbegreiflich.«

»Da liegt meist eine psychische Störung vor«, erklärte sein Kollege. »Der Gedanke, mit der Seele des jeweils anderen zu verschmelzen. Habe ich jedenfalls mal irgendwo aufgeschnappt.«

Hempel schüttelte den Kopf. »Ja, hab ich auch gelesen. Trotzdem versteh ich das nicht. Und was machen deine Recherchen?«

»Es existierte tatsächlich mal Anfang der 2000er eine extreme satanistische Szene in Hamburg. Es gab mehrere Ermittlungen wegen Vergewaltigungen, Tierquälerei oder Drogenmissbrauchs, die im Zusammenhang mit Teufelsanbetern gestanden haben sollen. Der Ohlsdorfer Friedhof wurde mehrfach mit entsprechenden Symbolen geschändet – Pentagramme, die Zahl 666 und so weiter. Hinweise auf ein Opferritual damals habe ich allerdings nicht gefunden. Aber leider haben wir auch nichts in unseren Datenbanken zu den alten Ermittlungen. Alle Informationen zu den Vorfällen habe ich aus dem Netz: alte Zeitungsberichte und so. Ich muss mir mal die Akten aus dem Archiv dazu kommen lassen. Abgesehen davon gibt es seit Jahren keine auffälligen Vorfälle, die auf eine aktive Szene hinweisen, was natürlich nichts heißen muss«, erklärte Kruse, und fast im selben Moment flog die Tür auf. Jana stürmte herein.

»Die Identität der Toten wurde inzwischen zweifelsfrei durch die Eltern der Frau bestätigt. Marion Hufnagel.

Gott, wie ich den Teil unseres Jobs hasse, Angehörigen erklären zu müssen, dass ein geliebter Mensch gewaltsam aus dem Leben gerissen wurde. Daran werde ich mich nie gewöhnen«, seufzte sie. »Mit dem Freund der Toten habe ich auch inzwischen gesprochen. Er hat sie zuletzt vor zwei Tagen gesehen, als sie zum Sport wollte. Im Fitnessstudio ist sie allerdings nie angekommen. Er hat noch am selben Abend die Vermisstenanzeige aufgegeben«, erklärte sie mit traurigem Blick, die Hände tief in die Jackentaschen vergraben. »Ich mach mich jetzt auf den Weg in die Rechtsmedizin. Dürr wird gleich mit der Obduktion beginnen. Wie weit seid ihr mit euren Recherchen? Schon irgendwelche Erkenntnisse?«

Hempel fasste in kurzen Worten zusammen, was er herausgefunden hatte. Anschließend berichtete Kruse, dass er bisher keine Hinweise auf eine aktuell aktiv existierende satanistische Szene in Hamburg entdeckt hatte. Er wollte aber später noch Kontakt zum Sektenbeauftragten der Stadt und zum Verfassungsschutz aufnehmen, um sich diesbezüglich Gewissheit zu verschaffen.

»Gut«, sagte Jana, die jedoch sichtlich angespannt wirkte. »Bleibt am Ball und gebt mir Bescheid, sobald ihr auf was Interessantes stoßt. Ich mach mich jetzt auf den Weg zur Rechtsmedizin nach Eppendorf.« Und genauso schnell, wie sie das Büro betreten hatte, stürmte die Kriminalhauptkommissarin wieder hinaus.

Kapitel 4

Geduldig hatte Jana sich im Hintergrund gehalten und den Beginn der Obduktion von Marion Hufnagel beobachtet. Routine würden solche Termine sicherlich nie für sie werden. Sie war aber auch nicht zimperlich, es machte ihr nichts aus, den Sektionssaal zu betreten und einer Autopsie beizuwohnen. Es sei denn, bei dem Opfer handelte es sich um ein Kind – das brachte sie wirklich an ihre Grenzen.

Dürr hatte die äußere Leichenschau mittlerweile beendet und alle relevanten Informationen zum Opfer in das Mikro gesprochen, das über dem stählernen Obduktionstisch hing. Körpergröße, Gewicht, Ernährungszustand, Hautfarbe, Infos zur Leichenstarre und Totenflecken waren lokalisiert und zu Protokoll gegeben worden. Ebenso alle äußeren Besonderheiten wie zum Beispiel das ovale Muttermal auf dem Oberschenkel, das letztlich dazu beigetragen hatte, die Identität der Toten schnell zu klären. Doch jetzt kam der Teil, der Jana viel mehr interessierte: die innere Leichenschau.

Als Doktor Dürr das Skalpell ansetzte, um mit Y-förmigen Schnitten den Oberkörper der Frau zu öffnen, trat sie näher an den Obduktionstisch heran. Bedächtig entfernte der erfahrene Rechtsmediziner das Brustbein und die angrenzenden Rippen, um so die Organe der getöteten Frau freizulegen. Wieder sprach er sein Medizinerlatein ins Mikro.

Selbst Jana erkannte auf den ersten Blick, dass der Frau die Leber entfernt worden war. Doch die Frage, die ihr auf den Lippen lag, war eine andere. Und jetzt konnte sie sich nicht länger zurückhalten, sie musste ihr Schweigen brechen. »Wurde die Leber fachmännisch entnommen?«

Trotz des Mundschutzes, der den unteren Teil des Gesichts verdeckte, konnte sie erkennen, dass der Mediziner lächelte.

»Ich habe mich schon gefragt, wann Sie mit der Frage herausplatzen«, sagte er schließlich und zeigte den Anflug eines Lächelns. »Auf den ersten Blick würde ich verneinen. Ein erfahrener Chirurg würde niemals so vorgehen. Das hier ist eher das Werk eines Metzgers. Sehen Sie die tiefen Einschnitte an Magen, Dickdarm, Dünndarm und am oberen Pol der rechten Niere?« Nacheinander deutete er auf die entsprechenden Organe. Jana nickte. »Die Schnitte sind zu tief und breit, als dass sie mit einem Skalpell ausgeführt worden sein könnten. Ich tippe eher auf eine Art Fleischermesser mit glatter Klinge.«

Jana kaute auf der Unterlippe. »Die Einschnitte könnten aber auch nur Tarnung sein, um die wahren Gründe für das Entfernen der Leber zu verschleiern, oder?« Der Klang ihrer Stimme verriet gewiss, wie viel Hoffnung mit der Frage verbunden war.

Dürr schaute Jana ernst an. Schließlich nickte er. »Das scheint durchaus möglich. Deshalb habe ich meine Einschätzung zu Beginn auch eingeschränkt und sprach vom ersten Blick. Selbstverständlich ist es ebenfalls denkbar, dass die Leber entfernt wurde, um sie zu transplantieren. Aber noch sind wir ja hier nicht fertig, Frau Brinkhorst. Wer weiß, was wir bei den weiteren Untersuchungen entdecken.«

Kaum hatte er zu Ende gesprochen, setzte er die Obduktion fort. Die einzelnen Organe wurden entnommen, gewogen und ausführlich untersucht, jedoch ohne wesentlichen Befund. Als Dürr sich der Luftröhre widmete, hielt er inne. Jana spürte förmlich, dass ihn irgendetwas in Aufregung versetzt hatte.

»Pinzette«, meinte er nur, und der Assistent reichte ihm umgehend das geforderte Werkzeug.

Neugierig trat Jana wieder näher an den Edelstahltisch und beobachtete das Vorgehen des Mediziners von der Seite. Etwa auf Mitte der Luftröhre setzte er seitlich das Skalpell an. Zum Vorschein kam ein kleiner münzgroßer rundlicher Gegenstand, den Dürr schließlich mit der Pinzette herauszog. Nachdem der Forensiker das Metallstück sekundenlang angestarrt hatte, runzelte er die Stirn, was Janas Neugier noch mehr steigerte. Dann blickte er sie ernst an.

»Ich will jetzt keine voreiligen Schlüsse ziehen. Aber vermutlich haben wir gerade ein Beweisstück entdeckt, das einen Hinweis auf ein mögliches Tatmotiv geben kann. Und das nebenbei erwähnt unter Umständen meine Theorie bestätigt, dass sich hier kein geübter Arzt an der bedauernswerten Frau ausgetobt hat.«

Dann zeigte er ihr die Münze, die sie nun ebenfalls

sekundenlang musterte, ohne ein Wort zu sagen. Ihre Augen weiteten sich. Auf dem Metall war ein Pentagramm zu sehen, ein Ziegenkopf zierte dessen Mitte. Außerdem war dort die Ziffer 666 eingraviert.

Die Zahl des Teufels.

Doch es waren nicht die Symbole, welche sie derart erschreckten. Vielmehr war ihr Schock dem Umstand geschuldet, dass sie solch eine Münze nicht zum ersten Mal sah.

Kapitel 5

Draußen vor dem Institut zündete sich Jana erst einmal eine Zigarette an und inhalierte den Rauch tief in die Lunge. Sie versuchte, sich die Details in Erinnerung zu rufen. Es war jetzt etwas mehr als acht Jahre her, wenn sie es richtig im Kopf hatte. Ein ungelöster Fall, der sie als damalige Oberkommissarin der Kieler Polizei nicht losgelassen hatte.

In einem Waldstück war die skelettierte Leiche eines jungen Mannes gefunden worden. Laut Obduktionsbericht gab es Hinweise darauf, dass er keines natürlichen Todes gestorben war, und somit war es ein Fall für die Kieler Mordkommission geworden, für die sie zu diesem Zeitpunkt noch gearbeitet hatte. Auch damals hatten die Mitarbeiter der Spurensicherung unter der Leiche eine Münze im Waldboden entdeckt, die jener, die Doktor Dürr ihr eben präsentiert hatte, auf erschreckende Art und Weise glich. Der oder die Täter waren damals nie überführt worden. Jedenfalls nicht, soweit sie wusste. Falls doch, hätte ihr Jochen, ein ehemaliger Kollege, mit dem sie nach wie vor sporadisch Kontakt hielt, das sicherlich längst gesteckt.

Sie zückte ihr Handy, zog noch einmal an der Kippe, die sie anschließend im Aschenbecher vor dem Eingang ausdrückte, und wählte Jochens Nummer. Mist, nur die Mailbox. Sie hinterließ ihm eine Nachricht und bat um

Rückruf, während sie zum Auto eilte. Sie kramte in den Windungen ihres Hirns nach der Bedeutung des Pentagramms mit dem Ziegenkopf. Die Erinnerung kam schnell zurück – sie hatte sich damals ausgiebig mit der Recherche über den Ursprung des Zeichens beschäftigt. Es war das Symbol der *Church of Satan* und nannte sich »Siegel des Baphomet«. Die *satanistische Vereinigung* war 1966 von Anton Szandor LaVay in San Francisco gegründet worden und vereinigte Atheisten, die einen Gegenpol zu den gottverehrenden Religionen bilden wollten. Doch entgegen landläufiger Meinung sahen sie in der Figur Satan nicht die Verkörperung des Bösen, sondern sie wurde als Archetyp gedeutet, einen idealtypischen Vertreter einer Idee beziehungsweise eines psychologischen Vorstellungs- und Handlungsmusters. Die Anhänger praktizierten rituelle Magie, die jedoch ausschließlich der Selbstbeeinflussung der Emotionen und Gedanken diente und somit einer selbsttherapeutischen Maßnahme ähnelte. Die Rituale waren nicht dazu gedacht, den Teufel anzubeten oder das Böse zu verherrlichen. Es gab nicht den geringsten Hinweis darauf, dass Anhänger der LaVay-Glaubensgemeinschaft Schwarze Messen mit Tier- oder Menschenopfern praktizierten. Das sah bei satanischen Sekten hingegen schon anders aus. Da dem Symbol auf der Münze von Marion Hufnagel, genau wie im Fall des unbekannten Toten in Kiel, die Zahl 666 hinzugefügt worden war, die auf der Baphomet-Münze selbst nicht vorkam, lag die Vermutung nahe, dass sie es eher mit radikalen satanistischen Anhängern zu tun hatten. Das war auch damals in Kiel die Ausgangslage für die Ermittlungen gewesen. Allerdings hatte sich diese Theorie nie erhärten lassen. Und jetzt tauchte diese Münze so viele Jahre später wieder auf: bei einem Mordopfer in Hamburg.

Jana umklammerte das Lenkrad ihres Dienstwagens so fest, dass sie regelrecht verkrampfte. Sie hatte schon fast die Zufahrt zum Präsidiumsparkplatz am Bruno-Georges-Platz erreicht, als ihr Handy klingelte. Sie nahm das Gespräch über die Freisprecheinrichtung an. »Jochen – danke, dass du mich sofort zurückrufst«, begrüßte sie den alten Kollegen.

»... obwohl ich zugeben muss, dass ich im ersten Moment dachte, ich habe mich verhört. Ihr habt tatsächlich eine Baphomet-Münze mit Teufelszahl in der Luftröhre einer Frauenleiche entdeckt?« Er hörte sich aufgeregt an.

Jana parkte ein, stellte den Motor ab und stieg aus. »Ich komme gerade aus der Rechtsmedizin, ich war live dabei, als sie gefunden wurde.«

Der Kieler Ermittler stieß einen Pfiff aus. »Ganz schön abgedreht. Und gestorben ist sie durch den Blutverlust, nachdem ihr die Leber entfernt wurde?«

»So sieht's aus«, bestätigte Jana.

Dann herrschte für einige Sekunden Schweigen. Sie meinte, im Hintergrund das Klappern seiner Tastatur zu hören, bevor er den Faden wieder aufnahm.

»Könnte tatsächlich die Tat eines oder mehrerer fehlgeleiteter Satanisten sein«, erklärte er. »Es gibt da eine Passage aus Aleister Crowleys Anleitung für Schwarze

Messen und Blutopfer. Wie du wahrscheinlich noch weißt, ist Crowley für viele Satanisten so etwas wie der Godfather der Szene. In dem Abschnitt heißt es, dass man einem Tier Herz oder Leber rausreißen und warm verspeisen soll, um die Energie des Lebewesens aufzunehmen. Er spricht zwar eindeutig von einem Tier, aber es gibt auch eine Textzeile, die dahingehend gedeutet werden könnte, dass die größte Energiequelle ein Menschenopfer sei. Je reiner, desto besser, was wiederum auf ein Kind als ideales Opfer schließen ließe. Die Interpretationen von Crowleys Schriften sind jedoch selbst bei Experten sehr umstritten. Wahre Jünger könnten sie allerdings für bare Münze nehmen, ihrem Wahn gefolgt sein …«

»… und einen Menschen geopfert haben«, beendete Jana den Satz.

»So sieht's aus. Haben wir ja damals aufgrund der Münze ebenfalls in Erwägung gezogen, sicher erinnerst du dich. Einer von diversen Ermittlungsansätzen in Bezug auf unseren John Doe …«

»… die allesamt ins Leere gelaufen sind.« Jana seufzte. »Kannst du mir eine Kopie der Ermittlungsakte zukommen lassen?«

»Kein Problem, die wurde zum Glück schon digitalisiert. Ich schick sie dir rüber.«

»Danke.« Vor ihrem geistigen Auge tauchten Bilder auf, wie Marion Hufnagel auf einem Altar lag und dem Teufel geopfert wurde – so wie sie es schon diverse Male in Filmen gesehen hatte. Ein eiskalter Schauer lief ihr bei dem Gedanken über den Rücken. Dann verabschiedete sie sich. Sie hatte mittlerweile den Flur in der zweiten Etage betreten, wo die Büros der Mordkommission lagen.

Kapitel 6

Fünfzehn Minuten nach ihrer Rückkehr ins Präsidium hatte Jana ihr Team auf den neuesten Stand gebracht, was die Erkenntnisse nach der Obduktion von Marion Hufnagel und das anschließende Telefonat mit ihrem ehemaligen Kollegen bei der Kieler Polizei betraf. Auch Kriminalrat Jens-Uwe Stöver war bei der Besprechung anwesend. Der eigentlich stets gut gelaunte Chef der Abteilung für Tötungsdelikte, dem man seine neunundfünfzig Lenze kaum ansah, blickte ernst drein.

»Glaubst du, es gibt da wirklich eine Verbindung zu deinem alten Fall in Kiel?«, wollte Henning wissen und versenkte ein Stück Zucker in seinem Ostfriesentee.

Jana antwortete nicht sofort, sondern drehte stattdessen gedankenverloren sekundenlang den Kugelschreiber zwischen den Fingern wie ein Schlagzeuger seinen Drumstick, bevor sie zur Antwort ansetzte. »Wir sollten das jedenfalls in Betracht ziehen, auch wenn es abgesehen von der Pentagramm-Münze erst mal keine Parallelen zu dem Fall gibt.«

Stöver nickte. Der Mann strahlte wie immer Besonnenheit aus: Die Finger hatte er verschränkt und die Hände ruhten auf der Tischplatte. »Wissen wir schon, ob es hier in Hamburg so etwas wie eine aktive Satanismus-Szene gibt?«, fragte der Kriminalrat in die Runde.

Henning räusperte sich. »Die Frage lässt sich nicht so einfach beantworten.«

»Heißt im Klartext?«, hakte sein Partner Steffen Hempel ungeduldig nach, woraufhin er sich gleich einen tadelnden Blick von Stöver einfing.

»Man muss unterscheiden zwischen Anhängern des klassischen modernen Satanismus und Mitgliedern satanistischer Sekten. Moderner Satanismus folgt einer atheistischen Weltauffassung. Anton Szandor LaVey, der Verfasser der satanischen Bibel und Gründer der Church of Satan, lehnt die religiöse Vorstellung von Gott komplett ab und betrachtet vielmehr den Menschen als das höchste Wesen. Die Anhänger glauben also nicht an gottähnliche höhere Mächte und sehen in Satan auch nicht die Verkörperung des Bösen, so wie es die Kirche seit jeher verkündet. Es ist ein ziemlich komplexes Thema, das kann ich nicht mit wenigen Worten zusammenfassen. Jedenfalls stehen diesen, ich nenne sie mal gemäßigten Satanisten, die Menschen gegenüber, denen LaVeys Interpretation nicht weit genug geht. Diese Satanisten sind viel radikaler, verehren den Teufel als Gottes bösen Gegenspieler auf Erden und finden sich dann oft in den eben angesprochenen Sekten wieder. Und auf Letztere bezogen gibt es laut Verfassungsschutz oder dem Sektenbeauftragten der Stadt Hamburg aktuell keine bekannten Bewegungen in Hamburg oder sonst wo in Deutschland. Was natürlich nicht bedeuten muss, dass Einzelpersonen oder eine kleine Gruppierung im Verborgenen agiert.«

»Danke für deine Ausführungen, Henning«, ergriff die Hauptkommissarin nun das Wort und zupfte sich das Haargummi aus den schwarzen Locken, um sich sogleich wieder einen Pferdeschwanz zu binden. »Wie du schon erwähntest, ist das Thema Satanismus ein heikles und zwiespältiges noch dazu. Ich habe mich damals im Rahmen unserer Ermittlungen in Kiel intensiv mit der Thematik auseinandergesetzt. Viele Menschen denken sofort an umgedrehte Kreuze, Schwarze Messen oder Menschenopfer, wenn von Satanismus die Rede ist. Dabei ist das größtenteils alles Quatsch. Im Gegenteil, LaVeys Anhänger lehnen Gewalt grundsätzlich ab, von wenigen Ausnahmen mal abgesehen, aber die orientieren sich, wie du gerade auch schon angedeutet hast, eher um und wenden sich meist radikaleren satanistischen Sekten zu. Ihr solltet euch mal mit den neun Geboten LaVeys auseinandersetzen. Gar nicht so uninteressant.«

Für einen Moment herrschte Schweigen, als Jana zu Ende gesprochen hatte.

Kruse nippte an seinem Tee und durchbrach die Stille schließlich. »Schwarze Messen und Menschenopfer sind ein gutes Stichwort. Den Priesterinnen und Priestern, die den satanistischen Sekten vorstehen und solche Rituale mit ihren Anhängern praktizieren, geht es letztlich um Unterwerfung, Sex und Macht. Rituelle Gewalt im Rahmen schwarzer Messen, die unter anderem auf Friedhöfen gefeiert werden, ist da an der Tagesordnung. Das berichten jedenfalls Aussteiger. Und jetzt schlage ich die Brücke zu unserem Opfer. Einen Menschen zu opfern und Leber oder Herz zu verspeisen, soll den satanistischen Priestern gottgleiche Macht verleihen, ihre

Autorität wird deshalb von den Mitgliedern nicht infrage gestellt, Anweisungen werden nicht hinterfragt.«

»Die haben doch einen an der Murmel«, polterte Hempel los.

»Es würde auf jeden Fall passen: Da wird auf dem Friedhof Ohlstedt eine Schwarze Messe abgehalten, und am Ende versucht man, Marion Hufnagels Leiche loszuwerden, indem sie in einem zuvor ausgehobenen Grab eher dilettantisch verscharrt wird«, brachte es Jana auf den Punkt.

»Es gab vor Ort aber keinen Hinweis darauf, dass dort Satanisten ihr Unwesen getrieben haben«, hielt Kruse kopfschüttelnd dagegen.

»Muss ja nichts bedeuten. Sie können ja auch in der Nähe einen Treffpunkt haben, und die Leiche wurde dann auf dem Friedhof entsorgt. Ein leer stehendes Haus zum Beispiel«, merkte der Kriminalrat an und musterte nacheinander alle Anwesenden.

»Wir gehen dem selbstverständlich nach«, ergriff Jana wieder das Wort. »Es gibt übrigens noch eine interessante Info, die ich euch nicht vorenthalten möchte. Durch den Fund der Baphomet-Münze erscheint die plötzlich in einem ganz anderen Licht.« Stöver und ihre beiden Partner klebten ihr jetzt förmlich an den Lippen. »Der Zwillingsbruder von Marion Hufnagels Freund ist zufällig der Gitarrist der Hamburger Black-Metal-Band *Baphomet's Disciples.*«

»Black was?«, fragte Kruse dazwischen. Er verstand offensichtlich nur Bahnhof.

Hempel quittierte es mit einem Augenrollen. »Eine extreme Form von Heavy Metal, du Kultur-U-Boot«, kam der Mann aus dem Ruhrpott Jana mit einer Antwort zuvor.

»Aha«, knurrte Kruse nur, der die Vorliebe seiner Chefin und seines Partners für Rock und Heavy Metal nicht ansatzweise teilte. »Aber was ist daran so interessant, sieht man mal von dem Bandnamen ab?«

»Manche Musiker dieses Genres kokettieren gern mit dem Satanismus – oft nur aus Prestigegründen, weil das in der Szene so üblich ist. Umgedrehte Kreuze oder Pentagramme finden sich in den Schriftzügen einiger Bandlogos. Es gibt allerdings unter den Musikern und Fans auch echte Fanatiker. In Norwegen wurden in den Neunzigern von denen sogar Kirchen niedergebrannt.«

Kruse blies die Wangen auf und ließ die Luft langsam entweichen. »Jetzt ist mir klar, worauf du hinauswillst. Aber wäre das nicht allzu offensichtlich?« Seine Skepsis stand ihm ins Gesicht geschrieben, bevor er den Blick senkte und auf dem Tablet zu tippen begann.

»Mag sein, aber deshalb muss es ja nicht falsch sein. Außerdem ist es eine erste Spur, die sich hier möglicherweise ergibt. Da hat Jana schon recht«, erwiderte Hempel und trank einen Schluck Kaffee aus seiner heiß geliebten BVB-Tasse.

»Könnte tatsächlich was dran sein«, unterbrach Kruse ihn. »Laut Wikipedia kokettieren *Baphomet's Disciples* wohl ganz schön mit dem Satanismus.« Er hielt den Blick nun starr auf das Display gerichtet. »Ein Song von denen ist sogar auf dem Index gelandet.«

»Siehste«, erwiderte Jana mit dem Anflug eines wissenden Lächelns. »Lasst uns mal checken, was wirklich dahintersteckt. Ihr müsst doch zugeben, dass es ein großer Zufall ist, dass es diese Verbindung zum Opfer gibt. Der Schwager in spe ein Fan von Okkultem, und unserer Toten fehlt die Leber. Hm … Abgesehen davon frage ich mich, warum mir Marion Hufnagels Freund nichts von der Band seines Bruders erzählt hat. Immerhin habe ich ihn gefragt, ob es in ihrem Leben Berührungspunkte zur satanistischen Szene gab, was er klar verneint hat. Als ich vorhin ein wenig Background Recherche betrieben habe, ist mir das zufällig aufgefallen. Ich konnte mich aber erst mal nicht weiter drum kümmern, weil ich nach Eppendorf zur Obduktion musste. Also, wer begleitet mich zu der Adresse von Mats Arnold, dem Gitarristen von *Baphomet's Disciples*?«

Hempel musste nicht lange überredet werden und erhob sich von seinem Stuhl. »Ist wohl eindeutig ein Einsatz für uns beide. Henning kann sich weiter um seine Recherchen in Sachen *satanistische Sekten* kümmern.« Der glatzköpfige Ermittler setzte ein breites Lächeln auf.

»Ich muss eh gleich los, meine beiden Lütten vom Sport abholen. Meine Frau ist krank, dauert aber nicht lange.« Kruse nickte ihnen zu.

»Bevor ihr euch um diesen Musiker kümmert, erlaube ich mir allerdings den Hinweis, dass ihr euch bitte nicht vorschnell auf ein bestimmtes Tatmotiv festlegt. Es könnte durchaus sein, dass wir es mit einem Fall von Kannibalismus oder illegalem Organhandel zu tun haben«, meldete sich Stöver noch einmal zu Wort.

»Da kann ich dich beruhigen«, hielt Jana dagegen. »Selbstverständlich ermitteln wir in alle Richtungen.« Dann klatschte sie in die Hände und erhob sich ruckartig. »Auf geht's Leute. Wir haben noch eine Menge zu tun.«

Die Uhr im Besprechungsraum sprang auf halb vier.

Kapitel 7

Keine zehn Minuten, nachdem sie das Präsidium verlassen hatten, drückte Hempel auf den kleinen Plastikschalter, auf dem die Namen *Arnold* und *Gebauer* standen. Der Musiker lebte in einem vierstöckigen Mehrparteienhaus mit gelber Putzfassade im Stadtteil Winterhude. Kurz darauf ertönte der Türsummer, und die beiden Mordermittler stapften die Treppe hinauf in die zweite Etage. Eine junge Frau mit langen blonden Haaren, hohen Wangenknochen und Stupsnase empfing sie an der Wohnungstür, lässig an den Türrahmen gelehnt, die Arme vor der Brust verschränkt. Sie trug ein schwarzes Shirt mit dem Aufdruck *Baphomet's Disciples*.

»Ja bitte?«, fragte sie mit melodischer Stimme.

»Brinkhorst, Kripo Hamburg. Mein Kollege Hempel«, übernahm die Hauptkommissarin wie üblich die Vorstellung. Beide hatten ihre Ausweise gezückt. »Und Ihr Name ist …?«

»Denise Gebauer«, gab die junge Frau knapp zurück. »Sie kommen wegen Marion, nehme ich an? Furchtbare Sache.« Sie machte ein zerknirschtes Gesicht.

»Wir würden gern mit Herrn Arnold sprechen. Ist er zu Hause?«

Sie schüttelte den Kopf. »Mats ist im Proberaum.«

»… der sich wo befindet?«, wollte Hempel wissen.

»Musikbunker Sievekingdamm«, kam postwendend die Antwort.

»Danke. Kannten Sie Frau Hufnagel eigentlich näher?« Wieder war es Jana, die das Wort ergriff.

»Wir sind uns ein paarmal begegnet, auf Partys und so. Aber wir waren keine engen Freunde, wenn Sie das meinen.«

»Wann haben Sie sie zuletzt gesehen?«

Denise Gebauer zog die Nase kraus, schaute zu Seite. »Puh, muss ein paar Wochen her sein. Geburtstagsfeier oder so.«

»Und Mats? Kannte er die Tote näher?«

Der Blondschopf schüttelte den Kopf. Na toll, den Weg hatten sie umsonst gemacht, dachte Jana und beendete die Befragung, noch bevor sie eigentlich richtig begonnen hatte.

Vor dem Eingang zum Musikbunker trafen sie auf fünf Raucher, vier Männer und eine Frau. Drei von ihnen hielten zudem eine Flasche Bier in der Hand.

»Tach, die Herrschaften«, nutzte Hempel die Gelegenheit. »Wisst ihr zufällig, wo wir den Proberaum von *Baphomet's Disciples* finden können?«

»Wer will'n das wissen? Ihr seht nicht gerade wie Black-Metal-Groupies aus«, erwiderte die junge Frau mit dem Undercut, den gepiercten Augenbrauen und der angenehm warm rauchig klingenden Stimme. Sie musterte Jana und Hempel von Kopf bis Fuß, während ihre Begleiter lauthals losprusteten.

»Die Polizei«, erwiderte Jana nur und hielt ihr den Dienstausweis vor die Nase, woraufhin die Männer augenblicklich verstummten. »Ihrer Reaktion entnehme ich, dass Sie die Band kennen. Also, wo finden wir sie?«

»Jeder hier kennt diese Spinner. Na ja, die waren ja immerhin auch schon auf Europatour. Zweite Etage, linker Flur, letzter Raum auf der rechten Seite.« Die Antwort kam von einem der Männer.

Jana bedankte sich und machte sich mit Steffen auf den Weg. Schon als sie den Flur der zweiten Etage betraten, hörten sie ein Double-Bass-Gewitter, kreischende Gitarren und infernalischen Gesang. Ein sicheres Zeichen dafür, dass sie sich ihrem Ziel näherten.

»Anklopfen können wir uns sparen«, meinte Hempel und grinste.

»Wohl wahr«, entgegnete Jana und formte kleinen und Zeigefinger zur Pommesgabel, dem Erkennungszeichen aller Rock- und Metalfans.

Sekunden später betraten sie den Proberaum, in dem fünf Musiker ihre Instrumente beziehungsweise das Mikrofon malträtierten. Die Band verstummte schlagartig, als sie Notiz von ihnen nahmen.

»Haben Sie sich verlaufen?«, fragte der Sänger, jetzt mit normaler Stimme, nachdem er zuvor noch guttural ins Mikro gebrüllt hatte.

»Nicht wirklich. Wir würden uns gern mit Mats Arnold unterhalten.« Erneut wiesen sie sich aus.

»Es geht um Marion, nehme ich an?«, fragte der Musiker. Der Mann mit dem ovalen Gesicht, der schmalen

Nase und den pechschwarzen langen Haaren trug ein Metal-Shirt und eine schwarze Lederhose mit Patronengürtel. Er legte die Gitarre ab und stellte sie auf einen Gitarrenständer, der neben einem Marshall-Verstärker stand. Seine Bandkollegen starrten ihn fragend an.

Jana nickte. »Können wir uns draußen unterhalten?« Sie hatte zuvor mit Steffen ausgemacht, dass er mit den anderen Bandmitgliedern sprechen sollte, um ihnen mal auf den Zahn zu fühlen.

Mats Arnold schnappte sich die Packung Zigaretten, die auf seinem Verstärker lag, zog sich eine Lederjacke an und kam auf Jana zu. »Gehen wir?«, fragte er.

Vor dem Bunker zündete sich Arnold eine Kippe an. Die Frau und die vier Männer, auf die Jana und Hempel zuvor gestoßen waren, hatten sich mittlerweile zurückgezogen.

»Kann ich auch eine haben?«, fragte die Hauptkommissarin, die seit Jahren versuchte, ihre Sucht nach Nikotin in den Griff zu bekommen, aber immer wieder scheiterte.

Der Musiker reichte ihr wortlos die Schachtel und sein Zippo, während er genüsslich an der Zigarette zog.

»Wie gut kannten Sie die Freundin Ihres Bruders?«, begann sie und gab das Feuerzeug zurück.

»Flüchtig. Sind uns ein paarmal begegnet.« Arnold starrte auf die Metallkappen an den Spitzen seiner Boots.

»Wann zuletzt?«

»Ist ein paar Wochen her. Sie glauben doch nicht ernsthaft, dass ich was mit Marions Tod zu tun habe?«

Er zog die Stirn kraus und blickte sie ernst an.

»Im Moment glauben wir noch gar nichts, aber wenn wir schon mal dabei sind: Wo waren Sie am Abend der Entführung vor zwei Tagen zwischen achtzehn und dreiundzwanzig Uhr?«

Arnolds Mund verzog sich zu einem schiefen Grinsen. »Hier, wie jeden Abend in den letzten beiden Wochen. Wir proben zurzeit täglich. Wir gehen nächsten Monat auf Tour. Die Jungs werden sicherlich bestätigen können, dass wir bis kurz vor neun geprobt haben. Außerdem haben wir einen Teil der Probe als Livestream über Insta für unsere Fans gestreamt. Also jede Menge Zeugen. Danach bin ich direkt nach Hause.«

»Haben Sie eine Idee, wer für den Tod der Frau verantwortlich sein könnte?«

Arnold zuckte mit den Schultern. »Keine Ahnung. Wie ich schon sagte, kannten wir uns ja fast gar nicht. Was genau ist denn eigentlich passiert? Mein Bruder war kaum in der Lage, ein Wort herauszubringen, als er mich angerufen hat. Er ist total am Boden zerstört.«

»Warum sind Sie dann hier, statt ihm beizustehen? Immerhin ist seine Freundin tot.« Es klang härter als beabsichtigt, allerdings wollte Jana den Mann auch ein wenig aus der Reserve locken. Auf die erste Frage war sie bewusst nicht eingegangen.

»Ich war vorhin bei ihm. Er wollte allein sein. Außerdem wüsste ich nicht, was Sie das angeht.« Er schnaubte verächtlich und zog energisch an seiner Kippe.

Jana schwieg einen Moment, dachte über die nächste

Frage nach. »Wie stehen Sie zum Thema Satanismus?«

Arnolds Augen weiteten sich. »Was soll'n die blöde Frage?« Er funkelte sie jetzt böse an.

»Es interessiert mich einfach, ob dieser ganze Firlefanz mit den umgedrehten Kreuzen, Pentagrammen und die Songtexte über Satan als einzig wahren Gott nur Image sind oder Sie tatsächlich ein fanatischer Satanist sind.« Jana legte den Kopf leicht schief und beäugte den Mann, um seine Reaktion genau unter die Lupe zu nehmen. Sie würde ihm auf keinen Fall auf die Nase binden, dass in der Luftröhre des Opfers eine Baphomet-Münze gefunden worden war, dieses Detail wollten sie aus ermittlungstechnischen Gründen zurückhalten.

Arnold schüttelte ungläubig den Kopf. »Wenn Sie denken, dass ich auf Friedhöfen rumlungere und Schwarze Messen feiere oder Tiere opfere, um ihr Blut zu trinken, dann sind Sie auf dem Holzweg. Die Leute haben nämlich eine völlig falsche Vorstellung vom wahren Satanismus. Ich liebe es einfach, Black Metal zu spielen, und Pentagramme und so'n Zeugs finden Sie auch in anderen Musikgenres. Dass wir mit unserem Image und Songtexten provozieren wollen, ist auch 'ne Imagefrage.« Der Befragte zog ein letztes Mal an seiner Zigarette, schmiss sie dann auf den Boden und trat sie aus. »Hören Sie, ich find es furchtbar tragisch, dass Marion ermordet wurde. Aber ich habe nichts mit ihrem Verschwinden zu tun und erst recht nichts mit ihrem Tod. Ich habe auch keinen Plan, wer ihr das angetan haben könnte. Wenn Ihnen sonst nichts mehr auf der Seele brennt, würde ich jetzt gern wieder hochgehen. Wir müssen weiter an unserem Set arbeiten.«

»Eine Frage noch. Kennen Sie zufällig Personen, die den Satanismus extrem ausleben und zum Beispiel Schwarze Messen feiern?«

Arnold verdrehte die Augen. »Nein, kenne ich nicht. Was nicht heißt, dass es nicht irgendwelche durchgeknallten Fans meiner Band gibt, die zu dieser Kategorie zählen.«

Jana nickte und drückte den Zigarettenstummel in dem Ascher aus, der neben dem Eingang stand. »Sollte Ihnen diesbezüglich doch noch der Name einer Person einfallen, die Ihnen in der Vergangenheit mit besonders radikalen Einstellungen zum Thema Satanismus in Erinnerung geblieben ist, können Sie mich jederzeit anrufen«, erklärte sie und steckte dem Musiker eine Visitenkarte zu, die sie aus ihrem Portemonnaie geholt hatte.

Als sie beide schweigend zum Proberaum von Arnolds Band nebeneinanderher gingen, dröhnte laute Musik aus dem Raum. Jana runzelte die Stirn. Eigentlich hatte Jana ihren Kollegen damit beauftragt, den Bandmitgliedern des Gitarristen auf den Zahn zu fühlen, doch als Arnold die Tür öffnete, traf sie fast der Schlag. Am Mikro stand kein Geringerer als ihr Kollege, er grölte begleitet durch die anderen Musiker die Zeilen zu *For Whom the Bell tolls* von Metallica.

Er verstummte in dem Moment, als er sie erblickte. Auch die Band ließ fast im selben Augenblick von den Instrumenten ab. »Danke, Jungs. Ich muss dann jetzt los«, sagte er mit betretener Miene und trottete wie ein begossener Pudel auf Jana zu.

»Sag mal, hast du sie noch alle?«, zischte sie ihm zu, als sie den Raum verlassen hatten und in Richtung Treppenhaus durch den Flur marschierten. »Das sind potenzielle Verdächtige. Statt sie zu befragen, machst du eine Jam-Session mit ihnen.« Sie schüttelte verständnislos den Kopf.

»Die fünf haben ein belegbares Alibi, also auch Mats Arnold«, erwiderte Steffen sogleich. »Sie haben an dem Abend, als Marion Hufnagel verschwunden ist, bei Instagram ein Live-Video aus dem Proberaum gesendet. Kann man leicht überprüfen.«

»Passt zu Arnolds Aussage. Er hat mir erzählt, dass sie sich am Tatabend auf die anstehende Tour vorbereitet haben, und die Fans sollten ein bisschen dran teilhaben. Trotzdem war es voll daneben, dass du gerade einen auf verhinderten Rockstar gemacht hast«, brummte Jana.

»Hast ja recht. Wie wär's zur Entschuldigung mit 'ner Pommes-Schranke?«, fragte der Hüne aus dem Ruhrpott.

»Könnte in der Tat eine Kleinigkeit zu essen vertragen«, erwiderte Jana versöhnlich. Tatsächlich knurrte ihr Magen schon seit einer Weile.

Kapitel 8

21:25 Uhr, Helbingstraße

Mit einem Glas Rotwein hatte es sich Jana auf dem neuen Sofa bequem gemacht, das sie sich vor Kurzem gegönnt hatte. Ein Zweisitzer aus schwarzem Leder mit passendem Sessel. Doch statt den Tag mit ein wenig fernsehen ausklingen zu lassen, stöberte sie in der Ermittlungsakte, die ihr ehemaliger Kieler Kollege am späten Nachmittag wie versprochen per Mail geschickt hatte. Über eine sichere Verbindung hatte sie sich eingeloggt, um Zugriff auf den Polizeirechner zu haben.

Doch die Informationen zum Mord an dem Mann, dessen Identität bis heute nach wie vor nicht hatte geklärt werden können, brachten sie im Moment nicht weiter. Abgesehen von der Pentagramm-Münze, die jener von damals glich, gab es auf den ersten Blick keine Übereinstimmungen. Seufzend hob sie den Laptop zur Seite, stellte das Weinglas auf den Glastisch und massierte sich die Schläfen. Dann fiel ihr wieder der Notizzettel ein, den Henning ihr auf den Schreibtisch gelegt hatte. *Schau dir mal diese Vermisstenmeldung von heute an* hatte die Nachricht gelautet, die er ihr hinterlassen hatte.

Patricia Lambrecht, eine zwanzigjährige Lehramtsstudentin, war am Mittwochnachmittag zuletzt in der Müggenkampstraße gesehen worden, wo sie gegen

16:45 Uhr nach einem Streit mit ihrem Freund aus dessen Wagen gestiegen war. Von da an verlor sich jede Spur. Weder war sie zu Hause aufgetaucht – sie bewohnte ein WG-Zimmer im Stadtteil Rotherbaum – noch telefonisch erreichbar. Auch bei den Eltern, die in Hannover lebten, hatte sie sich nicht gemeldet. Patricia Lambrecht blieb buchstäblich wie vom Erdboden verschluckt. Und es war offenbar genau dieser Umstand, der Hennings Interesse geweckt hatte, obwohl es derzeitig keinen Hinweis darauf gab, dass sich die beiden Frauen gekannt hatten oder es irgendeine Verbindung zwischen ihnen gab. Hörte ihr Partner nur die Flöhe husten oder bestand tatsächlich ein Zusammenhang?

Jana schob den Gedanken beiseite. Vermutlich würde die Studentin schon bald wieder auftauchen. Sie wäre nicht die erste Frau, die nach dem gebeichteten Seitensprung ihres Partners – der Freund hatte diesen als Grund für den Streit bei der Vermisstenanzeige angegeben – ein paar Tage abtauchte, um sich dann irgendwann wieder blicken zu lassen. Sie wusste selbst, wie beschissen sich das anfühlte. Auch ihr Ex-Mann hatte sie vor über acht Jahren betrogen. Damals hätte sie sich am liebsten irgendwo verkrochen, bis der Schmerz nachgelassen hätte.

Sie nahm einen großen Schluck Wein und ließ einmal geräuschvoll die Finger knacken. Dann stürzte sie sich wieder in die Arbeit, sie wollte noch Steffens Aufzeichnungen zum Thema »kannibalistisch motivierte Morde« durchgehen. Auch ihre eigenen Recherchen bezüglich illegaler Organtransplantationen standen noch auf der Agenda. Zu guter Letzt würde sie sich abermals den Ermittlungsakten der ehemaligen Kieler Kollegen widmen. Irgendwo musste sich doch ein Hinweis finden lassen, der ihre eigenen Recherchen im Fall Marion Hufnagel voranbringen konnte.

Kapitel 9

Todesangst trieb sie in den Stunden, seit sie wach geworden war, fast in den Wahnsinn. Es fühlte sich an, als hätten sich unsichtbare Hände um ihren Hals gelegt, die nun fest zudrückten und ihr die Luft abschnürten – stets verbunden mit der Frage, warum ausgerechnet sie in solch eine Lage geraten war.

Die letzten Tränen, die sich den Weg über ihr verheultes Gesicht gebahnt hatten, waren längst getrocknet. Sie waren nicht einfach versiegt, nein, die junge Studentin hatte sich bereits die Seele aus dem Leib geheult. Jegliches Zeitgefühl war inzwischen verloren, sie wusste nicht, wie lange sie sich schon in der Hand ihrer Entführer befand. Die Zeit verging elendig langsam, wenn man allein gelassen wurde mit den eigenen Gedanken, die sich drehten wie ein Karussell. Was wollten die Kidnapper von ihr? Wie lange musste sie noch hier ausharren? War schon eine Lösegeldforderung bei ihren Eltern eingegangen? – Wobei bei ihnen doch gar nichts zu holen war. Sie arbeiteten beide, aber das Geld reichte gerade einmal für die Miete und ein halbwegs sorgenfreies Leben.

Immerhin, sie lebte noch. Ein schwacher Trost. Ein Hoffnungsschimmer, an den sie sich klammerte wie an einen Strohhalm. Aufgewacht war sie in einem Bett, an Händen und Füßen gefesselt, wie sie schnell hatte feststellen müssen. In dem tristen fensterlosen Raum hatte sie keine weiteren Möbel oder Bilder an den Wänden ausmachen können, als das Licht zum ersten Mal angegangen war und man ihr etwas zu essen und zu trinken gebracht hatte. Ging die Lampe aus, starrte sie wieder auf den kleinen roten Punkt an der Decke, der sie die ganze Zeit über hämisch anzugrinsen schien. Eine Kamera. Die Entführer wollten sichergehen, hielten sie unter ständiger Beobachtung.

Um die Mahlzeiten einnehmen zu können, hatte man die Fixierung an einer Hand gelöst. Toilettengänge mussten im Badezimmer, das direkt an ihre Gefängniszelle angrenzte, bei geöffneter Tür verrichtet werden, während ihr Bewacher sie dabei beobachtete: ein großer Kerl mit langem Haar, das zu einem Zopf zusammengebunden war. Das Auffälligste an ihm waren die tätowierten Flammen, die sich oberhalb des T-Shirt-Kragens am Hals emporschlängelten. Es kam ihr so erniedrigend vor, und doch war es eine Wohltat, sich erleichtern und anschließend die Hände waschen zu dürfen.

Anfangs hatte sie sich noch die Seele aus dem Leib geschrien und um Hilfe gerufen, aber ihre Schreie waren verhallt. Niemand würde ihr helfen. Diese Einsicht war urplötzlich über sie gekommen, hatte sich wie eine Lawine in ihrem Kopf breitgemacht und dafür gesorgt, dass ihre Gedanken zu Lars schweiften. Dieses Schwein hatte sie betrogen, er trug an alldem hier die Schuld. Hätte er nicht den Seitensprung gestanden, wäre sie nicht voller Wut und Verzweiflung aus dem Auto gestiegen. Und dennoch wünschte sie sich im

Augenblick nichts sehnlicher, als jetzt in seinen Armen liegen zu können.

Ein Schlüssel drehte sich im Schloss, riss sie aus den Gedanken und ließ sie aufhorchen. Was, schon wieder Essenszeit? Die letzte Mahlzeit, bestehend aus einem Nutellabrot und einem Joghurt, war noch gar nicht lange her. Oder etwa doch? Kurz darauf wurde die Tür geöffnet, das Licht ging an, es brannte wie kleine Nadelstiche in den Augen. Ihr Bewacher trat ein. Zum vierten Mal bekam sie ihn jetzt zu Gesicht.

Immer wieder hatte sie versucht, etwas aus dem Kerl herauszubekommen, aber er hatte sie jedes Mal ignoriert. Er blieb stumm wie ein Fisch, als hätte man ihm die Zunge herausgeschnitten. Doch dieses Mal hielt er kein Tablett mit Essen in den Händen. Stattdessen erblickte sie eine Spritze. Mit widerlich breitem Grinsen steuerte er auf sie zu.

»Was wollen Sie von mir?« Sie zerrte an den Fesseln. Vergeblich, wie die Male zuvor. »Reden Sie doch mit mir! Geht's um Geld? Meine Eltern können es besorgen!« Vielleicht konnten sie sich die Kohle ja irgendwo leihen, dachte sie hilflos.

Der muskelbepackte Unbekannte schwieg. Er öffnete lediglich den Mund, um die Schutzkappe der Spritze zwischen den Vorderzähnen einzuklemmen, die er anschließend lässig abzog und auf den Boden spuckte.

»Bitte«, flehte sie. Es war nur ein Hauchen. Dann spannte sie die Muskeln an und bäumte sich auf. Tränen liefen in Strömen über ihre Wangen. Hier ging es nicht um Kohle, der Gedanke sprang sie jetzt förmlich an. Diese Typen wollten womöglich eine Sexsklavin aus ihr machen! Sie war die Gefangene von Zuhältern oder Menschenhändlern! Klar, deshalb hatte man sie auch so gut behandelt.

Der kalte Blick des Mannes ließ sie erschaudern. Die Angst, ihr ständiger Begleiter, seit sie entführt wurde, ging nun in Panik über. Sie bäumte sich abermals auf, schrie aus Leibeskräften.

Der Langhaarige schüttelte nur belustigt den Kopf, bevor er ihr die Kanüle in die Armvene jagte und den Kolben hinunterdrückte. Schon merkte sie, wie die Flüssigkeit sich verteilte. Es brannte ein wenig, fühlte sich gleichzeitig kühl an.

»Du erfüllst jetzt deine wahre Bestimmung, Prinzessin«, waren die letzten Worte, die Patricia Lambrecht in ihrem noch jungen Leben zu hören bekam, bevor sie langsam in die Dunkelheit hinüberglitt. Absurderweise begleitet von dem Gedanken, wie sie nur so töricht hatte sein können zu glauben, dass man sie vielleicht hätte retten können. Welcher Entführer zeigte schon bei der ersten Begegnung in dem Gefängnis sein unverhülltes Gesicht, wenn er plante, sein Opfer je wieder laufen zu lassen?

Kapitel 10

23:44 Uhr, irgendwo in Hamburg

Er verspürte tiefe Dankbarkeit dafür, dass seine Oma ihm vor drei Jahren das Haus vererbt hatte, nachdem sie nach langer schwerer Krankheit das Zeitliche gesegnet hatte. Sie war es auch gewesen, die sich zusammen mit Opa liebevoll um ihn gekümmert hatte, nachdem seine Eltern damals bei einem Lawinenabgang in Österreich ums Leben gekommen waren. Mehr als siebzehn Jahre lag das tragische Unglück mittlerweile zurück. Ohne den Einsatz seiner Großeltern wäre er vermutlich im Kinderheim gelandet. Stattdessen hatte er an seiner Schule das Abitur machen können und war anschließend fürs Studium nach München gezogen. Eigentlich hatte er Wirtschaftswissenschaften studieren wollen, doch fünf Semester später sämtliche Zelte in der bayerischen Hauptstadt abgebrochen, und war als frischgebackener Multi-Millionär nach Hamburg zurückgekehrt. Ausgerechnet er hatte den Jackpot beim Eurojackpot geknackt. Zu jenem Zeitpunkt hatte er sich längst schon anderen Studien zugewandt. Privatstudien, wenn man so wollte, denn der Stoff seines Interesses wurde nicht an der Uni gelehrt.

Omas Haus war ein Ort der Zusammenkunft Gleichgesinnter geworden. Keine Nachbarn in direkter Nähe, hier konnten sie tun und lassen, was sie wollten, niemand störte sie. Selbstverständlich hatte er dafür einige bauliche Veränderungen durchführen müssen, im Keller beispielsweise war ein knapp vierzig Quadratmeter großer Versammlungsraum entstanden. Sogar einen echten Altar gab es hier, dieser stammte aus einer osteuropäischen Kirche, die abgerissen werden sollte. Wie es der Zufall so wollte, hatte er davon erfahren, alle Hebel in Bewegung gesetzt und den Altar von einem windigen Typen erstanden, der ihm das Ding frei Haus geliefert hatte. Wenn man genug Zaster hatte, konnte man sich wirklich alles kaufen.

Die für heute geplante Zeremonie sollte ein Härtetest für die neuen Anwärter seines *inner circle* sein. Fünf Jünger, vier Männer und eine Frau, die sich erst noch als würdig erweisen mussten, sich seiner Bewegung anzuschließen. Die Teilnehmer waren sich zuvor nie in dieser Konstellation begegnet, kannten weder Namen noch Sonstiges voneinander. Darauf legte er größten Wert, nur durch Anonymität ließ sich die Identität schützen.

Er selbst hingegen wusste genau, wen er in sein Haus eingeladen hatte. Er hatte die Kandidaten mit allen ihm zur Verfügung stehenden Mitteln durchleuchtet, Dossiers über potenzielle Neuzugänge erstellt. Kam es zu einem Treffen, musste jeder von ihnen eiserne Regeln befolgen. Treffpunkt an einem geheimen Ort, fern der Öffentlichkeit, wo sie von seiner rechten Hand in Empfang genommen wurden. Schon dort mussten die Interessenten eine schwarze Robe und eine Ziegenmaske anlegen, unter der Gesicht und Statur nicht zu erkennen waren. Damit der Ort der Zusammenkunft geheim blieb, wurden den potenziellen Neuzugängen der Gruppe die Augen mit einem blickdichten Tuch verbunden. Niemand sollte wissen, wo das eigentliche Treffen stattfand.

Heute befanden sich sogar ein Arzt und ein Bankangestellter unter den Teilnehmern, die über eine Außentreppe in den Keller zum Zeremonienraum gebracht worden waren. Nur noch ein paar Minuten, und das Ritual würde beginnen. In der Sekunde, als er sich die Kapuze seiner roten Robe aufsetzte, klopfte es an der Tür.

Er legte die pechschwarze Ziegenmaske an und rief »Herein«. Ein ebenfalls in eine dunkle Robe gekleideter maskierter Mann trat in das Zimmer.

»Es ist alles vorbereitet.«

»Gut«, erwiderte er nur, woraufhin sein Vertrauter auf dem Absatz kehrtmachte und den Raum wieder verließ.

Auch er setzte sich in Bewegung, und kurz darauf betraten sie den Versammlungsraum, der allein durch das diffuse Licht der Kerzen erhellt wurde. Gemächlich schritt er durch die kleine Gasse der Anwesenden Richtung Altar, über dem ein schwarzes umgedrehtes Kreuz prangte, kniete davor nieder und wandte sich zu seinen Gefolgsleuten um. Es herrschte eine fast schon beängstigende Stille.

Dann brach er das Schweigen, sprach das Satan-Unser und hielt eine infernalische Rede, um alle Anwesenden darauf einzustimmen, was nun folgte. Als er geendet hatte, skandierte die Meute ein »Heil Satan«. Zufrieden wandte er sich seinem wichtigsten Untertan zu und sprach die drei magischen Worte.

»Ist sie bereit?«

Kapitel 11

Freitag, 12. April

Pünktlich um halb neun begann die Frühbesprechung. Bis kurz nach Mitternacht hatte Jana noch zu Hause gearbeitet. Sie hatte die Ermittlungsakte im Fall des unbekannten Toten in Kiel durchgeackert, war Steffens Notizen zu kannibalistisch motivierten Morden durchgegangen und hatte diverse Quellen hinsichtlich illegaler Transplantationen studiert. Neue Erkenntnisse, die ihnen bei den eigenen Recherchen weiterhelfen konnten, hatte sie aber nicht gewonnen. Die schlechte Nachricht hatte sie soeben verkündet. »Bist du in Sachen satanistischer Sekten schon weitergekommen?«, wollte sie von Henning wissen.

Der schüttelte nur den Kopf. »Ich habe gestern Abend noch ein wenig dazu im Netz recherchiert, mich in diversen Foren rumgetrieben, die in irgendeiner Form mit dem Thema zu tun haben, und nach Hinweisen gesucht, aber keine entdeckt. Wenn es so eine Szene in Hamburg gibt, dann ausschließlich im Verborgenen, so wie es der Sektenbeauftragte auch schon angedeutet hat. Ich bleib da am Ball«, erklärte er hastig und trank einen Schluck Tee.

Jana wollte soeben zur nächsten Frage ansetzen, da wurde sie durch das *Pling* einer eingehenden Nachricht unterbrochen. Auf dem Handy registrierte sie eine Mail von Robert Dürr, dem Gerichtsmediziner. »Die Ergebnisse des Tox-Screenings von Marion Hufnagel liegen vor«, murmelte sie und überflog den Bericht. »Keinerlei Hinweise auf Schmerzmittel oder ein Muskelrelaxans. Wenn es sich bei dem Mord tatsächlich um eine fingierte Organtransplantation gehandelt haben sollte, hat man auf die Gabe der Mittel gänzlich verzichtet. Dafür wurden Spuren von Thiopental gefunden, einem kurz wirkenden Barbiturat mit hypnotisierender Wirkung«, fasste sie den Bericht zusammen und legte das Handy wieder auf den Tisch.

»Thiopental ist verschreibungspflichtig, das schränkt die Suche wenigstens einigermaßen ein«, meinte Hempel.

Kriminalrat Stöver, der ebenfalls anwesend war, lachte kurz auf. »Im Darknet bekommst du doch heutzutage alles. Und auf Wunsch gegen das entsprechende Entgelt auch direkt nach Hause geliefert. Muss ich dir wohl kaum erklären, oder?«

»Da hat der Chef leider recht. Trotzdem gehen wir der Spur natürlich nach«, meinte Jana nachdenklich. Für einen kurzen Moment herrschte Stille im Besprechungsraum.

»Ich kann leider auch nicht mit guten Nachrichten dienen. Die Cyber-Crime-Jungs haben auf meinen Wunsch hin die Kannibalismus-Foren im Darknet durchforstet. Aber *nada*. Nicht der geringste Hinweis, der mit dem Mord an Marion Hufnagel in Verbindung steht«, brach Hempel das Schweigen nach einigen Sekunden.

»Mit anderen Worten, wir sind keinen Schritt weiter.« Jana seufzte.

»Was ist mit dem Vermisstenfall Lambrecht?«, wollte Henning wissen.

Stöver runzelte die Stirn, und auch Steffen Hempel warf seinem Partner einen fragenden Blick zu.

»Eine junge Studentin, die spurlos verschwunden ist«, erklärte Jana. »Henning glaubt, dass da ein Zusammenhang zu unserem Fall bestehen könnte.«

»Und, ist dem so?«, hakte der Kriminalrat nach.

»Wir wissen zu wenig darüber«, befand sie diplomatisch, da sie noch immer keine Verbindung zwischen den beiden Fällen erkennen konnte. »Auf den ersten Blick würde ich sagen: Nein. Aber es gibt eine Parallele, die zumindest hellhörig werden lässt. Zwei junge Frauen, von einem auf den anderen Moment spurlos verschwunden, ohne dass eine Lösegeldforderung eingegangen ist. Wir behalten das auf jeden Fall im Hinterkopf.«

Kaum hatte sie zu Ende gesprochen, klingelte ein Handy, diesmal Steffens Smartphone.

»Wer stört?«, brummte er, als er das Gespräch entgegennahm. »Ja, natürlich erinnere ich mich. … Hm, bist du sicher?« Er runzelte die Stirn. Okay, danke. Mal sehen. Tschüss.« Er beendete das Telefonat, drei Augenpaare waren auf ihn gerichtet. »Sieht so aus, dass mein Einsatz am Mikro von *Baphomet's Disciples* doch nicht umsonst gewesen ist«, sagte er mit kurzem Grinsen in Janas Richtung. »Das war der Sänger der Band – mit einem höllisch heißen Tipp, wie er meint.«

»Da bin ich aber mal gespannt.« Jana lehnte sich zurück und verschränkte die Arme vor der Brust.

»Er hat einen Namen für mich. Sascha Schultheiss. Soll ein Hardcore-Satanist mit ziemlich schrägen Ansichten sein.«

»Und warum rückt er jetzt erst mit der Sprache raus?«, fragte Jana.

»Weil er nicht wusste, wie der Typ heißt. Angeblich musste er den Namen erst mal rausfinden. Aber ist auch egal. Denn ihr werdet kaum glauben, wo dieser Schultheiss arbeitet.« Hempel hielt sekundenlang inne und schaute allen nacheinander in die Augen. »Er ist Bestattungshelfer beim Beerdigungsinstitut *Letzte Reise*. Und dieses Unternehmen war ganz zufällig für die Beisetzung des Toten verantwortlich, in dessen Grube Marion Hufnagels Leiche gefunden wurde«, ließ er die Bombe platzen.

Jana spürte, wie es in ihrem Körper zu kribbeln begann. »Das ist allerdings mehr als interessant. Dann sollten wir keine Zeit verlieren und Herrn Schultheiss umgehend einen Besuch abstatten.« Schon gab sie das Zeichen zum Aufbruch.

Kapitel 12

Das Beerdigungsinstitut, in dem Sascha Schultheiss arbeitete, lag in der Bandwirkerstraße, nicht weit vom Präsidium entfernt. Jana hatte sich umgehend mit Steffen auf den Weg zu der Adresse gemacht. Kurze Zeit später standen sie vor dem Gebäude mit der grauen Klinkerfassade und dem großen Schaufenster, das komplett mit schwarzem Stoff ausgekleidet war. Diverse Urnen in verschiedensten Ausführungen und Abmessungen waren drapiert worden. Sogar eine Graburne im Design eines Fußballs mit der Raute des HSV war dort ausgestellt. Oberhalb von Eingangstür und Schaufenster prangte in großen bronzefarbenen Lettern auf der Fassade der Name *Bestattungsinstitut Letzte Reise.*

»Der Inhaber war bestimmt früher mal Reisekaufmann«, scherzte Steffen in Anspielung an den Namen des Instituts, was Jana veranlasste, mit den Augen zu rollen.

Sie öffneten die Glastür und standen kurz darauf mitten in einem Ausstellungsraum voller Särge und Regalwänden, auf denen weitere Urnen ausgestellt waren. Am Ende des Raums entdeckten sie einen Mann mit silbergrauem Haar, der hinter einem Schreibtisch hockte. Er blickte entspannt auf, erhob sich von seinem Stuhl, wobei er den Knopf der Anzugjacke schloss, und steuerte geradewegs auf sie zu.

»Guten Morgen, die Herrschaften. Was kann ich für Sie tun?« Der Anzugträger, ein leicht untersetzter Mann, den Jana auf Anfang bis Mitte fünfzig schätzte, lächelte freundlich.

Die übliche Vorstellung mit Dienstausweisen sorgte bei ihrem Gegenüber für ein Stirnrunzeln. »Wir würden uns gern mit Ihrem Angestellten Sascha Schultheiss unterhalten, Herr …?«

»… Brandt, Reinhold Brandt mein Name. Ich bin der Inhaber. Was ist mit Sascha? Hat er etwas verbrochen?« Mit kleinen zusammengekniffenen Schweinsaugen beäugte er zunächst Jana, dann Steffen. Der Mann war kaum größer als sie selbst, die es gerade auf knapp eins siebzig brachte.

»Wir haben einige Fragen, die sich im Zuge unserer aktuellen Ermittlungen ergeben haben. Also: Ist er da?«, antwortete Hempel.

»Ja, sicher. Er ist hinten und bereitet einen Leichnam für eine Beerdigung vor. Ich kann meinen Angestellten gern holen.«

»Danke, nicht nötig. Sie können uns gern zu ihm bringen.« Jana lächelte betont freundlich.

»Ja, natürlich«, erwiderte der Besitzer des Beerdigungsinstitutes unsicher und setzte sich sofort in Bewegung.

»Ach, Herr Brandt, vielleicht können Sie uns ja doch helfen«, fiel ihr ein. Der Mann stoppte abrupt und drehte sich wieder zu ihnen um. »Gibt es etwas, das Sie uns vorab über Herrn Schultheiss erzählen können? Was ist er für ein Mensch? Wie macht er sich als Mitarbeiter?«

Jana sah ihn gespannt an, auch Steffen war stehen geblieben.

»Sascha ist ein äußerst gewissenhafter und zuverlässiger Angestellter. Es gab nie Probleme mit ihm. Weshalb fragen Sie?«

»Wissen Sie, ob er Hobbys hat oder wie er seine Freizeit verbringt?«

»Er ist sehr belesen. Aber ansonsten … hm …, ich weiß nicht. Was soll die Frage?«

»Hat mich nur interessiert. Wir können dann jetzt«, erklärte die Chefermittlerin.

Brandt schüttelte fast unmerklich den Kopf. Die Verwirrung stand ihm förmlich ins Gesicht geschrieben. Dann machte er auf dem Absatz kehrt und marschierte schnurstracks auf die Tür am Ende des Raums zu. Sie folgten ihm und betraten ein in hellen Farben eingerichtetes Zimmer, in dem ein weiterer Schreibtisch mit Laptop sowie ein großer Tisch mit sechs Stühlen standen. Vermutlich wurden hier die Gespräche mit den Trauernden geführt, um die Beerdigung zu planen, mutmaßte Jana. Der Inhaber führte sie von hier aus in einen großen weiß gekachelten Raum; an der Stirnseite befanden sich die Türen dreier Kühlkammern, in denen die Toten bis zu ihrer Beisetzung oder dem Transport zu einem Krematorium zwischengelagert wurden. Ein schmächtiger Mann war gerade damit beschäftigt, ein Blumenarrangement auf einem Eichensarg zu platzieren. Schultheiss war vielleicht eins fünfundsiebzig groß, hatte schütteres blondes Haar. Die kleinen Augen waren von einem intensiven Grün, ähnlich ihrer eigenen Augenfarbe, dachte Jana. Fast schon listig sah er sie an.

»Sascha, die Herrschaften sind von der Kripo. Sie haben ein paar Fragen an dich«, sagte Brandt sofort und stellte sich neben seinen Mitarbeiter.

»Polizei?« In seinem Blick lag nun Verwunderung.

»Guten Tag. Wir haben lediglich ein paar Fragen, die sich im Rahmen unserer Ermittlungen in einem Mordfall ergeben haben«, erklärte Jana. Der Angesprochene zuckte bei dem Wort »Mord« regelrecht zusammen, und auch sein Chef schaute nicht minder überrascht drein. »Sie können uns dann jetzt bitte allein lassen«, bat sie den Besitzer des Instituts, der sich nach kurzem Zögern schließlich zurückzog. Sie hörte noch, wie die Zwischentür geschlossen wurde, die zum Ausstellungsbereich führte.

»Mord, sagen Sie? Dann dürften Sie bei mir an der falschen Adresse sein. Meine Toten sind alle eines natürlichen Todes gestorben«, sagte Schultheiss und lachte kurz über seinen eigenen Scherz. Die Arme hatte er vor der Brust verschränkt, auf dem Handrücken der rechten Hand war eine Spinne im Netz tätowiert.

»Klingelt bei Ihnen etwas beim Namen Marion Hufnagel?« Jana versuchte, eine Reaktion bei dem Mann auszumachen. Aber da war nichts. Weder ein Zucken mit dem Mundwinkel noch ein unsicheres Flattern der Augenlider.

»Nö, keinen Schimmer, wer das sein soll.«

»Sie haben doch sicherlich von der Toten gehört, die gestern auf dem Friedhof Wohldorf-Ohlstedt gefunden wurde, als der Totengräber eine Grabstelle für eine Beerdigung am Mittag präparieren wollte.«

»Klaro, das Begräbnis vom alten Herrn Sommer. Der lagert jetzt immer noch in der Kammer dort drüben«, erwiderte Schultheiss und deutete über die Schulter hinweg mit dem Daumen auf die Wand mit den drei Kühlkammern. »Marion Hufnagel hieß sie also? Schlimme Sache.«

»Schon mal gesehen?«, blieb Jana am Ball und zeigte dem Befragten ein Foto des Opfers auf ihrem Handy.

Er starrte sekundenlang auf die Aufnahme. »Hübsch. Aber ich muss leider passen, bin ihr nie begegnet.«

»Wo haben Sie denn Dienstagabend, den neunten April verbracht? So ab achtzehn Uhr?«, war es diesmal Steffen Hempel, der die Initiative übernahm.

Schultheiss' Kiefermuskeln zuckten. »Ist sie da verschwunden? Fragen Sie mich ernsthaft nach meinem Alibi?« Der Mann riss jetzt die Augen weit auf. »Ich hab Ihnen doch gerade erklärt, dass ich die Frau nicht kannte«, fuhr er genervt fort, wandte sich ab und marschierte zu einem Stuhl in der Ecke des Raumes, wo er an seiner Jacke nestelte. Mit einem Smartphone in der Hand kam er wieder zurück. Sekunden später hielt er ihnen das Display vor die Nase.

»Was ist das?«, fragte Jana, die auf eine Nachricht von Reinhold Brandt starrte. Laut Zeitstempel war sie am Dienstag um 18:14 eingegangen und enthielt eine Adresse.

»Mein Alibi«, antwortete Schultheiss mit einem breiten Grinsen. »Auftrag vom Chef. Mein Kollege und ich sollten den Leichnam einer Frau abholen. War's das jetzt? Ich muss weitermachen, sonst schaff ich's nicht rechtzeitig bis zur Beerdigung.« Er deutete auf den Sarg hinter sich.

»Ein bisschen Ihrer Zeit werden Sie uns wohl noch schenken müssen«, entgegnete Jana und lächelte nun ihrerseits breit. »Uns würde nämlich brennend interessieren, wie Sie zu den Themen Satanismus und Opferkult stehen?« Täuschte sie sich, oder war Schultheiss tatsächlich kurz zusammengezuckt? Ihrem Blick hatte er jedenfalls nicht standhalten können.

»Was soll jetzt wieder die Frage?«, meinte er nach einigen Sekunden des Schweigens.

»Die Spatzen pfeifen vom Dach, dass Sie ein aktives Mitglied der Satanismus-Szene in Hamburg sind«, erwiderte Hempel.

»Und selbst wenn dem so wäre, was nicht der Fall ist, wüsste ich nicht, was Sie das anginge.«

»Sie wollen also andeuten, dass unsere Informationen diesbezüglich gänzlich falsch sind?«, hakte der Ermittler nach.

Auf Schultheiss' Stirn standen mittlerweile feine Schweißperlen. »Die Menschen erzählen viel, wenn der Tag lang ist. Ich muss jetzt wirklich weitermachen, sonst flippt der Chef aus.«

»Sie treiben sich also nachts nicht auf Friedhöfen herum und beten Satan an?«, setzte Jana ein weiteres Mal sehr direkt an.

»Ganz sicher nicht. Ich verbringe weiß Gott schon tagsüber genug Zeit dort. Da will ich in meiner Freizeit nicht auch noch da abhängen.« Der Mann wirkte jetzt wieder deutlich gefasster und selbstsicherer.

Jana hatte sich bereits zum Gehen gewandt, da fiel ihr noch etwas ein. Erneut zückte sie ihr Handy. »Schon mal gesehen?« Sie deutete auf das Foto von Patricia Lambrecht, der jungen Frau, die seit dem Vortag vermisst wurde.

Sascha Schultheiss warf einen flüchtigen Blick auf die Aufnahme. »Nö«, sagte er nur und machte sich wieder an dem Blumenarrangement zu schaffen.

Jana blickte kurz hinüber zu Steffen, der mit einem Kopfschütteln signalisierte, dass auch er keine Fragen mehr hatte. »Dann wollen wir Sie jetzt mal in Ruhe weiterarbeiten lassen«, meinte sie nur und verabschiedete sich.

»Grüßen Sie Baphomet von mir«, schmetterte Hempel dem Befragten noch entgegen. Jana sah im Gehen über die Schulter.

Schultheiss, dem der Mund offen stand, schaute ihn verwirrt an, erwiderte jedoch nichts.

»Der Typ weiß was, darauf verwette ich meinen Arsch«, flüsterte Steffen leise, als sie die Tür geschlossen hatten.

»Das vermute ich auch. Schultheiss war vielleicht nicht an der Entführung von Monika Hufnagel beteiligt, aber das heißt ja nicht zwingend, dass er mit der Sache nichts zu tun hat. Wir bleiben auf jeden Fall an ihm dran«, erwiderte Jana, bevor sie in den Verkaufsraum traten, wo der Inhaber des Instituts gerade in ein Gespräch mit einem Kunden vertieft war, dem er einen Sarg zeigte.

Sie räusperte sich kurz. »Entschuldigen Sie bitte, Herr Brandt, aber eine Frage habe ich leider noch«, sagte die Kommissarin und der Mann bat den potenziellen Kunden um einen Moment Geduld.

Zwei Minuten später verließen die beiden Ermittler das Beerdigungsinstitut. Brandt hatte bestätigt, dass Sascha Schultheiss und ein weiterer Kollege am Dienstagabend den Leichnam einer Frau abgeholt und in die Bandwirkerstraße gebracht hatten, wo die sterblichen Überreste nun in der Kühlkammer lagen.

Erst als er sicher sein konnte, dass die Bullen endlich verduftet waren, traute er sich, sein Handy wieder aus der Hosentasche zu fischen. Mit leicht zitternder Hand drückte er die Kurzwahltaste eins. Es dauerte nur wenige Sekunden, bis das Gespräch entgegengenommen wurde.

»Wir haben ein Problem, die Bullen waren gerade bei mir«, hielt er sich gar nicht erst mit langen Vorreden auf.

Kapitel 13

Hempel startete den Wagen, und sie brausten los. Ihr Ziel: die Adresse von Lars Keppler, dem Freund der vermissten Studentin Patricia Lambrecht. Es konnte nicht schaden, sich einmal mit dem Mann zu unterhalten, um mehr über die Frau zu erfahren. Auch wenn es nach wie vor keinen Hinweis darauf gab, dass es einen Zusammenhang zwischen dem Mordfall Hufnagel und dem Verschwinden der Studentin gab. Kaum dass sie losgefahren waren, rief Henning an. Jana nahm das Gespräch über die Freisprecheinrichtung an, damit Steffen mithören konnte.

»Wie ist eure Unterhaltung mit diesem Sascha Schultheiss gelaufen?«, wollte der Ermittler wissen.

»Mit der Entführung von unserem Mordopfer hat er nichts zu tun, dafür hat er ein belegbares Alibi. Aber ganz koscher war uns der Typ nicht.«

»Dann wird euch sicherlich in diesem Zusammenhang interessieren, dass Schultheiss mal in Kiel gelebt hat.«

Jana richtete sich kerzengerade im Beifahrersitz auf. »Und wann war das?«

»Das dürfte dein Blut erst recht in Wallung bringen. Von 2014 bis 2017. Also genau zu der Zeit, als du noch in Kiel gearbeitet hast und ihr 2016 den unbekannten Toten mit der Baphomet-Münze gefunden habt. Ich habe vor ein paar Minuten mit den biografischen Hintergrundrecherchen zu ihm begonnen, und das war das Erste, was mir aufgefallen ist. Schultheiss wurde in Schwerin geboren, hat mit Ach und Krach die Hauptschule geschafft, die Ausbildung zum Metzger nach zwei Jahren geschmissen. Er ist nach Schleswig-Holstein gezogen und hat ein paar Jahre in Kiel als Hilfsarbeiter auf einem Bauernhof mit eigener Schlachtung und Hofverkauf gearbeitet. Zweisiebzehn ist er in Hamburg gestrandet, wo er zur Bestattungsfachkraft umgeschult hat.«

»Das ist in der Tat ein dickes Ding.« Jana kaute auf der Unterlippe und dachte nach. »Hast du schon konkrete Hinweise, dass Schultheiss tatsächlich bekennender Satanist ist? Uns gegenüber hat er das nämlich abgestritten.«

Kruse lachte kurz auf. »Wie gesagt, ich habe gerade erst angefangen zu recherchieren, so weit bin ich also noch nicht vorgedrungen. Aber es liegt strafrechtlich nichts gegen ihn vor, was darauf oder auf sonstige Straftaten hindeutet. Mal sehen, ob ich noch was ausgraben kann, das uns weiterhilft.«

»Alles klar, danke für die Info und bis später.« Jana beendete das Gespräch und sah zum Fahrersitz hinüber.

»Zufälle gibt's«, murmelte Hempel.

»Du sagst es. Muss zwar noch nichts bedeuten, aber Sascha Schultheiss sollten wir definitiv im Auge behalten.«

Zwanzig Minuten später saßen sie in der Küche von Lars Keppler, dem Freund der vermissten Studentin Patricia Lambrecht. Er wohnte in einer WG und teilte sich mit zwei weiteren Mitbewohnern eine Wohnung. Zu ihrem Glück war der Mann mit dem attraktiven Gesicht und dem vollen schwarzen Undercut zu Hause und saß nicht in einer Vorlesung.

»Patricia ist also nach dem Streit einfach aus dem Wagen gestiegen, und von da an haben Sie Ihre Freundin nicht mehr gesehen?«, bohrte Hempel nach.

»Genauso war's, hab ich Ihren Kollegen ja auch schon erzählt.«

Der Student klang genervt, aber dass er sich ernsthaft Sorgen um die Frau machte, war ihm anzusehen.

»Warum sind Sie nicht hinterher?«

»Hätte ich mein Auto einfach auf der Kreuzung stehen lassen sollen, als die Ampel auf Grün gesprungen ist? Außerdem hätte es in dem Moment sowieso nichts gebracht, mit ihr zu reden, so sauer, wie sie war.«

»Halten Sie es für möglich, dass Patricia nur für ein paar Tage abgetaucht ist, um Sie in Angst und Schrecken zu versetzen?«, wollte sie als Nächstes wissen.

»Never ever. Pati hat zwar allen Grund, auf mich wütend zu sein. Aber sich auf so eine Art und Weise an mir rächen? Einfach abtauchen und nicht mal ihren Eltern was sagen? Das würde sie nicht machen. Sie ist ganz dicke mit denen. Abgesehen davon kennt sie hier auch noch nicht so viele Leute. Pati ist ja erst zum letzten Semester nach Hamburg gezogen. Eine Handvoll Personen, zu denen sie engeren Kontakt hatte, die hab ich schon alle abgeklappert. Das Ergebnis kennen Sie ja.« Er raufte sich verzweifelt die Haare.

»Die Handyortung hat ergeben, dass Ihre Freundin zuletzt im Bereich der Müggenkampstraße geortet wurde, also ganz in der Nähe der Kreuzung, wo sie das Auto verlassen hat. Ist Ihnen zuvor vielleicht ein Wagen aufgefallen, der Sie verfolgt hat?«, wollte Hempel wissen. Sofern Patricia Lambrecht kein Zufallsopfer war, lag es auf der Hand, dass das junge Paar zuvor schon beobachtet wurde und ihm jemand gefolgt war. Dass die Frau den Kia nach dem Streit verlassen hatte und Keppler allein weitergefahren war, entsprach vermutlich der Wahrheit, wie Videoaufnahmen der Verkehrsüberwachung belegten. Sie hatten den Studenten erfasst, kurz nachdem Patricia Lambrecht aus dem Fahrzeug gestiegen war. Keine Spur mehr von einer Beifahrerin. Natürlich bestand die Möglichkeit, dass er selbst hinter der Entführung steckte und sie sich zu dem Zeitpunkt, als ihn die Kamera erfasste, im Kofferraum des Wagens befunden hatte, aber die Handydaten der Studentin sprachen eher gegen diese These.

Keppler starrte den Ermittler einen Moment lang an, er runzelte die Stirn. »Weiß nicht. Ich war so abgelenkt von dem Streit«, gestand er schließlich.

»Hatte Ihre Freundin Feinde?« Jana taxierte den Mann, der wie ein Häufchen Elend auf dem Küchenstuhl saß.

»Wenn Sie sie kennen würden, wüssten Sie, wie lächerlich diese Frage ist. Pati ist eine Seele von Mensch. Immer freundlich und ein Lächeln auf den Lippen. Dass sie hier kaum Freunde hatte, lag nur daran, dass wir schon zusammengekommen sind, kurz nachdem sie nach Hamburg gezogen ist und wir jede freie Minute gemeinsam verbracht haben.«

Und obwohl sie so ein wunderbarer Mensch war, bist du fremdgegangen, überlegte Jana, schluckte den bissigen Kommentar allerdings hinunter. »Eine abschließende Frage noch«, begann sie. »Wissen Sie, ob sich Ihre Freundin in letzter Zeit irgendwelchen medizinischen Untersuchungen unterzogen hat oder womöglich einen Organspendeausweis besaß?«

»Sie war kerngesund, jedenfalls wüsste ich nicht, dass sie in ärztlicher Behandlung war. Was den Ausweis angeht, hatte sie nicht. Wir hatten nämlich mal darüber gesprochen, weil ich so einen Organspendeausweis besitze. Sie gehört eher zu den Skeptikern, was das Thema angeht. Hatte Angst, dass im Ernstfall nicht alles erdenklich Mögliche im Krankenhaus für sie getan würde, sollte es einmal hart auf hart kommen und sie potenzielle Organspenderin sein.« Völlig überraschend senkte Lars Keppler plötzlich den Kopf und raufte sich erneut die Haare. Als er wieder hochsah, liefen Tränen über seine Wangen. »Werden Sie Pati finden?«

Die Hoffnung, die in seiner Stimme mitschwang, löste Beklemmungen bei Jana aus. Am liebsten hätte sie laut »Ja, natürlich« geantwortet, beließ es allerdings bei einem angedeuteten Kopfnicken. Schließlich wusste sie nicht, was es mit dem Verschwinden der Frau auf sich hatte. Möglicherweise war die Arme längst tot.

Kurz darauf verließ sie mit ihrem Kollegen die Wohnung von Lars Keppler, ohne neue Erkenntnisse gewonnen zu haben.

Kapitel 14

Freitag, früher Mittag

Hauke Leipold war die Person, auf dessen Anruf Jana so dringend gewartet hatte. Er war *die* Hamburger Koryphäe auf dem Gebiet der Transplantationsmedizin. Weniger als zehn Minuten hatte das Telefonat mit ihm gedauert, und er hatte ihr klargemacht, dass er sich eine illegale Organ-Verpflanzung im Fall von Monika Hufnagel durchaus vorstellen konnte, die man durch die Beigabe der Baphomet-Münze kaschieren wollte. »Es gibt in Deutschland nur sehr wenige nachgewiesene Fälle von illegalem Organhandel, aber Sie können sich sicher sein, dass die Dunkelziffer dafür deutlich größer ist. Die Liste der Menschen, die auf eine neue Leber, eine Niere, ein Herz oder eine Lunge warten, ist leider wesentlich länger als die der Spender. Und es gibt da draußen viele zahlungskräftige Kunden, die aus ihrer Verzweiflung heraus bereit sind, gewisse Risiken einzugehen. Denn wie Sie sich vorstellen können, ist es gar nicht so einfach, einen passenden Spender zu finden«, hatte der Mann erklärt.

Soweit nichts Neues für Jana, ähnliche Informationen hatten sie damals auch schon bei den Ermittlungen in Kiel zusammengetragen. Ein konkreter Hinweis auf illegalen Organhandel in Hamburg lag Leipold hingegen nicht vor, wie er versichert hatte. Dennoch wusste der Mediziner von einer Geschichte zu berichten, die sich vor knapp zwei Jahren in England zugetragen hatte und die ihn indirekt an den Fall Hufnagel erinnerte.

Innerhalb weniger Monate waren mehrere Personen aus dem Großraum London spurlos verschwunden, ohne dass eine Lösegeldforderung eingegangen war. Einige Wochen nach der Entführung einer jungen Frau hatten zwei Hobbytaucher ihren Leichnam in eine Plane gehüllt auf dem Grund eines Sees gefunden. Die Untersuchung der sterblichen Überreste ergab damals, dass ihr das Herz entfernt worden war.

Auch in diesem Fall hatte die Polizei in Erwägung gezogen, dass es sich möglicherweise um das Opfer eines Organhandel-Mafiarings handeln könnte. Allerdings hatte sich diese Hypothese nicht erhärten lassen, obwohl die britischen Ermittler schon lange davon ausgingen, dass es auf der Insel ein Netzwerk gab, das im großen Stil illegale Transplantationen abwickelte. Sie hatten die Theorie aufgestellt, dass die Opfer solcher Organverpflanzungen mittlerweile nicht mehr vordergründig in sozialen Randgruppen wie den zahlreichen Zuwanderern gesucht wurden, sondern aus der Mitte der Gesellschaft stammten – wie im Fall der Seeleiche und den anderen Entführungsopfern. Dies hätte für die Organempfänger eine Minimierung der Risikofaktoren bedeutet. Denn allzu oft hatten sie sich durch die illegalen Implantate von Zuwanderern oder Obdachlosen Krankheiten wie Hepatitis oder HIV eingefangen, was wiederum neben der Abstoßungsproblematik der Organe zu zusätzlichen Komplikationen führte. Doch Scotland Yard hatte die Fälle nicht aufklären können, wie Leipold zu berichten wusste, weil er es erst wenige Wochen zuvor in London gelesen hatte, als er sich dort wegen eines Kongresses aufhielt.

Jana hatte sich schon während der Ausführung des Mannes gefragt, warum sie bei ihren eigenen Recherchen bisher nicht auf diesen Fall gestoßen waren. Die abschließenden Worte des Mediziners, bevor er das Gespräch beendet hatte, hallten immer noch in ihren Ohren nach: *Sie dürfen nicht vergessen, dass wir nicht in einem Dritteweltland leben, wo man ausgeschlachtete Leichen mitunter einfach so am Straßenrand entsorgt. Solche Organhändler gehen raffinierter vor, um ihr Vorgehen zu kaschieren. Warum es nicht so aussehen lassen, dass das Opfer durch Satansanbeter gestorben ist?*

Und damit hatte der Mann ausgesprochen, was sie selbst auch bereits in Erwägung gezogen hatte. Trotzdem drehten sich die Ermittlungen weiterhin im Kreis, sie waren noch keinen Schritt weitergekommen. Sollte Leipold selbst Dreck am Stecken haben, so hatte sie ihn jetzt mit diesem Telefonat vermutlich aufgeschreckt. Das konnte sich allerdings auch positiv auf die Recherchen auswirken, sollte an der Spur mit dem illegalen Organhandel etwas dran sein – obwohl sie eigentlich nicht wirklich glaubte, dass der so integer erscheinende Arzt in dunkle Machenschaften verstrickt war.

Während sie damit beschäftigt war, im Europol Informationssystem, kurz EIS genannt, nach Infos zu dem von Leipold erwähnten Fall der Seeleiche zu suchen, ging ein weiterer Anruf ein. Jochen, ihr ehemaliger Kollege aus Kiel, meldete sich.

»Ich hoffe, du hast neue Informationen in Bezug auf Sascha Schultheiss«, begrüßte sie ihn.

»So schnell schießen die Preußen auch nicht. Wir haben euren Hinweis, dass der Typ in unserer schönen Ostseestadt gelebt hat, als der unbekannte Tote aufgefunden wurde, ja erst vor ein paar Stunden von euch erhalten.«

Jana zog einen Flunsch. Klar hatte Jochen recht, sie durfte keine Wunder erwarten. Aber dennoch hatte sie im Stillen gehofft, dass er womöglich schon etwas über den Mitarbeiter des Hamburger Bestattungsunternehmens herausgefunden hatte, was ihre eigenen Ermittlungen weiterbrachte.

»Trotzdem habe ich eine interessante Info von den Kollegen der OK erhalten, die möglicherweise mit eurem Fall zu tun haben könnte.«

»Jetzt bin ich aber neugierig.« Jana hatte keinen blassen Schimmer, was die Jungs und Mädels von der Abteilung der Organisierten Kriminalität der Kieler Polizei zu ihrem Fall hätten beitragen können.

Jochen räusperte sich, bevor er loslegte. »Es gibt eine heiße Spur zu einem international agierenden Menschenhändlerring, die offenbar auch nach Hamburg führt.«

»Sorry, wenn ich dich da gleich mal unterbreche«, fiel sie ihrem alten Weggefährten ins Wort. »Aber unsere

Ermittlungen stehen wohl kaum mit Menschenhandel im Zusammenhang.«

»Hör mir bitte einfach einen Moment zu, dann wirst du verstehen, worauf ich hinauswill.« Jochen sog geräuschvoll Luft ein. »Wie du weißt, geht Menschenhandel weit über Sexsklaventum oder Zwangsadoptionen von Kindern hinaus. Frauen und Männer werden mittlerweile auch gezielt mit falschen Versprechungen nach Europa geschleust, weil man ihre Organe will. Dem BKA und unseren Leuten liegen Erkenntnisse vor, dass Transplantationsoperationen möglicherweise in einem dafür speziell umgebauten Schiff durchgeführt werden. Und das eben nicht nur bei uns in Kiel, sondern immer dort, wo zahlungskräftige Kundschaft wartet.«

Jana kamen sofort wieder Leipolds Worte in den Sinn, dass es medizinische Risiken hinsichtlich von Vorerkrankungen barg, wenn man illegal Organe von Flüchtlingen – insbesondere solchen aus armen Ländern – ohne vorige ausreichende medizinische Voruntersuchungen verpflanzte. Diese fielen bei jungen europäischen Männern und Frauen vermutlich deutlich geringer aus, vor allem wenn sie zuvor auf die Kompatibilität der Transplantate untersucht wurden. Andächtig kaute sie auf der Unterlippe. »Es mag jetzt vielleicht weit hergeholt klingen, aber es könnte doch sein, dass dieses Organhandel-Syndikat die Vorgehensweise geändert hat und sie sich die frische Ware jetzt direkt von der Straße schnappen, wenn sich die Gelegenheit ergibt. Und ich gehe sogar noch weiter. Da werden möglicherweise ganz gezielt Menschen nach medizinischen Gesichtspunkten entführt, deren Organe zum Empfänger passen. Denn wie wir beide wissen, kann man nicht jede Niere, Leber oder was auch immer auf gut Glück verpflanzen.«

Jochen stöhnte auf. »Interessante Theorie und eine ziemlich erschreckende Vorstellung.«

»Kommen wir noch mal auf deine Kollegen zurück. Denen liegen also tatsächlich Hinweise vor, dass es bei uns solche illegalen Operationen gibt?«, hakte sie nach. Jetzt ärgerte sie sich, dass sie nicht gestern schon Kontakt zu ihren Kollegen der Hamburger OK aufgenommen hatte, wie es ihr ursprünglicher Plan gewesen war. Zu viel war am Vortag auf das Team eingeprasselt. Jochen bejahte und fasste in wenigen Worten zusammen, was er bisher dazu wusste – zugegebenermaßen nicht sonderlich viel.

»Hm, verstehe. Liegen Erkenntnisse vor, wie die ausgeschlachteten Opfer entsorgt werden?« Jana verzog angesichts ihrer eigenen Wortwahl angewidert den Mund.

»Das ist der Haken, die verschwinden in der Regel auf Nimmerwiedersehen. Die sterblichen Überreste werden auf dem offenen Meer versenkt, verbrannt oder anderweitig beseitigt. Dass die Leichen präpariert werden, um es womöglich wie bei eurer Toten so aussehen zu lassen, als hätten Teufelsanbeter ihre Finger im Spiel, können sich meine Kollegen eigentlich nicht vorstellen«, erklärte Jochen. »Kategorisch ausschließen wollten sie es allerdings auch nicht.«

»Hm«, meinte Jana nur. »Woher wissen eure Leute denn von diesem Schiff? Oder anders gefragt, wie zuverlässig sind die Informationen?«

»Es gab wohl Kontakt zu einem Insider, der jedoch kurz nach der telefonischen Kontaktaufnahme zu den Kollegen spurlos verschwunden ist.«

»Wahrscheinlich hat man ihn erwischt und zu den Fischen geschickt«, mutmaßte Jana.

»Das vermuten die Kollegen ebenfalls. Auch wenn es auf den ersten Blick unwahrscheinlich erscheint, dass diese Marion Hufnagel Opfer von Organhändlern geworden ist, wollte ich, dass du davon erfährst. Da der Hamburger Hafen ebenso zum Einsatzgebiet dieses mobilen Operationscenters gehören soll, sind deine Kollegen eurer Abteilung OK ohnehin bestenfalls über die Geschehnisse im Bilde. Du solltest dich mal mit denen unterhalten.«

In ihrem Kopf rasten die Gedanken wie ein Schnellzug. »Okay, danke, Jochen. Hast was gut bei mir«, erwiderte sie.

»Ich schreib's auf deinen Deckel. Sollten wir was über diesen Sascha Schultheiss herausfinden, melde ich mich wieder«, entgegnete der Kieler Ermittler lachend und beendete das Gespräch.

Jana stand auf. Was für eine Scheiße lief hier eigentlich ab? Teufelsanbeter, illegaler Organhandel? Hörte sich alles an wie aus einem schlechten Film!

Kapitel 15

Janas Draht zur Abteilung der OK in Hamburg war glücklicherweise sehr kurz. Rainer Jensen, Kriminalrat Stövers Neffe, arbeitete bereits seit einigen Jahren dort. Jochens Hinweis, dass es möglicherweise wirklich illegale Organtransplantationen in Hamburg gab, brachte sie jetzt dazu, den Kollegen sofort anzurufen.

»Grüß dich, Jana«, sagte der Mann mit der basstiefen Stimme.

»Hallo, Rainer. Ich hoffe, dir und deiner Familie geht's gut?«

»Kann nicht klagen. Aber ich vermute mal, dass du mich nicht anrufst, weil du Small Talk halten möchtest. Du willst wissen, ob eure Tote Opfer der Organmafia geworden sein könnte?«

Jana hielt kurz inne. »Normalerweise bin ich diejenige, die mit der Tür ins Haus fällt«, erwiderte sie lachend. »Und, was denkst du?«,

»Schwer zu sagen, aber ich glaube, eher nicht. Die entsorgen die Leichen nicht so schlampig. Bisher jedenfalls nicht. Wenn sie das täten, würden wir nicht weitgehend im Trüben fischen bei den Ermittlungen. Beweise für illegalen Organhandel in unserer Hansestadt fehlen uns nämlich nach wie vor.« Er klang deprimiert.

»Hab schon gehört, dass ihr da 'ne ganz harte Nuss zu knacken habt«, erwiderte sie und berichtete von dem

Gespräch mit Jochen.

»Das ist die Untertreibung des Jahres. Außerdem ist die Sache komplizierter, als du denkst. Dass es illegalen Organhandel in Deutschland gibt, ist mehr als wahrscheinlich. Du musst wissen, dass das mittlerweile weltweit ein Milliardenmarkt ist. Die mafiösen Strukturen sind unheimlich komplex, die Leute entsprechend vorsichtig. Das BKA ermittelt da schon seit Langem und arbeitet eng mit den internationalen Polizeibehörden zusammen. Auch von diesen OP-Schiffen, eine Art schwimmende Krankenhäuser, die eigens für solche Transplantationen in den Häfen anlegen, hat das BKA Kenntnis. Es könnten auch OP-Trucks im Einsatz sein, oder es existiert eine geheime Klinik für derartige Eingriffe. Und jetzt wird es, wie eingangs erwähnt, kompliziert. Es ist zwar naheliegend, dass diese ominösen OP-Schiffe auch in Deutschland zum Einsatz kommen, allerdings gab es laut BKA bis zu dem Tipp aus Kiel keinen Hinweis darauf.«

»Oha, interessant«, entfuhr es Jana.

»Fanden die ebenfalls. Nur leider ist dieser Informant ja spurlos verschwunden. Zu allem Überfluss ließ sich der Verdacht nicht erhärten. Sowohl die Ermittlungen der Kieler als auch unsere eigenen sind ins Leere gelaufen. Also stehen wir mit leeren Händen da. Das könnte sich aber in absehbarer Zeit ändern.«

»Weil …?« Janas Interesse war geweckt.

»Vor Kurzem hat ein in eine osteuropäische Menschenhändlerorganisation von Interpol eingeschleuster

Undercover-Agent berichtet, dass denen vor Monaten eine wichtige Einnahmequelle weggebrochen sei. In diesem Zusammenhang war konkret die Rede von Hamburg.«

»Na ja, das mit der Einnahmequelle könnte ja alles Mögliche bedeuten. Ich will nicht wissen, wie viele Frauen zum Beispiel hier zur Prostitution gezwungen werden«, unterbrach sie ihn.

»Da hast du natürlich recht. Allerdings hat der Agent berichtet, dass sie sich einen neuen Metzger für die Fleischlieferungen suchen müssen und sich das schwieriger darstellt, als sie vermutet hätten. Laut BKA ist Metzger das gängige Synonym für operierende Ärzte. Du musst zugeben, dass das zeitlich durchaus passen könnte, wenn man bedenkt, dass die Kieler Kollegen vor einem halben Jahr den Tipp erhalten haben«, hielt Jensen dagegen.

»Hm«, blieb sie skeptisch. »Warum schließt du dann daraus, dass Marion Hufnagel nicht das Opfer von Organhändlern geworden ist?«

»Touché. Mein Gefühl sagt mir, dass der Mord nicht auf das Konto irgendwelcher Organhändler geht, ausschließen kann ich es natürlich nicht hundertprozentig.«

»Ihr habt doch bestimmt eine Theorie entwickelt, wer hinter den Operationen stecken könnte, oder?«, ließ sie nicht locker.

»Was speziell die OPs in Hamburg und Kiel angeht – ja«, bestätigte Jensen ihre Annahme. »Immer vorausgesetzt, dass es diese Operationen tatsächlich gibt, wie ich noch einmal einschränkend betonen muss. Wir glauben, dass die aus Deutschland heraus von einer ganz kleinen Gruppe gesteuert werden. Das BKA ist derselben Meinung, weil es keinen Hinweis auf ein international operierendes Syndikat in diesem Zusammenhang gibt. Wer auch immer dahintersteckt, agiert äußerst vorsichtig und hat offenbar neue Wege gefunden, an die Organe zu gelangen. Immerhin haben sie es geschafft, bisher unentdeckt zu bleiben«, erklärte Jensen genervt.

»Wie finden die deiner Meinung nach ihre Opfer?«

»Sie müssen Zugang zu hochsensiblen Patientendaten haben, in dem Punkt sind wir uns einig. Vielleicht ein Hacker, der die Daten bei den Krankenkassen besorgt. Medizinisches Personal, das geschmiert wird und so weiter.«

»Wer führt die Operationen durch? Da kommt ja kaum jeder Chirurg infrage, oder?«

»Wenn das mal so einfach wäre. Glaubst du nicht, dass wir dann nicht schon längst Ermittlungserfolge vorweisen könnten?«, schnaubte er verächtlich.

»Du willst mir doch nicht ernsthaft erzählen, dass es keinen einzigen Arzt hier in Hamburg gibt, den ihr im Zusammenhang mit illegalen Organtransplantationen mal ins Visier genommen habt?« So leicht wollte sich Jana nicht abfertigen lassen.

»Wenn ich jetzt leichtfertig Ja sage, machst du vermutlich sofort Jagd mit der Kavallerie auf mögliche Verdächtige, was nicht gerade in unserem Interesse wäre«, warf er ein.

»Die Alternative wäre, du nennst mir keinen Namen und behinderst so möglicherweise unsere Ermittlungen.« Sie versuchte, in ihrer Stimme nicht zu sehr einen Vorwurf mitschwingen zu lassen. Der Mitarbeiter der OK antwortete nicht sofort, stattdessen vernahm sie laut und deutlich einen schweren Seufzer. »Nun gib dir 'nen Ruck, Rainer. Ich versprech dir auch, nicht gleich loszulaufen und die Leute mit irgendwelchen Verdächtigungen zu konfrontieren. Wie gesagt gibt es im Moment nicht einmal einen konkreten Anhaltspunkt dafür, dass unser Mordfall oder das Verschwinden der Studentin tatsächlich mit illegalem Organhandel im Zusammenhang stehen. Aber trotzdem muss ich alle Eventualitäten berücksichtigen«, ließ sie nicht locker.

»Also gut, du Nervensäge«, gab er klein bei und nannte ihr zwei Namen. »Um das noch einmal klar zu sagen, es liegt nichts Konkretes gegen die beiden vor. Es bestand ein Anfangsverdacht, der sich nicht erhärten ließ, obwohl wir sie eine Zeit lang beobachtet haben. Auf eigene Kappe, wenn du verstehst.«

Sie verstand, die Kollegen hatten die Ärzte ohne richterlichen Beschluss beschattet. Manchmal heiligte der Zweck die Mittel. Hin und wieder verhielt sie sich nicht anders.

Kapitel 16

Noch eine letzte Tour, und er konnte endlich ins Wochenende starten. Die vergangenen Tage waren in jeder Beziehung anstrengend gewesen. Heute Abend wollte er sich einfach nur auf die Couch schmeißen und bei einem guten Horrorstreifen ein paar kühle Bierchen zischen. Seine Fahrt führte ihn in die Fuhlsbüttler Straße zum Krematorium, wo er den Leichnam einer alten Frau zur Einäscherung übergeben sollte.

Als er in den Maienweg einbog, zündete er sich eine Zigarette an und inhalierte tief, um den Rauch kurz darauf genüsslich wieder auszupusten. Als er gerade abaschen wollte, tauchte wie aus dem Nichts ein grelles Licht auf und blendete ihn für einen Augenblick. Reflexartig riss er die Hand mit der Zigarette hoch, um seine Augen zu schützen, und versengte sich mit der glühenden Zigarettenspitze die Stirn.

»Fuck, Aua!«, schrie er und verriss zeitgleich das Steuer. Mit unverminderter Geschwindigkeit raste er auf die Gegenfahrbahn, direkt auf einen Baum am Straßenrand zu. Er versuchte noch, eine Vollbremsung zu machen, doch zu spät. Nur einen Sekundenbruchteil darauf gab es einen fürchterlichen Knall und kaum dass der Airbag ausgelöst hatte und ihn frontal im Gesicht erwischte, wurde es auch schon schwarz um ihn herum.

»Ein Verkehrsunfall? Was haben wir damit zu tun? Wir sind die Mordkommission.« Jana schaute ungläubig zu Steffen hinüber, der mitbekam, wie sie telefonierte, und sie fragend anblickte.

»Glauben Sie mir, Frau Brinkhorst. Das hier ist kein normaler Unfall. Hier stimmt etwas ganz und gar nicht.« Und dann erklärte der Streifenpolizist am anderen Ende der Leitung, was ihn in helle Aufregung versetzt hatte. Mit jedem Wort wurden ihre Augen immer größer, zudem war sie jetzt heilfroh, dass er so beharrlich darauf bestanden hatte, direkt mit ihr verbunden zu werden. Ungläubig runzelte sie die Stirn, als sie das Gespräch beendete.

»Was ist los?«, wollte Hempel wissen.

»Wir fahren in den Maienweg. Ich sag Hotte Bescheid, er soll sich sofort mit einem Team auf den Weg machen. Sieht so aus, dass es Arbeit für uns gibt.« Auf dem Weg zum Auto erklärte sie in aller Kürze, was sie gerade erfahren hatte.

Knapp fünf Minuten später erreichten sie den Ort des Geschehens. Zwei Streifenwagen und ein Krankenwagen, allesamt mit rotierenden Blaulichtern, wiesen ihnen den Weg. Außerdem entdeckten sie den verunfallten Bestattungswagen, der frontal gegen einen der Bäume am Seitenrand geprallt war. Janas erster Gedanke war, wieso es auf dieser kerzengeraden Strecke überhaupt zu einem derartigen Unfall hatte kommen können. Kaum hatte Hempel den Dienstwagen gestoppt, war sie auch schon aus dem BMW gesprungen und stürmte auf die Sanitäter zu, die gerade im Begriff waren, das Unfallopfer in den Fond des RTW zu schieben.

»Wie geht es ihm? Ist er ansprechbar?«, wollte Jana von der Sanitäterin in der orangenfarbenen Jacke wissen, auf deren Rücken groß *Notärztin* stand.

Die Angesprochene mit den knallroten kurzen Haaren wandte sich um. »Und wer möchte das wissen?«, gab sie fast schon schnippisch zurück.

»Brinkhorst, Kripo Hamburg«, schmetterte sie der Ärztin entgegen und wedelte mit ihrem Dienstausweis. »Also –?«

»Schweres Schädelhirntrauma. Bedaure, aber wir müssen den Mann schnellstens in die Klinik bringen. Er steht vorerst nicht für eine Aussage zur Verfügung, und ich kann Ihnen leider auch nicht sagen, ob er dazu überhaupt noch einmal in der Lage sein wird.«

»Danke«, presste sie durch die Zähne und schob innerlich ein »Verdammter Mist« hinterher. Unzählige Fragen brannten ihr auf der Zunge, die sie Sascha Schultheiss zu gerne gestellt hätte. Doch das musste leider warten, weshalb sie sich nun Steffen zuwandte, der gerade den Unfallort inspizierte und sich dabei mit einem der beiden Streifenpolizisten unterhielt.

»Das ist in der Tat sehr bizarr, Jana«, meinte Hempel, als sie fast neben ihm stand. »Der Tipp von unserem Kollegen von der Streifenpolizei«, er deutete auf den älteren der beiden Männer, »ist wirklich Gold wert. Bei dem zweiten Leichnam in dem Eichensarg dort drüben handelt es sich definitiv um Patricia Lambrecht. Wenn es nicht zu dem Unfall gekommen wäre, hätte man wohl nie herausgefunden, wo sie abgeblieben ist.«

Jana trat an das Bestattungsfahrzeug heran, um einen Blick hineinwerfen zu können. Der Sarg der alten Frau, deren sterbliche Überreste zum Krematorium überstellt werden sollten, war aus der Mittelschiene herausgesprungen und lag nun quer im Heck. Der Deckel war infolge des heftigen Aufpralls aufgesprungen und Patricia Lambrechts nackter Leichnam herausgeschleudert worden. Sie lag rechts an der Seitenwand. Dort, wo eigentlich das Herz der jungen Frau sein sollte, klaffte eine große Wunde. »Erst die Leber, jetzt das Herz … um die Energie der Verstorbenen aufzunehmen«, murmelte sie vor sich hin. »Bin gespannt, ob Dürr auch dieses Mal wieder eine Baphomet-Münze findet«, fuhr sie so leise fort, dass nur sie und Steffen es hören konnten, während sie das Innere des Fahrzeugs weiter inspizierte. Allerdings schien es auf den ersten Blick keine andere relevante Entdeckung zu geben.

»Darauf würde ich glatt einen Monatslohn setzen. Dieser kranke Irre.« Steffen schüttelte angewidert den Kopf.

Der ältere der beiden Streifenpolizisten, die etwas weiter hinten standen, räusperte sich. »Da ist noch was, das wir entdeckt haben«, sagte er schließlich.

Jana drehte sich wie auf Kommando um. »Was da wäre –?«

»Im Fahrerraum liegen zwei Handys, die dem Mann offenbar gehörten«, erklärte der Polizist.

»Vermutlich sein privates und sein dienstliches Smartphone«, mischte sich nun auch Steffen ein.

»Könnte natürlich sein«, erwiderte der Kollege mit ruhiger Stimme. »Aber wer benutzt denn heutzutage noch ein Handy, das 1999 auf den Markt gekommen ist?«, fuhr er mit unsicherem Lächeln fort.

»Er hat recht«, rief Jana, die sich sofort in Bewegung gesetzt hatte. »Im Fußraum liegt ein Nokia 8210.« Schon hatte sie das Gerät mit behandschuhter Hand aus dem Unfallwrack gefischt. Hotte wird vermutlich anfangen zu toben, dachte sie im selben Augenblick, aber das war ihr egal.

Just in diesem Moment hielt das Fahrzeug der SpuSi auf die Unfallstelle zu. Sie erweckte das Nokia aus dem Ruhemodus. »Mist, gesperrt«, murmelte sie und bedankte sich bei den beiden Streifenpolizisten, die sich daraufhin zurückzogen, um den Unfallbereich wieder zu sichern.

»Seltsame Geschichte. Könnte ein Hinweis darauf sein, dass Schultheiss tatsächlich irgendein krummes Ding am Laufen hatte. Solche Handys kannst du nicht orten, die werden gerade in Verbrecherkreisen benutzt«, konstatierte Hempel, während König in Begleitung dreier Kollegen aus dem Wagen gestiegen war und auf sie zusteuerte.

»So sieht's aus«, meinte Jana und verstaute das altmodische Handy in einem Beweismittelbeutel.

»Heiliges Kanonenrohr, hier gib's aber 'ne Menge für uns zu tun.« König stellte den Alu-Koffer mit den

Utensilien für die Tatortuntersuchung auf den Boden und verschaffte sich erst einmal einen Überblick. Nur Sekunden später teilte er die Aufgaben für seine Teammitglieder zu.

»Wir haben schon mal angefangen.« Jana reichte dem Leiter der KTU das sichergestellte Handy. »Im Fußraum findet ihr übrigens noch ein zweites, etwas aus der heutigen Zeit.« Sie zwinkerte. »Wir wollen aber am liebsten so schnell wie möglich wissen, was ihr auf dem Altertümchen findet.«

»Wenigstens hast du Handschuhe getragen«, knurrte König nur, bückte sich und beförderte ein paar Nummerntäfelchen zur Markierung von Tatortspuren aus seinem Koffer. »Hattet ihr noch Gelegenheit, mit dem Unfallopfer zu sprechen?«, wollte er wissen.

»Leider nein. Die Notärztin meinte, dass sein Zustand kritisch sei. Sie sind gleich los, nachdem wir hier eintrafen. Umso wichtiger wird sein, was wir über ihn herausfinden. Deshalb statten Steffen und ich jetzt noch mal seinem Chef, diesem Reinhold Brandt, einen Besuch ab. Sollte was sein, ruf mich an.«

Kapitel 17

Gemeinsam mit Steffen hatte sie sich auf direktem Weg in die Bandwirkerstraße gemacht, um Reinhold Brandt, dem Inhaber des Beerdigungsinstitutes *Letzte Reise*, einen Besuch abzustatten. Es interessierte sie beide brennend, was der Mann über die Machenschaften seines Mitarbeiters wusste. Oder war der Bestatter sogar selbst darin verstrickt? Henning hatte sie mit einem anderen Team der SpuSi zu Sascha Schultheiss' Wohnung geschickt. Jana konnte kaum erwarten, was die Kollegen dort zutage fördern würden. Denn dass der verunfallte Bestattungsassistent ein schmutziges Geheimnis hatte, war mittlerweile mehr als offensichtlich.

Brandt starrte sie mit großen Augen an, als er ihnen die Tür öffnete. Auf der teigigen Stirn des leicht übergewichtigen Mannes pulsierte gut sichtbar eine Ader. Der Knoten der Krawatte um seinen Hals war gelöst, der blassrote Schlips baumelte über dem blütenweißen Hemd. »Frau Brinkhorst! Mit Ihrem Besuch habe ich jetzt gar nicht gerechnet.«

»Wen haben Sie denn stattdessen erwartet?«, nahm Jana den Faden auf.

»Ich dachte eigentlich, Sascha wäre zurück. Er hatte eine Überstellung zum Krematorium und hätte schon längst wieder hier sein sollen.« Brandt wirkte nun ernsthaft besorgt.

»Das ist auch der Grund unseres Besuches.« Sie bat darum, mit Steffen hineinkommen zu dürfen, schließlich wollten sie das Gespräch nicht auf der Eingangsstufe des Beerdigungsinstitutes führen.

Kurz darauf hatten sie im Büro des Mannes Platz genommen. »Wir bringen leider keine guten Nachrichten. Herr Schultheiss hatte einen Autounfall«, begann Jana, und kaum hatte sie die Worte ausgesprochen, schien Brandt in Schockstarre zu verfallen.

Es vergingen einige Sekunden, bis er sein Schweigen brach. »Wie geht es Sascha?« Auf der Stirn des Bestatters hatten sich inzwischen feine Schweißperlen gebildet, die er jetzt mit einem Stofftaschentuch wegwischte, das er aus der Tasche zog.

»Um ehrlich zu sein, nicht gut. Sein Zustand ist laut Information der behandelnden Notärztin kritisch. Genauere Aussagen lassen sich im Moment nicht treffen. Aber da wäre noch etwas, was uns hergeführt hat.« Jana sprach zunächst einmal nicht weiter, weil sie die Reaktion ihres Gegenübers abwarten wollte. Doch Brandt saß einfach nur kerzengerade auf seinem Stuhl und starrte sie schweigend an. Deshalb sprach sie schließlich weiter. »In dem Sarg, in dem sich die sterblichen Überreste der älteren Dame befanden, die eingeäschert werden sollte, lag noch eine zweite Frauenleiche. Genau genommen handelt es sich um den Leichnam von Patricia Lambrecht, einer Studentin, die vor wenigen Tagen entführt wurde. Ihr wurde das Herz entnommen. Wie Sie sich vorstellen können, drängen sich jetzt ein paar Fragen für uns auf.«

Erneut legte Jana eine kurze Sprechpause ein, aber Brandt zeigte immer noch keine Reaktion, sah man einmal davon ab, dass der Mann deutlich mehr schwitzte als eben.

Es legte sich eine unangenehme Stille über den Raum, bis sich der Bestatter schließlich räusperte. »Ich habe nicht die geringste Ahnung, wie die Leiche der Frau in den Sarg gekommen ist. Wir hatten auch keinen Neuzugang mit dem Namen Lambrecht, daran würde ich mich erinnern. Und erst recht war für heute keine Überstellung eines zweiten Leichnams ins Krematorium geplant.« Der Mann sprach ganz ruhig, doch Jana registrierte ein leichtes Zittern des rechten Mundwinkels.

»Wer hat den Sarg für die Feuerbestattung präpariert?«, wollte Hempel wissen.

»Das war ich, und ich kann Ihnen versichern, dass nur die sterblichen Überreste von Frau Reimers in dem Eichensarg lagen, als Sascha losgefahren ist.« Dann stutzte er einen Moment und schlug sich dann eine Hand vor den Mund. »Oh, mein Gott!« Brandt schüttelte fast unmerklich den Kopf. »Dann war es Sascha, der die Frau entführt und ermordet hat? Und ihren Leichnam hat er jetzt in den Sarg gepackt, um ihn verschwinden zu lassen!« Er nickte bedächtig. »Falls es wirklich so war, ist das äußerst clever von ihm gewesen. Frau Reimers, die Tote, die verbrannt werden sollte, wurde nämlich aufgrund der zunächst unklaren Todesumstände rechtsmedizinisch untersucht. Dadurch entfällt die zweite Leichenschau, die bei einer Feuerbestattung gesetzlich vorgeschrieben ist und normalerweise im Krematorium vorgenommen wird. Die zusätzliche Leiche verschwindet dann auf Nimmerwiedersehen. Es wäre lediglich mehr Asche angefallen, aber ob da wirklich jemand drauf achtet?«, meinte Brandt und rieb sich das Kinn.

Jana und Steffen tauschten einen schnellen Blick.

»Wenn Sie tatsächlich nicht wissen, weshalb sich Frau Lambrechts Leiche in dem Sarg befand, würde im Moment die einzig logische Erklärung lauten, dass Herr Schultheiss etwas damit zu tun hatte. Oder bot sich sonst noch jemandem die Möglichkeit, den Sarg zu manipulieren?«

»Nein, wie gesagt habe ich den Transport selbst vorbereitet und ihn direkt an Sascha übergeben.«

»Dann frage ich Sie jetzt einfach mal geradeheraus: Wissen Sie etwas darüber, ob Herr Schultheiss einer satanischen Sekte angehört, die möglicherweise sogar Menschen opfert?«

Der Bestatter schaute sie einen Moment entgeistert an, überlegte kurz und wollte gerade zu einer Antwort ansetzen, als Janas Handy klingelte. Henning, wie sie sofort am Klingelton erkannte.

»Halt dich fest: Schultheiss' Wohnung entpuppt sich als Goldgrube. Wir haben einen verschlüsselten Laptop, Literatur zum Thema Satanismus, eine schwarze Robe und eine Ziegenkopfmaske sichergestellt«, kam Kruse gleich zur Sache.

»Einen konkreten Hinweis darauf, dass er Mitglied einer satanistischen Sekte ist, haben wir noch nicht?«, fragte sie und behielt dabei Brandt im Auge.

»Nee, leider nicht. Aber warte mal, bis wir den Laptop geknackt haben. Ich bin mir sicher, dass wir da was finden. Denk mal an das Prepaidhandy, das du am Unfallort gefunden hast. Das alles stinkt doch zum Himmel.«

»Okay, halt mich auf dem Laufenden«, bat sie ihren Partner und beendete das Gespräch. »Sorry«, sagte sie in Richtung des Bestatters und steckte das Handy wieder in die Jackentasche. »Wie lautet also Ihre Antwort auf meine Frage?«

Brandt rutschte unruhig auf seinem Stuhl hin und her. »Ich weiß nichts Konkretes, und ich möchte Sascha auch ungern in Misskredit bringen, aber nach dem, was Sie mir eben über den zweiten Leichnam im Sarg erzählt haben …« Brandt schüttelte zum wiederholten Mal ungläubig den Kopf und nestelte an seiner Armbanduhr, während Jana ungeduldig mit einem Zeigefinger auf der Tischplatte herumtrommelte. »Ich habe mal ein Telefonat, ähm, mitbekommen, da hat er was von *Frischfleisch für den Meister* gefaselt und irgendwas von *nächster Ebene*. Ich konnte mir damals keinen Reim darauf machen und habe mir ehrlich gesagt auch nichts dabei gedacht. Aber jetzt …«

»Wissen Sie, mit wem Herr Schultheiss telefoniert hat?«, hakte Hempel nach.

»Bedaure, nein«, erwiderte der Bestatter schulterzuckend.

»Wäre ja auch zu schön gewesen«, meinte Jana seufzend. Dann erhob sie sich. »Wir müssen Ihre Aussage noch zu Protokoll bringen, bitte kommen Sie morgen im Laufe des Tages dafür zum Präsidium.«

Brandt nickte und stand nun ebenfalls auf. »Eine Frage noch: Was passiert mit Frau Reimers Leichnam, den Sascha zum Krematorium fahren sollte? Ist der jetzt samt Sarg beschlagnahmt? Ich muss das alles ja den Angehörigen erklären.«

»Es wird eine Verzögerung geben, da möchte ich Ihnen gar nichts vormachen. Sagen Sie der Familie doch einfach, dass die Feuerbestattung leider verschoben werden musste. Ein technischer Defekt an der Anlage oder irgendwas in der Art. Lassen Sie sich was einfallen.«

Nachdem die beiden Ermittler gegangen waren, schloss Brandt die Tür zum Geschäft ab, zog sich in sein Büro zurück, holte die Flasche Wodka heraus, die er in der Schreibtischschublade deponiert hatte, und genehmigte sich erst einmal einen ordentlichen Schluck. Wie ein Häufchen Elend saß er auf seinem Stuhl. Nach Lage der Dinge waren die Angehörigen der Reimers jetzt sein kleinstes Problem.

»Dieser blöde Idiot«, murmelte er leise, dachte an Sascha und verfluchte ihn innerlich. Dieser Unfall war eine Katastrophe! Und es war nicht mal annähernd abzusehen, welche Folgen das für ihn und sein Geschäft haben würde.

Kapitel 18

Eine Stunde später

Er konnte es drehen und wenden, wie er wollte, aber er hatte versagt. Und auch wenn er nicht selbst dafür verantwortlich war, würde man ganz gewiss ihn zur Rechenschaft ziehen. Er war der Cleaner und die Schweinerei zu beseitigen nun mal sein Job. Doch zum zweiten Mal war dabei etwas schiefgelaufen. Er bezweifelte, dass er diesmal nur mit einem blauen Auge davonkommen würde – unabhängig davon, dass er immer Vorbereitungen dafür traf, dass man die Spuren nicht zurückverfolgen konnte. Ein Telefonanruf riss ihn aus den Gedanken. Die Nummer auf dem Display verhieß nichts Gutes. So schnell hatte er nicht mit einer Reaktion gerechnet.

»Was in Dreiteufelsnamen ist da passiert?« Die Stimme tönte kalt und emotionslos aus dem alten Telefon.

Er blies die Wangen auf, antwortete nicht sofort. »Um ehrlich zu sein, habe ich dafür keine Erklärung.«

»Solche Pannen sind unverzeihlich. Ich hoffe, das ist dir klar. Kannst du wenigstens ausschließen, dass die Spur zu uns führt?«

Am liebsten hätte er laut losgelacht, er verkniff es sich gerade noch und biss sich stattdessen auf die Zunge. »Wenn du keine Visitenkarte anstelle des Herzens hinterlassen hast, sollte das kein Problem sein.«

»Lass gefälligst die dämlichen Scherze. Dafür ist die Sache viel zu ernst. Wenn die Bullen nicht komplett blöde sind, werden sie früher oder später eins und eins zusammenzählen.«

Das lag durchaus im Bereich des Möglichen, dachte er. Sobald er einen Auftrag übernahm, plante er immer alle denkbaren Eventualitäten ein. So auch diesmal. Trotzdem behielt er diesen Gedanken lieber für sich. Bloß kein Öl ins Feuer gießen und die Deeskalationskarte spielen, überlegte er. »Was immer da schiefgegangen ist, ich versichere dir, dass du nichts zu befürchten hast.«

Für einen Moment herrschte Stille in der Leitung. »Das will ich hoffen.« Die Stimme klang eisern. »Trotzdem denke ich nicht, dass wir noch einmal auf deine Dienste zurückgreifen werden.«

»Bedauerlich, aber nachvollziehbar«, erwiderte er. Doch da war die Leitung schon tot.

Kapitel 19

Es war kurz nach halb zehn, als Jana ihre Wohnung in der Helbingstraße betrat. Ihr schwirrte angesichts der jüngsten Ereignisse der Kopf. Was zum Henker war nur in der Hansestadt los? Innerhalb weniger Tage waren auf höchst ungewöhnliche Weise zwei Frauenleichen aufgetaucht, denen ein Organ entnommen worden war. Sie konnte es kaum erwarten, bis die Obduktionsergebnisse von Patricia Lambrecht vorlagen. Würde Dürr auch diesmal eine Baphomet-Münze finden, die man der Frau in die Luftröhre geschoben hatte?

Steffen lag möglicherweise richtig damit, dass der oder die Täter mit hoher Wahrscheinlichkeit aus dem Umfeld satanistischer Fanatiker stammten. Zudem sprachen erste Indizien dafür, dass Sascha Schultheiss Mitglied einer satanistischen Sekte war. Dass Patricia Lambrechts Leichnam ausgerechnet in dem Bestattungsfahrzeug gefunden worden war, mit dem der Bestattungsassistent verunglückt war, konnte in diesem Zusammenhang wohl kaum ein Zufall sein. Offensichtlich hatte man nach einer sichereren Methode gesucht, den Körper eines neuen Opfers unwiderruflich loszuwerden. Im Grunde eine geniale Idee, ihre sterblichen Überreste in den Sarg einer anderen verstorbenen Frau zu schmuggeln, der zu einer Einäscherung gebracht werden sollte. Wer hätte schon ahnen können, dass der Bestattungswagen einen Unfall haben und der Plan so zunichtegemacht würde? War der Name Sascha Schultheiss im Fall Hufnagel eher zufällig aufgetaucht, führte diesmal eine eindeutige Spur in seine Richtung.

Zu schade, dass Schultheiss jetzt auf der Intensivstation lag und nicht vernehmungsfähig war. Seine Erklärung, wie Patricia Lambrechts Leiche in den Sarg gelangt war, interessierte sie im Moment am meisten. Jetzt setzte sie ihre ganze Hoffnung auf die Jungs von der Cyber-Abteilung, vielleicht konnten sie den Laptop und das Prepaid-Handy des Mordverdächtigen knacken und den Geräten wichtige Informationen zur Aufklärung der Fälle entlocken.

Während sie auf der neuen Couch saß und über die nächsten Schritte der Ermittlungen nachdachte, überkam sie plötzlich der Drang, den Abend nicht über den Fall sinnierend zu Hause zu verbringen. Nur weil sie die Leiterin der Hamburger Mordkommission war und den Arsch voller Arbeit hatte, bedeutete das ja nicht, dass sie sich nicht auch mal wieder ins Nachtleben stürzen konnte, um mal ein bisschen abzuschalten. Die letzten Monate waren mehr als arbeitsreich gewesen und ihr Privatleben dabei viel zu oft zu kurz gekommen.

Also schlurfte sie hinüber ins Badezimmer und begann, sich ein wenig aufzuhübschen. Sie duschte in Rekordzeit, föhnte das feuchte Haar, trug einen Hauch Rouge sowie einen knallroten Lippenstift auf und betonte ihre katzengrünen Augen mit einem beigefarbenen Lidschatten. Anschließend schlüpfte sie in das hautenge schwarze Trägerkleid, das ihrer glücklicherweise immer noch sportlichen Figur schmeichelte, und tauschte ausnahmsweise mal die bequemen heiß geliebten Sneaker gegen ein Paar hochhackige Pumps. Dann fuhr sie mit ihrem Sportflitzer zu *Charly's Pub,* einem angesagten Szenetreff für Jung und Alt – und kaum hatte sie sich am Tresen niedergelassen und einen Gin Tonic bestellt, wurde sie von der Seite angesprochen. Als sie den Kopf umwandte, staunte sie nicht schlecht. Hatte sie sich doch beim Klang der Stimme nicht getäuscht: Neben ihr stand Christian von Falkenhayn, der Leiter der OFA, der Operativen Fallanalyse des Hamburger LKA.

»Was zum Teufel machst du denn hier?«, platzte sie völlig verblüfft heraus.

Der Mann, der für gewöhnlich sein schulterlanges Haar nach hinten gegelt trug und den sie ausschließlich als Anzugträger kannte, stand jetzt zu ihrer Überraschung mit locker fallendem Haar vor ihr, diesmal in Bluejeans und schwarzer Lederjacke. Vor knapp zwei Jahren war er in die Hansestadt gezogen, um die Leitung der OFA zu übernehmen. Ihrer beider Start konnte man durchaus als frostig bezeichnen; der Mann hatte sie zunächst sehr an ihren Vater erinnert, zu dem sie nicht unbedingt das beste Verhältnis pflegte. Für Olaf Brinkhorst, einen einst erfolgreichen Kieler Arzt, war es schlichtweg eine herbe Enttäuschung gewesen, dass sie nicht in seine Fußstapfen getreten war und seine Praxis übernommen hatte. Stattdessen hatte sie ihr Medizinstudium abgebrochen und war zur Polizei gegangen. Doch schnell hatte sich herausgestellt, dass von Falkenhayn überhaupt nichts mit ihrem alten Herrn gemein hatte.

»Freut mich auch, dich zu sehen«, erwiderte er mit einem breiten Lächeln.

Jana winkte ab. »Sorry, war nicht so gemeint. Ist nur so, dass ich nicht damit gerechnet habe, dich hier anzutreffen.«

»Ist meine Premiere in dem Pub«, rief er über das Gewimmel und die Lautstärke von Gästen und Musik hinweg. »Bin mit 'nem Kumpel hier. Aber der hat gerade Besseres zu tun.« Er deutete in Richtung eines sportlich gekleideten Mannes, der sich angeregt mit einer Brünetten unterhielt. »Und selbst?«

»Ich bin öfter hier«, entgegnete sie ausweichend. Das entsprach zwar der Wahrheit, aber sie musste ihm ja nicht unbedingt auf die Nase binden, dass sie vor allem dann herkam, wenn sie auf der Suche nach einem amourösen Abenteuer war.

»Suchst wohl Ablenkung von den Ermittlungen? Kann ich verstehen angesichts der jüngsten Entwicklungen«, meinte von Falkenhayn und trank einen Schluck Bier.

Auch Jana nutzte die Gelegenheit, um an ihrem Gin Tonic zu nippen. »Ziemlich undurchsichtig, keine Ahnung, womit wir's wirklich zu tun haben, um ehrlich zu sein. Obwohl sich gerade eine Tendenz abzeichnet. Mal sehen, was wir da noch zu Tage fördern.« Am liebsten hätte sie laut losgelacht, sie konnte es sich gerade so verkneifen. Der Abend entwickelte sich in eine völlig andere Richtung als erwartet, und sie wusste noch nicht, ob ihr das gefiel.

Kapitel 20

Samstag, 13. April

Dass Christian von Falkenhayn ganz und gar nicht mit ihrem alten Herrn zu vergleichen war, wusste sie schon länger. Wenn sie an ihr erstes Aufeinandertreffen dachte, musste sie immer noch lächeln. Zu sehr hatte sie sich anfangs durch sein strenges äußeres Erscheinungsbild und die selbstbewusste Art, die er offen nach außen getragen hatte, beeinflussen lassen und ihm ihre offensichtliche Abneigung demonstriert. Sie hatte ihn sofort in eine Schublade gesteckt, weil sie ihn für ein Abziehbild ihres Vaters gehalten hatte, zu dem sie nun mal nicht das beste Verhältnis pflegte. Doch innerhalb kürzester Zeit war das Eis zwischen ihnen gebrochen gewesen. Christian hatte sich als Teamplayer entpuppt, gab sich empathisch und wusste die Menschen, die ihn umgaben, mit seinem Fachwissen zu beeindrucken, ohne damit anzugeben.

Gestern Abend hatte sie noch einmal eine ganz andere Seite von ihm kennengelernt. Wo hatte er nur die gesamte Zeit über diesen extrem lockeren Typen versteckt gehalten, der sonst auf dem Präsidium stets in Anzug und Krawatte erschien? Doch eine viel wichtigere Frage drängte sich ihr auf dem Weg zum Bruno-Georges-Platz auf: Welche Überraschung würde der heutige Tag wohl ermittlungstechnisch für sie bereithalten?

Sascha Schultheiss` Unfall hatte dem Geschehen eine unerwartete Wendung gegeben und ihnen gleichzeitig traurige Gewissheit verschafft, was das Schicksal der jungen Studentin Patricia Lambrecht betraf, die nur wenige Tage zuvor spurlos verschwunden war.

Um zwanzig nach acht stellte sie den roten MX-5 auf dem Präsidiumsparkplatz ab. Zu ihrer Überraschung war Steffen offenbar bereits da. Dass Hennings Familienkutsche schon vor dem Präsidium stand, fand sie indes weniger verwunderlich, da er ein bekennender Frühaufsteher war. Zwei Minuten später betrat sie mit einem Kaffee aus dem Automaten das Büro ihrer Partner und raunzte ein »Moin«.

Beide blickten von ihrer Arbeit auf, in die sie vertieft waren, und erwiderten den Gruß.

»Trifft sich gut, dass ihr schon da seid«, begann sie und nippte am Kaffee. Die Plörre war einfach ungenießbar, trotzdem konnte sie nicht von der Gewohnheit ablassen, sich jeden Tag mindestens eine Tasse zu genehmigen. »Ich möchte, dass du in die Rechtsmedizin fährst zur Obduktion von Patricia Lambrecht«, wandte sie sich an Henning.

Der nickte nur.

»Und du«, sie blickte nun Steffen ernst an, »rufst deinen Spezi von *Baphomet's Disciples* an und quetschst ihn aus, wer sein Informant ist, der uns auf die Spur von Schultheiss gebracht hat. Ich will mich unbedingt selbst mit der Quelle unterhalten.«

Hempel quittierte es mit einem breiten Grinsen. »Da hab ich gestern Abend schon angefragt. Warte nur noch auf die Rückmeldung.« Zufrieden verschränkte er die Arme vor der Brust und beförderte den Zahnstocher vom rechten zum linken Mundwinkel. Seit er vor ein paar Jahren das Rauchen aufgegeben hatte, kaute er immer wieder zur Beruhigung auf den kleinen Dingern herum.

Eine Stunde später erhielt Hempel den erlösenden Anruf. Der Informant – Arne Petersen, ein vierundfünfzigjähriger Musik-Journalist, der aktuell bei der Hamburger Morgenpost arbeitete – wohnte in einem Reihenhaus mit mausgrauer Putzfassade und einem Mini-Vorgarten, welcher die Bezeichnung eigentlich gar nicht verdient hatte. Der Mann mit Allerweltsgesicht öffnete ihnen wenige Sekunden, nachdem Hempel geklingelt hatte. Er trug eine Jogginghose und Gesundheitslatschen, dazu ein Black-Sabbath-Shirt. Am auffälligsten waren noch die grauen Haare, die bis zur Brust reichten, und der ebenso lange Bart, der in einer Bartperle endete.

Nachdem er ihnen bestätigt hatte, dass er derjenige war, den sie suchten, führte Petersen die beiden Ermittler in ein minimalistisch eingerichtetes Wohnzimmer. An den Wänden hingen diverse gerahmte Tourplakate, beispielsweise von *Prince, Ozzy Osbourne* oder *Metallica.*

Während Petersen ihnen bedeutete, auf dem dunkelbraunen Zweisitzer Platz zu nehmen, setzte er sich auf einen der beiden Sessel gegenüber. »Kaffee?«, fragte er mit schnarrender Stimme.

Sowohl Jana als auch Steffen lehnten dankend ab.

»Danke, dass Sie dem Treffen zugestimmt haben«, begann die Hauptkommissarin.

»Angesichts der Umstände konnte ich Ihnen den Wunsch auch kaum abschlagen.«

»Richtig, wobei ich mich frage, warum Sie zu Beginn partout nicht wollten, dass wir erfahren, von wem der Tipp mit Sascha Schultheiss stammte«, grummelte Hempel.

Petersen räusperte sich. »Ich habe befürchtet, dass mein Name irgendwie publik wird.«

»Das müssen Sie uns bitte näher erklären«, bat Jana.

»Es hat mit meinem Buch zu tun, an dem ich seit mehr als einem Jahr arbeite. Ich recherchiere zum Thema Satanismus und rechte Umtriebe in der deutschen Black-Metal-Szene. Ich habe befürchtet, dass herauskommt, wer der Polizei einen Tipp gegeben hat, und ich so Zugang zu den Bands und der Szene verliere, weil man mir nicht vertrauen kann.«

»Und wieso vertraut Ihnen der Gitarrist von *Baphomet's Disciples* trotzdem?«, hakte Jana nach.

Petersen lächelte. »Ich bin sein Taufpate. Sein Vater ist mein bester Freund seit Schulzeiten. Die Band ist sauber, um das gleich mal vorwegzunehmen. Die kokettieren zwar gewaltig mit einem okkulten Image, aber die Jungs sind allesamt in Ordnung. Vollblutmusiker, die hart für ihren Erfolg arbeiten.«

»Mir war nicht bewusst, dass es in diesem Genre rechte Tendenzen gibt«, warf Hempel mit Anspielung auf Petersens Buchthematik ein.

»Das betrifft zum Glück auch nur einen kleinen Prozentsatz, aber ja, es gibt da eine Grauzone von Bands und Fans, die sich mehr oder weniger eindeutig zu den Themen Rassismus, Diskriminierung und Faschismus positioniert haben«, erklärte der Journalist.

»Das ist in der Tat alles sehr bedenklich, und wir finden wirklich gut, dass Sie da Licht ins Dunkel bringen wollen, aber kommen wir doch bitte auf Sascha Schultheiss zu sprechen«, meinte Jana. »Wieso haben Sie uns diesen Namen zukommen lassen, und woher rührt die Überzeugung, dass er das Mitglied einer satanischen Sekte ist, die möglicherweise so weit gehen würde, Menschen zu opfern?«

Petersen antwortete nicht sofort, schloss stattdessen die Augenlider und faltete die Hände dicht vor dem Gesicht zu einem Dreieck. Dann öffnete er die Augen wieder. »Ich habe Sascha vor circa einem Monat im Rahmen meiner Recherchen kennengelernt. Wenn man ihn triggert, merkt man ziemlich schnell, dass er ein überzeugter Satanist ist. Das muss im Übrigen nichts Schlechtes bedeuten …«

»… wissen wir bereits«, fiel Jana dem Mann ins Wort, da sie jetzt nicht an ausschweifenden Erklärungen zu diesem Thema interessiert war.

»Verstehe«, sagte der Mann pikiert. »Nun ja, Sascha glaubt an dunkle Mächte, an den Kampf *Gut* gegen *Böse,* wobei Satan in seiner Vorstellung eindeutig das Gute verkörpert. Zusammen mit Gleichgesinnten den Teufel anzubeten gibt ihm ein Zugehörigkeitsgefühl.

Das ist für Menschen wie Sascha, die sich von der Gesellschaft nicht akzeptiert fühlen, besonders wichtig. Kennengelernt habe ich ihn übrigens bei einem Konzert, und es war offensichtlich, dass er ganz erpicht darauf war, zu erforschen, welche Einstellung ich zum Thema Satanismus habe. Er wollte wissen, ob ich zu den Praktizierenden gehöre.« Petersen lachte kurz auf.

»Ich nehme an, Sie haben für Ihre Recherchen gelogen und das bejaht?«, war es diesmal Hempel, der nachfragte.

»Selbstverständlich«, kam es wie aus der Pistole geschossen. »Aber um das Ganze abzukürzen, Sascha hat sich mehr oder weniger verplappert und mir von seinem Meister erzählt, der die Bewegung auf *die nächste Ebene* führen wird. Er hatte einen über den Durst getrunken und war ziemlich redselig an diesem Abend. Leider war er wohl nicht betrunken genug, denn als ich weiterbohren wollte, hat er dichtgemacht. Und auch den Kontakt in der Folge eingestellt.«

»Hm, und das allein hat Sie veranlasst, ihn zu verdächtigen, etwas mit dem Tod der Frau zu tun zu haben, deren Leiche eher zufällig auf dem Friedhof entdeckt wurde? Dass er Ihnen das erzählt hat, kann in Bezug auf unsere Ermittlungen alles oder nichts bedeuten«, erwiderte Jana skeptisch. Sie zog die Stirn kraus.

Wieder lächelte Petersen. »Ihre Skepsis ist durchaus angebracht. Aber es gibt in der Szene – Sascha ist ja nicht die einzige Person, zu der ich Kontakt hatte in den letzten Monaten – das Gerücht, dass da eine radikale

Sekte existiert, die daran glaubt, Satan in Menschengestalt auf Erden wandeln zu lassen, wenn man entsprechende Rituale durchführt.«

»Der Sektenbeauftragte der Stadt wusste nichts darüber.« Hempel war nicht überzeugt von der Aussage des Mannes.

Petersen machte eine wegwerfende Handbewegung. »Ach der«, knurrte er nur.

»Genaueres über diese Sekte ist Ihnen nicht bekannt?«, bohrte Jana nach.

»Bedauerlicherweise nein. Saschas Gerede hat mich allerdings neugierig gemacht. Er schien ja eindeutig etwas zu wissen. Also habe ich mich an seine Fersen geheftet. Ist aber nicht viel dabei rausgekommen, leider.« Petersen seufzte achselzuckend. »Es gab allerdings eine Situation, die mich davon überzeugt hat, dass es diese Sekte wirklich gibt.«

Jana beugte sich nach vorn und taxierte den Befragten. »Nämlich?«

»Es war vor knapp einer Woche. Ich hatte mich in der Nähe von Saschas Wohnung auf die Lauer gelegt und die Verfolgung aufgenommen, wie so manches Mal in letzter Zeit. Ich hatte die leise Hoffnung, dass er mich früher oder später zu dem Ort führen würde, an dem sich diese mysteriöse Sekte versammelt. Er ist zu einem Treffpunkt in ein Industriegebiet gefahren und hat dort jemanden abgeholt. Eine Person, die so eine schwarze Robe anhatte und eine Ziegenmaske über dem Kopf trug.«

»Wo sind die zwei hingefahren?« Jana witterte eine heiße Spur.

»Ich habe sie im dichten Verkehr verloren«, meinte Petersen niedergeschlagen.

»Und wo hat dieses Treffen stattgefunden?«, fragte sie, woraufhin der Journalist ihr die Adresse nannte.

Jana blickte hinüber zu Steffen, der sofort sein Handy zückte, um die Adresse zu googeln. »Ich hoffe inständig, dass es dort eine Videoüberwachung gibt«, oder unsere Cyber-Jungs irgendwas auf Schultheiss' sichergestellten Handys beziehungsweise dem Laptop finden, das uns weiterhilft, schob sie gedanklich hinterher. »Wenn du mich fragst: Das alles hier stinkt zum Himmel, aber ganz gewaltig!«

Kapitel 21

Kaum dass sie die Befragung von Arne Petersen beendet und sich auf den Rückweg zum Präsidium gemacht hatten, rief Henning an. Vermutlich wollte er von ersten Untersuchungsergebnissen der Obduktion berichten. Jana nahm das Gespräch entgegen und schaltete den Lautsprecher ein.

»Hallo, Henning. Was gibt's?«

»Dürr hat keine Baphomet-Münze bei der Lambrecht gefunden«, platzte es direkt aus ihm heraus. »Hat auf mein Drängen hin nach der äußeren Leichenschau zunächst danach gesucht und den Leichnam sogar extra noch mal geröntgt, aber kein Hinweis auf ein Stück Metall, das er eventuell übersehen hatte.«

»Sag das noch mal.« Ungläubig haute sie sich auf den Oberschenkel.

»Hast schon richtig gehört, aber es wird noch besser.«

»Das Herz wurde im Gegensatz zur Leber auf professionelle Art und Weise entnommen«, kam sie ihm zuvor. Man konnte seine Enttäuschung darüber, dass sie ihm den finalen Paukenschlag vorweggenommen hatte, regelrecht spüren.

»Lass mich raten, mal wieder dein Bauchgefühl«, kam es aus dem Lautsprecher zurück.

»Das trifft den Nagel auf den Kopf. Obwohl alles danach aussah, dass Schultheiss versucht hat, die Leiche eines weiteren Satan-Menschenopfers höchst effizient zu entsorgen.« Jana rieb sich nachdenklich das Kinn.

»Und wenn wir bei dieser Teufel-Anbetungsgeschichte in Bezug auf Schultheiss komplett auf dem Holzweg sind?«, meinte Hempel, der den Dienstwagen durch den Hamburger Verkehr lenkte.

Jana wandte ruckartig den Kopf in seine Richtung. »Was genau meinst du?«

»Wir haben zwar einige Hinweise darauf gefunden, die Petersens Aussage stützen, dass Schultheiss wirklich einer fanatischen satanistischen Sekte angehört, aber könnte doch trotzdem sein, dass dessen Name aus einem ganz anderen Grund in Bezug auf beide Leichenfunde aufgetaucht ist. Vielleicht hat er sich ein zweites, sehr lukratives Standbein aufgebaut, indem er für diverse Auftraggeber illegal Leichen entsorgt?«, führte Hempel seine Gedanken aus.

»Puh, interessante Theorie«, erwiderte Jana und nestelte an ihrem Lederarmband.

»Dann hat er jetzt allerdings innerhalb kurzer Zeit zweimal ganz schön Scheiße gebaut«, mischte sich nun Kruse am anderen Ende der Leitung wieder ins Gespräch.

»Trotzdem könnte was an Steffens Hypothese dran sein. Sofern wir es wirklich mit illegalem Organhandel zu tun haben und die Mafia dahintersteckt«, ergriff Kruse wieder das Wort. »Es ist hinreichend bekannt, dass Mafia-Organisationen sogenannte Cleaner beauftragen, um die Sauerei zu beseitigen, die sie zuvor hinterlassen haben. Als Angestellter eines Beerdigungsinstitutes wäre er ja geradezu prädestiniert dafür.«

Jana massierte sich einen Moment die Schläfen. Ihr dröhnte angesichts der ganzen Informationen, die in diesem Fall auf sie einprasselten und die Ermittlungen permanent in eine neue Richtung wiesen, zunehmend der Kopf. »Okay«, sagte sie schließlich. »Lasst uns einfach mal davon ausgehen, dass wir es mit verschiedenen Tätern und Mordmotiven zu tun haben. Marion Hufnagel, unser erstes Opfer, wird in einem Grab aufgefunden, das eigentlich für eine andere Person vorgesehen war. Die Leber wurde ihr nicht fachmännisch entfernt, und in ihrer Luftröhre befand sich eine Baphomet-Münze, auf der zusätzlich die Zahl des Teufels abgebildet ist. Bei unserem zweiten Opfer, Patrica Lambrecht, wurde das Herz fachmännisch entfernt, eine Münze, die auf eine Verbindung zu Satanisten hinweist, wurde diesmal nicht entdeckt. Ihre Leiche tauchte auf wundersame Weise in einem Sarg auf, der eigentlich auf dem Weg zur Einäscherung eines anderen Leichnams war. In beiden Fällen ist der gemeinsame Nenner das Beerdigungsinstitut *Letzte Reise,* was uns wiederum zu Sascha Schultheiss geführt hat, dem zufälligerweise eine Verbindung zu einer satanistischen Sekte nachgesagt wird«, fasste sie noch einmal zusammen. »Wenn wir uns nicht ausschließlich auf Schultheiss konzentrieren wollen, hieße das, wir müssten unsere Recherchen entsprechend in unterschiedliche Richtungen lenken. Also los: Henning, kannst du bitte versuchen herauszufinden, ob dieser Parkplatz, von dem Petersen gesprochen hat, videoüberwacht wird?«, bat sie ihren Partner und gab ihm Adresse sowie Datum, an dem das Treffen laut Information des Journalisten stattgefunden hatte. »Check auch direkt mal die Videoüberwachung der umliegenden Gegend und halt darauf Ausschau nach Schultheiss' Wagen, vielleicht ergibt sich ja was. Wir«, sie blickte zu Steffen hinüber, »knöpfen uns erst einmal diese beiden Ärzte vor, deren Name mir Rainer von der OK genannt hat, weil sie möglicherweise in illegale Machenschaften verstrickt sind. Wir starten mit der Privatklinik von diesem Doktor Seifert und hören uns dort mal um. Später unterhalten wir uns auch noch mit Jasper Nielsen, der ist Arzt in der Uniklinik. Rainer wird zwar nicht gerade begeistert sein, dass wir denen einen Besuch abstatten, aber darauf können wir jetzt keine Rücksicht mehr nehmen.«

»Was spricht denn dagegen?«, wunderte sich Hempel.

»Ich habe ihm hoch und heilig versprochen, die beiden Ärzte nicht aufzuschrecken.«

Kapitel 22

150.000 Mäuse. Im Geiste sah er schon den neuen Lamborghini in seiner Garage stehen, dem er mit der Transaktion ein großes Stück näherkommen würde. Dieser Broker war wirklich tüchtig, das musste man ihm lassen: Der Mann verstand etwas von Warentermingeschäften, die Provision, die er verlangte, schien angemessen.

Er holte mit dem Putter aus und versenkte den Golfball wie einst Tiger Woods im Loch der kleinen Kunstrasenbahn in seinem Büro. In dem Moment wurde die Tür aufgerissen, und noch ehe sie ein Wort gesagt hatte, wusste er, dass Ungemach drohte. Ihr Gesichtsausdruck sprach Bände.

»Hast du heute schon deine Mails gecheckt?«, platzte es aus ihr heraus.

Er verstaute den Golfschläger in der Tasche und schaute sie abwartend an. Gott, sah sie wieder bezaubernd aus, selbst jetzt, da sie ihn mit versteinerter Miene anstarrte. Kein Wunder, dass er sich damals Hals über Kopf in sie verliebt hatte. Seit sieben Jahren waren sie mittlerweile ein unschlagbares Paar, privat wie beruflich.

»Nein, habe ich nicht. Warum?«

Mit kastanienbraunen Augen funkelte sie ihn wütend an. »Solltest du vielleicht hin und wieder mal tun, statt deine blöden Bälle zu schlagen.« Sie stemmte beide Arme in die Hüften.

»Na ja, ich habe nur ein wenig gefeiert, es gab tolle Nachrichten«, erwiderte er ruhig.

»Ich will dir ja deine gute Laune nicht verderben, aber ich hingegen bringe schlechte Neuigkeiten. So wie es aussieht, brauchen wir einen neuen Logistikplaner.«

»Weiß ich doch längst«, knurrte er nur und setzte sich wieder hinter seinen Schreibtisch.

»Mehr hast du nicht dazu zu sagen?«, fragte sie mit schriller Stimme.

»Du kennst mein Motto: Es gibt keine Probleme, nur Lösungen. Ich kümmer mich drum, versprochen.«

»Das will ich auch hoffen.« Sie machte auf dem Absatz kehrt und stakste auf ihren High Heels wieder aus seinem Büro.

Kapitel 23

»Hältst du es wirklich für eine gute Idee, in alter Clint-Eastwood-Manier einfach da reinzuspazieren, um den Doc geradewegs darauf anzusprechen, ob er was mit illegalem Organhandel zu tun hat?«, fragte Hempel ungläubig, als er den Wagen gewendet hatte und die neue Adresse ansteuerte, die im Bereich der Außenalster lag.

Jana starrte ihn vorwurfsvoll vom Beifahrersitz aus an. »Du hast Henning doch eben selbst gehört. Dürr hat eindeutige Hinweise darauf gefunden, dass Patricia Lambrechts Herz so professionell wie bei einer regulären Transplantation entfernt wurde. Also deutet zumindest in ihrem Fall doch einiges auf illegalen Organhandel hin und nicht auf das Werk irgendwelcher Teufelsanbeter. Abgesehen davon solltest du wissen, dass ich mich bei einer Befragung wohl kaum wie ein Elefant im Porzellanladen verhalte.« Sie verschränkte die Arme vor der Brust.

»Ja, sicher«, knurrte Hempel. »Was macht die beiden Ärzte nach Ansicht von Jensen eigentlich so verdächtig, in die Sache mit den illegalen Transplantationen verwickelt zu sein?«

»Der Informant, der die Kieler Ermittler auf die Spur der Organhändler gebracht hat und dann auf so wundersame Weise verschwunden ist, hat Hinweise gegeben, die wiederum die Vermutung nahelegen, dass es sich um die beiden handeln könnte. René Seifert, der Chef dieser

Privatklinik an der Außenalster, ist notorischer Spieler. Sein opulenter Lebensstil passt laut OK wohl nicht ganz zu den Bilanzen seiner Klinik. Die Herkunft der Kohle, die er mit vollen Händen ausgibt, ist nicht nachweisbar.«

»Das macht ihn nicht automatisch zu einem Verdächtigen, der in illegale Geschäfte verstrickt ist«, unterbrach Hempel ihre Ausführungen energisch.

Jana legte sacht eine Hand auf seinen Unterarm und blickte ihn an. »Nein, selbstverständlich nicht. Aber im Gegensatz zu dir hat er keine Therapie gemacht, um seine Spielsucht in den Griff zu bekommen, und außerdem hat er auf einen Schlag seine kompletten Schulden zurückbezahlt. Natürlich könnte er die Kohle bei irgendwelchen Hinterzimmer-Pokerrunden gewonnen haben. Doch laut unserer Kollegen haben sie dafür auch keine Hinweise im Milieu entdeckt. Aber selbst wenn wir diesen Umstand vernachlässigen, gibt es noch einen ganz profanen Grund, warum die OK genau ihn ins Visier genommen hat. Er spielt leidenschaftlich Golf, und der Informant hat berichtet, dass der Weißkittel nur Doktor Golf genannt wird. Es wurden wohl bei den OPs nie Klarnamen verwendet, damit man sich nicht gegenseitig verraten konnte.«

Hempel prustete unvermindert los. »Du willst mir gerade nicht ernsthaft verkaufen, dass zwei Ärzte auf einer Verdächtigenliste gelandet sind, weil sie Golf spielen?«

»Das war wohl einer der Ausgangspunkte«, bestätigte Jana. »Zugegeben sehr vage, aber irgendwo muss man ja ansetzen. Beide Ärzte sind Fachleute auf dem Gebiet der Transplantationsmedizin. Das mag jetzt alles Zufall sein und ein wenig konstruiert klingen, aber es könnte durchaus auch mehr dahinterstecken.«

»Mhm. Und was macht den Doc von der Uni-Klinik über den Umstand hinaus, dass er Golf spielt, verdächtig?«

»Jasper Nielsen ist nach einem nachgewiesenen Kunstfehler zu einem Schadensersatz von 70.000 Euro verurteilt worden. Anschließend wurde er von der Klinikleitung degradiert und er ist ins zweite Glied gerückt. Das hat gewaltig an seiner Ehre gekratzt, der Mann galt als Koryphäe auf dem Gebiet der Transplantationsmedizin. Außerdem hat er eine kostspielige Scheidung hinter sich. Rainer von der OK meinte, dass Jensen gezwungen war, seine noch nicht abbezahlte Luxusimmobilie zu verkaufen, um halbwegs wieder auf die Beine zu kommen. Das könnte ihn anfällig für lukrative Nebenjobs gemacht haben. Aber wie bei Seifert ist auch das alles bisher reine Spekulation«, räumte sie ein.

»Das ist mehr als dünn, weißt du selbst, oder?«

Sie nickte nur, dann schwiegen sie eine Weile, während der Oberkommissar den Wagen durch Hamburgs Straßen lenkte. »Was hältst du eigentlich von der Idee, dass Schultheiss nicht gewusst hat, dass er Patricia Lambrechts Leiche mit an Bord hatte?«, beendete Hempel schließlich die Funkstille und strich sich bedächtig über den vollen Bart.

»Wie kommst du darauf?«

»Ich fand schon merkwürdig, wie sich der Chef dieses Bestattungsinstitutes während unseres Besuchs verhalten hat. Ich hatte fast den Eindruck, er wäre regelrecht erleichtert, dass wir Schultheiss verdächtigen, die Leiche des zweiten Opfers auf diese Weise entsorgen zu wollen. Es schien ihn förmlich zu beruhigen, dass sein Fahrer bei dem Unfall schwer verletzt wurde und nicht ansprechbar ist, meinst du nicht? Ich konnte mir allerdings keinen Reim darauf machen und dachte, ich hör einfach nur die Flöhe husten.«

Jana antwortete nicht sofort, sondern ließ sich die Worte durch den Kopf gehen. »Interessanter Gedanke«, befand sie schließlich. »Mir ist es ehrlich gesagt gar nicht so vorgekommen. Aber behalten wir das mal im Hinterkopf. Wir knöpfen uns Brandt später noch mal vor. Für den Moment konzentrieren wir uns zunächst auf René Seifert. Und keine Angst«, sie hob beschwichtigend die Hände, »ich falle nicht gleich mit der Tür ins Haus. Das bin ich schon allein Rainer schuldig. Ich hab ihm hoch und heilig versprochen, nichts Unbedachtes zu unternehmen, als er mir die Namen der beiden Ärzte genannt hat.« Das Problem war nur, dass sie noch nicht die geringste Ahnung hatte, wie sie das anstellen sollte. Außerdem fand sie den Gedanken viel zu verlockend, die Männer nervös zu machen, sollten sie tatsächlich irgendwie in die Sache verstrickt sein.

Kapitel 24

René Seifert hatte eine stattliche Größe, volles schwarzes Haar, feine Gesichtszüge und ein leicht vorstehendes Kinn. Am auffälligsten waren die verschiedenfarbigen Augen: ein blaues und ein grünes – der Doktor litt offensichtlich an einer Iris-Heterochromie. Er strahlte eine natürliche Autorität aus, wie die beiden Ermittler sogleich bemerkten, als er den Raum betrat, in dem sie auf ihn gewartet hatten.

»Guten Morgen, die Herrschaften. Meine Sekretärin sagte mir, ich hätte Besuch von der Kripo. Ist etwas passiert?«, kam er gleich zur Sache und nahm hinter seinem halbrunden modernen Schreibtisch Platz, einem Chromgestell mit Glasplatte. Jana und Steffen erwiderten den Gruß und stellten sich vor.

»Danke, dass Sie etwas Zeit für uns erübrigen können«, begann sie. »Ich möchte gar nicht lange um den heißen Brei herumreden, Ermittlungen in einem Mordfall führen uns hierher.« Sie legte eine bewusste Pause ein, um die Reaktion des Arztes abzuwarten. Doch die blieb zu ihrer Überraschung aus. Völlig regungslos saß er auf seinem Stuhl und wartete offensichtlich darauf, dass sie weitersprach. Dann zückte sie ihr Handy, suchte das Foto von Patricia Lambrecht und zeigte es dem Mann. »Konkret geht es um diese Frau, haben Sie sie schon einmal gesehen?«

Seifert betrachtete das Foto einige Sekunden, schüttelte

dann allerdings den Kopf. »Bedaure, kenne ich nicht. Darf ich fragen, wer das ist?«

Sie steckte das Handy wieder ein und fuhr fort. »Die Frau heißt Patricia Lambrecht. Unmittelbar vor ihrem gewaltsamen Ableben hat man sie operiert, wie die Obduktion ergeben hat. Laut unseres Rechtsmediziners hätte man die Frau in diesem Zustand auf keinen Fall entlassen dürfen. Jetzt stellt sich die Frage, ob sich die Patientin selbst entlassen hat? Wir klappern die Kliniken ab, um herauszufinden, in welchem Krankenhaus die OP stattgefunden haben könnte.« Eine vorgeschobene Operation schien ihnen die beste Möglichkeit, sich bei dem Arzt nach Patricia Lambrecht zu erkundigen, ohne den Mann direkt in Verbindung mit einer illegalen Organentnahme zu bringen.

Seifert rieb sich bedächtig das Kinn. »Einfach so verschwunden, eine frisch operierte Patientin, sagen Sie? Was für ein seltsamer Fall, aber tut mir leid, ich kann mir nicht vorstellen, dass sich dieser Vorfall in unserem Haus zugetragen hat. Davon hätte ich etwas mitbekommen.« Der Klinikchef lehnte sich selbstsicher in seinen Stuhl zurück. »Haben Sie weitere Fragen? Ich habe einen eng getakteten Terminplan«, fuhr er fort und warf dabei einen demonstrativen Blick auf seine protzige Armbanduhr.

»Sie sind der Frau also bisher nie begegnet, weder hier noch an einem anderen Ort?«, ließ Hempel nicht locker.

Seiferts Augen verengten sich zu Schlitzen, skeptisch musterte er zunächst ihn und dann Jana. »Nein, wie ich bereits sagte, die junge Dame ist mir gänzlich unbekannt.

Und ich kann Ihnen versichern, ich habe ein sehr gutes Gedächtnis. Was immer man ihr angetan hat, ich hoffe, Sie schnappen ihren Mörder bald.« Kaum dass der Arzt zu Ende gesprochen hatte, erhob er sich ruckartig. Ein unmissverständliches Zeichen, dass die Audienz beendet war.

»Dann sind Sie uns auch schon wieder los«, meinte Jana nach kurzem Zögern und verabschiedete sich. Steffen schaute sie fragend an, sagte aber nichts.

»Wieso hast du so schnell klein beigegeben?«, fragte Hempel, als er die Tür zum Büro hinter sich geschlossen hatte und der Doc sie nicht mehr hören konnte. Auf dem Flur war sonst niemand zu sehen.

»Da war nicht die kleinste Reaktion auszumachen, als ich ihm das Foto gezeigt habe. Nicht mal mit dem Mundwinkel hat er gezuckt. Es wäre Zeitverschwendung gewesen, ihn unter Druck zu setzen – aalglatt, wie der war. Wenn er Patricia Lambrecht doch kannte, haben wir ihn jetzt wenigstens aufgeschreckt.«

Hempel stoppte abrupt. Er schaute besorgt drein. »Das ist ein Spiel mit dem Feuer, wenn du richtigliegst. Sollte er tatsächlich Teil dieser Organmafia sein, hast du sie jetzt möglicherweise gewarnt und sie könnten untertauchen. Du musst mit Rainer darüber sprechen!« Er klang mehr als eindringlich. Dann setzte er sich wieder in Bewegung und steuerte geradewegs auf die Stationstür zu, die zur Abteilung *Innere Medizin* führte.

»Ich weiß«, seufzte sie. »Aber klappern gehört nun mal

zum Handwerk. Und wir haben zwei Morde aufzuklären. Das ist nix, wo man die Leute nur mit Samthandschuhen anfassen darf.«

40 Minuten später, Uniklinik Hamburg Eppendorf

»Diese Frau soll unmittelbar nach einem Eingriff aus unserer Klinik verschwunden sein und wurde dann ermordet?« Jasper Nielsen, der Oberarzt der Inneren, runzelte verwundert die Stirn. Er nahm die Brille von der Nase und legte sie auf der Tischplatte ab. »Mir ist der Fall einer abhandengekommenen Patientin beziehungsweise einer Selbstentlassung nicht bekannt, aber ich kann Ihnen versichern, dass mir das längst zu Ohren gekommen wäre, unabhängig davon, ob ich die Person kenne oder nicht«, erklärte er in ruhigem Tonfall.

Jana war auch hier bei der Geschichte geblieben, dass die junge Studentin nicht als Folge eines Eingriffs gestorben, sondern erst im Anschluss gewaltsam zu Tode gekommen war. Doch ähnlich wie bei Seifert hatte sie keine auffällige Reaktion bei dem Arzt ausmachen können, als sie ihm Patricia Lambrechts Foto zeigte. »Sie sind der Frau also definitiv noch nie begegnet?«, fragte sie nach.

Nielsen verdrehte theatralisch die Augen. »Wie war deren Name doch gleich?«, wollte er dann wissen, woraufhin Hempel umgehend antwortete. Schon flogen seine Finger über die Computertastatur. »Jemand, der so heißt, wurde nie hier aufgenommen.«

Damit hatten sie auch nicht ernsthaft gerechnet. Dass in Seiferts Privatklinik illegale Transplantationen durchgeführt wurden, war ja noch vorstellbar. Dass so etwas in der Uniklinik machbar war, hielten sowohl Jana als auch Steffen für ausgeschlossen.

»Danke«, antwortete die Hauptkommissarin nur. »Sollten sich weitere Fragen ergeben, wissen wir ja, wo wir Sie finden.«

Kapitel 25

Sie waren eben erst losgefahren, da rief Stöver an.

»Hallo, Chef.«

»Herzlichen Glückwunsch, dein Team wurde soeben um drei weitere Mitglieder aufgestockt«, kam der Kriminalrat gleich zur Sache. »Die *SoKo Organ* kann sofort die Arbeit aufnehmen. Unterstützen werden euch mein Neffe Rainer Jensen von der OK, der ja ohnehin schon in die Ermittlungen gegen die Organ-Mafia involviert ist, und zwei weitere Kollegen.«

»Endlich mal gute Neuigkeiten.«

»Dachte ich mir. Die Aufteilung der Aufgaben überlasse ich natürlich dir.«

»Ich werde mit Steffen und Rainer den Mordfall Lambrecht verfolgen. Da können wir nur von den Recherchen deines Neffen profitieren. Henning soll sich die beiden Kollegen schnappen und sie über den Ermittlungsstand im Fall Marion Hufnagel aufklären, das werde ich ihm aber gleich selbst mitteilen. Danke, dass du mich informiert hast.«

»Immer gerne doch. Bis später.«

»Habe ich richtig verstanden, wir kriegen Unterstützung bei den Ermittlungen?«

»Hast du.«

»Na, wenigstens etwas«, meinte Hempel mürrisch, der das Lenkrad des Dienst-BMW fest umklammerte und seinen Zahnstocher malträtierte. »Ich bin wirklich gespannt, ob unsere Besuche bei den Ärzten was gebracht haben.«

»Da sind wir schon zu zweit. Aber sollte auch nur einer von ihnen doch Dreck am Stecken haben, dann wird er jetzt nervös«, erklärte Jana und wählte Hennings Nummer, um ihn zu instruieren.

Zehn Minuten später standen sie vor der verschlossenen Tür des Beerdigungsinstitutes *Letzte Reise*.

»Seltsam, laut dem Schild hier sollte jetzt eigentlich geöffnet sein.« Hempel drückte ein weiteres Mal auf die Klingel, aber nichts regte sich hinter der verglasten Eingangstür.

»Versuchs mal in der Wohnung«, schlug Jana vor. Brandt wohnte mit seiner Ehefrau direkt über dem Geschäft. Der Eingang lag keine zwei Meter neben der Ladentür.

Nach einigen Sekunden ertönte ein gedrungenes »Ja« aus der Gegensprechanlage.

»Jana Brinkhorst, Kripo Hamburg. Wir würden gern mit Herrn Brandt sprechen.«

Statt einer Antwort ertönte der Türsummer. Die Ermittler betraten das Treppenhaus und stapften die Stufen hinauf. Frau Brandt empfing sie an der Wohnungstür, ihre Augen waren klatschrot und wirkten verheult. Jana warf ihrem Partner einen fragenden Blick zu, aber der zuckte nur mit den Schultern.

»Ist alles in Ordnung mit Ihnen?«, fragte Jana.

»Reinhardt ist verschwunden. Einfach weg. Er meinte gestern Abend nur, er muss noch mal kurz weg, seitdem fehlt von ihm jede Spur. Auf dem Handy ist er auch nicht zu erreichen! Ich mach mir solche Sorgen, dass ihm was zugestoßen ist«, kamen die Worte wie aus einem Maschinengewehr aus ihrem Mund geschossen.

Die Sorge war vermutlich absolut berechtigt, doch diesen Gedanken behielt Jana lieber für sich.

Kapitel 26

15:10, Besprechungsraum, erste Zusammenkunft der SoKo Organ

»Also«, begann Henning und warf ein Stück Zucker in seinen Ostfriesentee. »Im Umfeld des Parkplatzes in dem Industriegebiet, von dem euch Arne Petersen erzählt hat und auf dem Sascha Schultheiss den ominösen Fahrgast mit der Robe und der Ziegenkopfmaske aufgegabelt haben soll, gibt es leider keine Kameras. Unsere beiden neuen Kollegen der SoKo«, er deutete auf die Frau und den Mann, die neben Rainer Jensen saßen und jetzt mit von der Partie waren, was die direkten Ermittlungen betraf, »haben versucht, das Auto des Bestattungsassistenten auf dem Videomaterial der Verkehrsüberwachung ausfindig zu machen, um eine mögliche Fahrtroute zu rekonstruieren. Ebenfalls Fehlanzeige.« Er nippte kurz an seinem Tee. »Ergo haben wir auch keinen Hinweis darauf, um wen es sich bei der zweiten Person handelt, die der Journalist beobachtet haben will, und wohin die beiden gefahren sind, wissen wir ebenfalls nicht. Aus der IT gibt es leider bisher wenig Positives zu berichten. Auf dem sichergestellten Smartphone, das ihr in dem Leichenwagen gefunden habt, konnten die Techniker nichts von Belang finden. Es ist eindeutig Schultheiss' Privathandy, das er regelmäßig genutzt hat. Das uralte Nokia ist so ein Prepaid-Teil, es war nur eine einzige Nummer in den Kontakten gespeichert.«

»Lass mich raten: Ebenfalls ein Prepaid-Handy, und der Besitzer lässt sich weder zurückverfolgen, noch kann man seinen Standort ermitteln«, unterbrach Jana ihn.

Kruse presste die Lippen zu einem dünnen Strich zusammen und nickte nur, was sie mit einem tiefen Seufzer quittierte.

»Und wie sieht's mit dem Laptop aus?« Hempel hob die linke Augenbraue und wartete gespannt auf die Antwort.

»Das wäre der nächste Punkt auf meiner Liste gewesen«, erwiderte Kruse und deutete auf das DIN-A4-Blatt vor sich auf dem Tisch. »Das Passwort konnten die Techniker knacken, obwohl sich Schultheiss wirklich alle Mühe gegeben hat, es uns so schwer wie möglich zu machen. Und das war's dann auch schon mit der Herrlichkeit, denn neben banalem Zeug, das uns nicht weiterbringt, gibt es eine Reihe verschlüsselter Dateien, mit deren Inhalt wir bislang noch nichts anfangen können.«

»Heißt konkret?«, hakte Jana nach.

»Wie gesagt, wir wissen es nicht. Wahllose Zahlen- und Buchstabenkombinationen. Offenbar irgendein Code, den wir bisher nicht entschlüsseln konnten.«

»Muss ja demnach irgendwie wichtig sein, wenn er sich solche Mühe gibt, diese Daten zu verschlüsseln«, konstatierte die Hauptkommissarin. »Hoffentlich verbessert sich Schultheiss' Gesundheitszustand bald, damit wir den Mann befragen können.«

»Gibt's schon irgendwelche Hinweise, wo sich sein

Chef, dieser Reinhold Brandt, aufhält?«, war es diesmal Kriminalrat Stöver, der die nächste Frage stellte.

»Ich habe kurz vor unserer Zusammenkunft noch einmal mit den Jungs von der Fahndung gesprochen, der Typ ist wie vom Erdboden verschluckt. Nachdem er gestern Abend das Haus verlassen hat, verliert sich die Spur. Das Handy war zuletzt gegen Viertel nach zehn in der Innenstadt eingeloggt, danach nicht mehr«, antwortete Hempel.

»Du hast recht, Steffen. Der steckt irgendwie mit drin in der Sache mit der Lambrecht, darauf verwette ich meinen Arsch«, wetterte Jana und schlug mit der flachen Hand auf den Tisch. »Wir müssen tiefer graben, dann werden wir bei dem auch irgendwas finden. Das war garantiert nicht das erste Mal, dass er jemandes sterbliche Überreste illegal entsorgen wollte. Und dafür hat man ihn sicherlich fürstlich entlohnt.«

»Du glaubst also, dass Sascha Schultheiss nichts mit der Entsorgung von Patricia Lambrechts Leiche zutun hatte? Stattdessen gehst du jetzt davon aus, dass der Chef des Bestattungsinstitutes mit der Organhandel-Mafia zusammenarbeitet?« Es war das erste Mal, dass sich Rainer Jensen, der Ermittler der Abteilung Organisierte Kriminalität und jetzt Mitglied der SoKo, zu Wort meldete. Der Mann mit der sportlichen Figur blickte sie mit seinen grauen Augen abwartend an, seine Stimme war mit jedem Wort eine Nuance schriller geworden. »Für uns ist er ein völlig unbeschriebenes Blatt«, schob er dann noch hinterher.

Jana räusperte sich kurz. »Ich will dir jetzt wirklich nicht zu nahe treten, aber besonders stichhaltig waren eure Ermittlungsergebnisse in Bezug auf den illegalen Organhandel bisher nicht«, gab sie zu bedenken. Sie wusste, dass sie dem Kollegen damit möglicherweise auf die Füße trat, aber nachdem sie vorhin die Akten überflogen hatte, sah sie keinen Grund dafür, mit ihrer Meinung hinterm Berg zu halten.

»Könnte es sein, dass man Brandt als möglichen Mitwisser aus dem Weg geräumt hat?«, sprach Stöver an, was ihr auch schon durch den Kopf gegangen war.

»Entweder das, oder er hat sich aus dem Staub gemacht«, erwiderte sie. »Wird Zeit, dass wir den Durchsuchungsbeschluss für seine Wohnung und seinen Laden bekommen, vielleicht sind wir dann schlauer.«

»Es ist Wochenende, da mahlen die Mühlen des Gesetzes nun mal langsamer, auch wenn der Staatsanwalt Druck macht und einen Eilantrag gestellt hat«, bat Stöver sie um Geduld. »Es wäre mal interessant, in Erfahrung zu bringen, ob in den letzten Tagen ein Schiff im Hamburger Hafen angelegt hat, in dem die Transplantation möglicherweise stattgefunden haben könnte?«

»Haben wir gecheckt. Ist nichts bei rumgekommen«, meinte sein Neffe. »Was uns zunehmend zu der Überzeugung bringt, dass die OPs inzwischen verlagert wurden. Sie finden unter Umständen in irgendeinem Gebäude statt, das sie angemietet haben, oder mobile OP-Trucks kommen infrage.«

»Hm, wäre möglich und macht die Suche nicht unbedingt einfacher«, stellte Jana lakonisch fest.

»Was denkst du, warum wir bei unseren Ermittlungen bisher so wenig vorzuweisen haben«, erwiderte Jensen mit spitzer Zunge auf ihre Bemerkung kurz zuvor.

Hempel räusperte sich und ergriff dann das Wort. »Was mich schon die ganze Zeit über beschäftigt, ist die Frage, wie die potenziellen Kunden eigentlich von diesem exklusiven Organ-Angebot erfahren und wie die Drahtzieher die späteren Opfer ausfindig machen.« Er hatte den Blick auf Jensen gerichtet und wartete gespannt auf dessen Antwort.

»Auch hier liegen leider nur ungesicherte Erkenntnisse vor. Es soll einen Strippenzieher geben, den man *Body Broker* nennt.«

»Body Broker? – Ganz schön zynisch«, fiel ihm Stöver ins Wort.

»Wohl wahr. Man weiß nicht mal, ob es sich dabei um eine Frau oder einen Mann handelt. Wir haben's mit einem Phantom zu tun, Identität unbekannt. Und wie man mit ihr oder ihm in Kontakt tritt, keine Ahnung«, erklärte Jensen und hob fast schon entschuldigend die Schultern. »Es gab bereits einige Versuche vom BKA, von uns beziehungsweise den Kollegen in Kiel, als scheinbar solvente Kunden an den Body Broker heranzukommen. Das ist nicht gelungen, so viel kann ich vorwegnehmen. Es wird vermutet, dass der Organhändler sich aktiv mit Leuten in Verbindung setzt, die auf den Transplantationslisten der jeweiligen Länder stehen, und ihnen ein unmoralisches Angebot unterbreitet. Eins ist jedenfalls klar: Ganz billig ist der Service nicht. Laut Informanten handelt es sich bei den ungewollten Organspendern ausnahmslos um junge, gesunde Menschen, nicht älter als dreißig. Und aus medizinischer Sicht handelt es sich um einwandfreie Ware. Nicht meine Wortwahl«, schob er hastig hinterher.

Jana wollte gerade zu einer Frage ansetzen, die ihr unter den Nägeln brannte, als ihr Handy klingelte. Hotte, wie sie beim Blick aufs Display erkannte. Hatte der KTU-Chef schon Neuigkeiten bezüglich der GPS-Daten von Sascha Schultheiss' Auto? Sie hofften, anhand dieser Daten Erkenntnisse dazu zu erlangen, wo der geheime Treffpunkt der Satanisten war.

»Hallo, Horst«, begrüßte sie ihn.

»Schlechte Nachrichten, Jana. Irgendjemand hat die Scheißkarre von Sascha Schultheiss abgefackelt. Ich stehe gerade vor dem völlig ausgebrannten Wrack.«

Kapitel 27

Auch eine Stunde nach Hottes Anruf konnte sie es immer noch nicht fassen. Das Glück im Mordfall Hufnagel war ihnen wieder einmal nicht hold gewesen – vorausgesetzt, der verunfallte Schultheiss hatte tatsächlich etwas mit ihrem Tod zu tun. Aber daran bestand für sie im Grunde gar kein Zweifel mehr, warum sonst hätte jemand Interesse gehabt, dessen Wagen just zu diesem Zeitpunkt in Rauch aufgehen zu lassen? Sie hätte sich immer noch förmlich in den Hintern beißen können, dass sie den Wagen nicht sofort auf Herz und Nieren geprüft hatten. Die Bleibe des Mannes war kriminaltechnisch untersucht worden, an das Auto hatte zunächst niemand gedacht. Stöver hatte es eben bei der Besprechung auf den Punkt gebracht, die Worte hallten immer noch in ihrem Ohr nach. *Unverzeihlicher Anfängerfehler*, hatte er gesagt und damit leider verdammt recht.

Auch bei den Ermittlungen im Tötungsfall von Patricia Lambrecht traten sie auf der Stelle. Außer wilder Spekulationen, die besagten, dass sie Opfer von Satanisten oder Organhändlern geworden war – die Kannibalismus-Theorie hatten sie längst ad acta gelegt –, gab es noch gar keine konkreten Hinweise. Geschweige denn einen Verdächtigen. Seufzend ging sie hinüber zum Fenster und öffnete es. Eine herrlich kühle, nach Salz des Brackwassers duftende, aber auch von Fischduft und Abgasen durchsetzte Luft strömte herein. Jana dachte über die interessante Information nach, die sie vor zwanzig Minuten von Patricia Lambrechts Eltern erhalten hatte. Die junge Studentin hatte sich vor einem knappen Dreivierteljahr umfangreichen Untersuchungen im Vinzenzkrankenhaus in ihrer Heimatstadt Hannover unterziehen müssen. Demnach litt sie unter Abgeschlagenheit und unerklärlicher Atemnot bei Belastung. Der Hausarzt hatte keine eindeutige Diagnose stellen können. Da bei einem CT der Lunge allerdings zahlreiche vergrößerte Lymphknoten entdeckt worden waren, hatte man die Frau zwecks weiterer Diagnostik letztlich ins Krankenhaus überwiesen.

Schließlich hatte sich herausgestellt, dass die Ursachen der Beschwerden harmloser Natur waren. Patricia hatte sich drei Wochen vor Auftreten der Symptome einer Frühsommer-Meningoenzephalitis-Impfung unterzogen, nach der ihr Immunsystem völlig überreagiert hatte. Aber je mehr Jana darüber nachdachte, desto mehr drängte sich bei ihr der Gedanke auf, ob diese Untersuchungsergebnisse der Grund dafür sein konnten, dass Patricia Lambrecht in den Fokus dieses Body Brokers geraten war. Vielleicht schmierte diese Person ja Angestellte von Krankenhäusern, um an die Patientendaten zu gelangen. Viele der in den Kliniken erfassten Informationen wie Blutgruppen oder mögliche Vorerkrankungen konnte man mit den Daten derer abgleichen, die auf ein Spenderorgan warteten. Falls das zutraf, kamen vermutlich Hunderte, wenn nicht sogar Tausende Personen in Betracht, die man überprüfen musste. Bei dem Gedanken daran wurde ihr beinahe schwindelig. Aber irgendwo musst du ja anfangen, dachte Jana.

Als Nächstes stand erst einmal der Besuch bei dem zweiten Angestellten des Beerdigungsinstitutes *Letzte Reise* auf dem Programm. Vielleicht brachte die Befragung ja neue Erkenntnisse, dachte sie und schloss das Fenster.

Kapitel 28

»Ein Konto auf den Caymans?«, wiederholte Jana den Namen der karibischen Inselgruppe, die zum britischen Überseegebiet gehörte und gemeinhin als Steuerparadies bekannt war. Horst König befand sich mit zwei seiner Kollegen in der Bandwirkerstraße und drehte gerade die Räumlichkeiten des Beerdigungsinstitutes auf links. Den Durchsuchungsbeschluss hatte der zuständige Untersuchungsrichter bereitwillig ausgestellt.

»Jepp«, schallte es aus dem Lautsprecher ihres Handys. »Nachdem wir das Passwort für den PC geknackt hatten, ging es eigentlich recht schnell«, fuhr König fort. »Brandt hat sämtliche Zugangsdaten zu diesem Konto auf dem Rechner gespeichert. Seine Frau ist aus allen Wolken gefallen, als wir sie darauf angesprochen haben. Sie versteht die Welt nicht mehr und sitzt schluchzend im Nebenzimmer, die Arme kann einem wirklich leidtun. Das Konto wurde übrigens vor knapp zwei Jahren eingerichtet, und seitdem sind Zahlungseingänge in Höhe von 120.000 Dollar verzeichnet. Zwölf Eingänge zu je 10.000. Die letzte Zahlung ist vorgestern eingegangen.«

Jana sog geräuschvoll die Luft ein, die sie sofort wieder genauso hörbar ausatmete. »Wäre also denkbar, dass der Chef höchstpersönlich die Kohle dafür kassiert hat, Patricia Lambrechts Leiche zu entsorgen.«

»Der zeitliche Zusammenhang könnte dafür sprechen«, bestätigte der KTU-Chef. »Was es noch bedeuten könnte, muss ich dir ja kaum erklären«, schob er hinterher.

»Der Schweinehund hat möglicherweise auf dieselbe Art die sterblichen Überreste von elf weiteren Menschen verschwinden lassen«, erwiderte sie. Der Gedanke war ihr sofort gekommen, als König die Zahlungseingänge erwähnt hatte. Die Vermisstendateien durchzuackern und mit den Daten der Einzahlungen auf dem Konto abzugleichen, würde jetzt ganz oben auf der Prioliste landen.

»Das vermute ich auch. Ihr solltet euch dringend mal mit dem anderen Angestellten von Brandt unterhalten, vielleicht weiß der ja was.«

Jana lachte kurz auf. »Dreimal darfst du raten, wer Steffen und mir gerade gegenübersitzt!«

»Hätte ich mir eigentlich denken können. Und?«

»Er kann uns nicht weiterhelfen. Für den fraglichen Zeitraum vor Schultheiss' Unfall letzten Freitag hat der Mann ein lupenreines Alibi, er war nachweislich in Rostock.«

König murmelte ein »Moment mal« ins Telefon, dann herrschte einige Sekunden absolute Stille in der Leitung. Jana trommelte ungeduldig mit dem Finger auf ihrem Oberschenkel. Nach einer gefühlten Ewigkeit meldete er sich wieder. »Frau Brandt hat möglicherweise am Freitagnachmittag etwas beobachtet, was uns weiterhelfen könnte. Vor dem Geschäft stand ein Lieferwagen – so einer, mit dem sonst die neuen Särge für den Laden angeliefert werden.«

»Inwiefern sollte uns diese Info von Nutzen sein?«, unterbrach sie ihn ungeduldig.

»Es wurde nur ein einziger Eichensarg geliefert. In der Ausstellung gibt es aber keinen. Ist euch bei euren Besuchen die Decken-Kamera in der Ecke aufgefallen?«

»Willst du gerade andeuten, dass wir möglicherweise eine Videoaufnahme davon haben, wie Patricia Lambrechts Leiche in den Laden getragen wird?« Jana war jetzt ganz aufgeregt.

»Genau das. Wir kontrollieren ohnehin gerade die Aufzeichnungen. Mit ein wenig Glück erkennen wir das Gesicht der Person, die für die Lieferung zuständig war.«

Kapitel 29

Eine Stunde später

Ungeduldig hatte Jana auf die Rückkehr des Spurensicherungsteams gewartet, das die Räumlichkeiten des Beerdigungsinstitutes *Letzte Reise* untersucht hatte. Sie wollte unbedingt einen Blick auf die Aufnahmen werfen, von denen Hotte vorhin gesprochen hatte. Unabhängig davon, dass sie laut dem Leiter der KTU nicht viel hergaben. Das Gesicht des Unbekannten, der Brandt dabei geholfen hatte, den Sarg in das Geschäft zu tragen, war nicht zu erkennen. Um zwanzig vor acht rief der Leiter der KTU an, um ihr mitzuteilen, dass er wieder zurück im Präsidium sei. Sie machte sich im Laufschritt auf den Weg zum Labor der Kriminaltechnik. König saß auf seinem Drehstuhl und blickte sie geradewegs an, als sie durch die Glastür den Raum betrat.

»Du solltest wirklich nicht zu viel erwarten. Die Aufnahmen geben nichts her, was dazu beitragen könnte, den Mann zu identifizieren.«

»Trotzdem möchte ich mir eine eigene Meinung bilden. Ich hoffe, du verstehst das«, sagte sie mit einem Lächeln.

König wandte sich dem Computerbildschirm zu und startete die Aufnahme.

Jana erkannte zwei Personen, die einen Sarg durch den vorderen Bereich des Ladens trugen. Brandt war eindeutig zu identifizieren, während sich die andere Gestalt – der Statur nach vermutlich ebenfalls ein Mann, komplett in Schwarz gekleidet, die Kapuze tief ins Gesicht gezogen – nur von hinten zeigte. »Er weiß, dass es dort eine Kamera gibt. Er dreht den Kopf zur Seite, sodass nur sein Hinterkopf zu sehen ist«, murmelte sie.

»Beim Verlassen des Geschäfts verhält er sich genauso«, erklärte König und spulte die Aufnahme bis zur entsprechenden Stelle vor. »Da kannst du es erkennen«, meinte er, was Jana mit einem Nicken quittierte.

»Zeig mir bitte die Sequenz noch mal, als sie den Laden betreten«, bat sie ihn, kniff die Augen zusammen und betrachtete die hochauflösende Aufnahme ganz genau. »Der Typ ist ziemlich groß und kräftig. Jedenfalls deutlich größer als Brandt, ich schätze mal mindestens eins neunzig«, sagte sie, und König stimmte ihr zu. »Hey, ist das ein Tattoo da auf dem Unterarm?« Aufgeregt rückte sie näher an den Monitor.

König stoppte die Aufzeichnung, spulte noch einmal zurück, setze die Brille ab und rieb sich die müden Augen. Dann startete er die Aufnahme wieder, ließ sie diesmal allerdings in Zeitlupe laufen. »Scheiße, ja, du hast recht. Good catch«, stellte er anerkennend fest.

Auf den Videoaufnahmen war zu sehen, wie der rechte Ärmel des Kapuzenpullovers des unbekannten Mannes leicht hochgerutscht war. Eindeutig, da war eine Tätowierung auf dem Unterarm zu erkennen. König stoppte die Aufnahme an der entsprechenden Stelle und startete ein Bildbearbeitungsprogramm. Wenige Augenblicke später hatte er ein Bild extrahiert, das Tattoo des Mannes stark vergrößert und mit einem Weichzeichner besser kenntlich gemacht. »Mehr ist nicht rauszuholen, und die Tätowierung ist auch nicht komplett zu erkennen. Aber wenn du mich fragst, ist das eindeutig ein Skorpion.«

Die Kommissarin nickte. »Immerhin etwas. Habt ihr schon gecheckt, ob auf der Festplatte noch andere Videos gespeichert sind?«

»Die ältesten Aufnahmen sind knapp zwei Monate alt. Laut Aussage von Brandts Ehefrau archiviert ihr Mann die Aufzeichnungen immer ein Vierteljahr, bevor er sie löscht.«

Jana verlagerte das Gewicht vom linken auf den rechten Fuß. »Könnte passen«, murmelte sie vor sich hin. »Kannst du mal bitte checken, ob es vergleichbare Aufnahmen vom einundzwanzigsten Februar gibt? Ich war nach der Befragung des anderen Angestellten des Instituts nämlich nicht ganz untätig und bin die Vermisstenmeldungen der letzten beiden Jahre durchgegangen. Ich habe zwei Kandidaten identifiziert, die vom Zeitpunkt ihres Verschwindens und vom Alter her möglicherweise auch Opfer in Bezug auf Organhandel geworden sein könnten und anschließend bei Brandt gelandet sind. Jeweils einen Tag nach deren Verschwinden ist nämlich eine Zahlung auf Brandts Konto auf den Caymans eingegangen. Und eine dieser Personen ist am zwanzigsten Februar verschwunden. Ein einunddreißigjähriger Bankangestellter, Marathonläufer. Wenn ich richtigliege, hat Brandt dessen Leiche dann am Folgetag entsorgt.«

König wurde schnell fündig. So wie es aussah, hatte Jana einen Volltreffer gelandet. Gegen 17 Uhr des besagten Tages war auf den Aufnahmen zu erkennen, wie Reinhold Brandt mithilfe eines ganz in Schwarz gekleideten Mannes einen Sarg in den Laden trug.

»Wenn du mich fragst, ist das definitiv derselbe Typ«, meinte sie mit einem zufriedenen Lächeln auf den Lippen und deutete auf den Monitor. »Endlich eine Spur, das kann einfach kein Zufall sein!« Kaum hatte sie zu Ende gesprochen, platzte Henning plötzlich herein.

»Dacht ich's mir doch, dass ich dich hier finde. Hab schon versucht, dich auf dem Handy zu erreichen.« Er sah Jana an.

»Ach, shit. Hab ich in der Eile ganz vergessen, das liegt noch auf meinem Schreibtisch. Was gibt's denn?«

»Die Kollegen haben Brandts Wagen in der Nähe des Bornparks entdeckt. Von dem Mann fehlt jede Spur, aber es gibt wohl Blutspuren im Fahrzeuginneren.«

Kapitel 30

Herrlich. Den Gesichtsausdruck des Polizisten beobachten zu dürfen, der ratlos vor Saschas ausgebranntem Wagen gestanden hatte, war einfach unbezahlbar gewesen. Zum Glück war ihm noch eingefallen, dass man die GPS-Daten des Autos auslesen und man somit Rückschlüsse auf die angesteuerten Ziele ziehen konnte. Schließlich war es schon mehr als ärgerlich genug, dass die Bullen den Laptop seiner rechten Hand sichergestellt hatten. Zwar schien es relativ unwahrscheinlich zu sein, dass die Cops den Code ohne das entsprechende Codebuch würden knacken können, aber ganz sicher konnte er sich nicht sein, denn dank ausgefeilter Computerprogramme war heutzutage eine Menge möglich. Zwar würden die Daten nicht unweigerlich mit ihm in Verbindung gebracht werden können, dennoch stellten die Informationen eine ernsthafte Gefahr für seine Organisation dar. Wenn er doch nur früher von dem Unfall erfahren hätte, den dieser Idiot gehabt hatte!

Unruhig tigerte er in seinem Arbeitszimmer auf und ab. Jetzt bloß die Nerven bewahren, ermahnte er sich, nahm hinter dem Nussbaumschreibtisch Platz und schloss die Augen. Waren noch weitere Schritte notwendig, um die Anonymität der Mitglieder, vor allem jedoch seine eigene zu wahren?

Oder sollte er in die Offensive gehen und sich der

ganzen Sache stellen? Nein, überlegte er und schüttelte den Kopf, viel zu riskant! Es war enorm schwierig gewesen, die richtigen Gefolgsleute zu finden – er konnte sich den Erfolg jetzt nicht einfach so kaputt machen lassen, dachte er, als er die Augen wieder öffnete und einen tiefen Seufzer ausstieß.

Kapitel 31

Sonntag, 14. April

Welcher Idiot klingelte um kurz nach sieben Sturm? Jana fuhr aus dem Schlaf. Am Vorabend war sie erst gegen halb elf zu Hause gewesen, nachdem sie sich zuvor selbst in der Nähe des Bornparks im Stadtteil Osdorf ein Bild der Spurenlage von Reinhold Brandts aufgefundenem Wagen gemacht hatte.

Der Hyundai hatte verschlossen am Straßenrand gestanden. Im Bereich der Mittelkonsole und auf dem Beifahrersitz hatten die Ermittler Blut entdeckt. Das Ergebnis der Laboruntersuchung, ob es von Brandt stammte, stand noch aus. Jana zweifelte allerdings nicht im Geringsten daran, dass es seins war. Zudem hatte die SpuSi festgestellt, dass die Einstellung des Fahrersitzes unmöglich zum Leiter des Beerdigungsinstitutes passen konnte. Der Sitz war relativ weit nach hinten geschoben, was eher für eine größere Person sprach, die da zuletzt gesessen hatte. Brandt war aber gerade einmal eins siebzig.

Sofort waren ihr wieder die Bilder der Videoaufzeichnungen in den Sinn gekommen, die Hotte ihr erst kurz zuvor in seinem Labor gezeigt hatte. Dieser groß gewachsene Typ mit dem Skorpion-Tattoo, der sehr darauf bedacht war, sein Gesicht nicht vor die Kameralinse zu bringen. Womöglich war dieser Unbekannte solch ein Cleaner, der im Auftrag der Organhandel-Mafia die Leichen unfreiwilliger Organspender entsorgte? Der Verdacht war ihr schon beim Betrachten der Aufnahmen gekommen. Und hatte dieser Mann jetzt mit Reinhold Brandt einen Mitwisser beseitigt? Jana hielt folgendes Szenario für denkbar, das wie ein Film vor ihrem geistigen Auge ablief:

Noch am Freitagabend, als Brandt spurlos verschwunden war, hatten sich die beiden Männer vermutlich auf Drängen des Unbekannten verabredet. Als der Cleaner an Brandts Auto herangetreten war und dieser das Seitenfenster heruntergelassen hatte, war der Bestatter kaltblütig erschossen worden. Der mutmaßliche Mörder hatte anschließend die Leiche vom Fahrersitz bugsiert, die sterblichen Überreste vermutlich in eine Plane eingewickelt und in den Kofferraum gepackt – dort hatte die KTU ebenfalls Blutspuren entdeckt –, sich hinters Steuer geklemmt, den Leichnam entsorgt und die Karre am Fundort abgestellt. Und weil sie davon überzeugt war, dass es sich so oder so ähnlich abgespielt hatte, glaubte sie, dass Brandt auf dem Grund vom Helmuth-Schack-See versenkt worden war, der den Kern des beliebten Freizeitgeländes rund um den Bornpark bildete. Deshalb hatte sie Stöver am Vorabend angerufen und darum gebeten, beim zuständigen Staatsanwalt einen Antrag auf Durchsuchung des Gewässers durch Polizeitaucher zu stellen. Daheim hatte sie sich eine Pizza in den Ofen geschoben und noch ein bisschen gearbeitet, bis sie letztlich todmüde ins Bett gefallen war.

Ihr Wecker hätte ohnehin in einer knappen Viertelstunde geklingelt, trotzdem war sie verärgert über den ungestümen Besucher. »Ja«, raunzte sie schlaftrunken in die Gegensprechanlage.

»Ich hab frische Brötchen dabei. Du spendierst den Aufschnitt. Zeit für ein schnelles Frühstück, bevor wir ins Büro düsen?«

Steffen, natürlich. Wer sonst, dachte sie schmunzelnd, und der Ärger über den überraschenden Besuch war verflogen. »Komm hoch«, entgegnete sie und öffnete ihm. Schnell holte sie sich ein paar Klamotten aus dem Schlafzimmerschrank und verschwand im Bad.

»Moin, Chefin.«

Als Jana die Küche betrat, schlug ihr bereits Kaffeeduft entgegen, und der Tisch war notdürftig gedeckt. Steffen hatte schon Platz genommen.

»Was treibt dich in aller Herrgottsfrühe hierher?«, fragte sie und setzte sich.

»Konnte nicht mehr schlafen. Hab mir die halbe Nacht um die Ohren geschlagen und Akten gewälzt. Außerdem hab ich mir überlegt, dass eine vernünftige Grundlage«, er deutete auf die Brötchen, »nicht schaden kann. Wird sicherlich wieder ein langer, harter Tag.«

»Viel Zeit bleibt uns aber nicht, um halb neun ist Frühbesprechung«, erwiderte sie. »Trotzdem 'ne gute Idee.« Sie griff nach einem Brötchen. Im Laufe der knapp sechs Jahre, die Jana mittlerweile in Hamburg Dienst schob, hatte sich eine Freundschaft zwischen ihnen beiden entwickelt. Es war keine Seltenheit, dass sie sich auf eine Pizza trafen oder zusammen frühstückten. Das letzte gemeinsame Frühstück lag allerdings schon eine Weile zurück.

»Ich hab noch mal über Rainers Theorie nachgedacht, wie dieser Body Broker an seine Kunden kommen könnte«, begann Steffen, wobei er bei dem Wort »Kunden« imaginäre Anführungsstriche in die Luft malte. »Meiner Meinung nach hat sie einen gewaltigen Haken.«

Jana nippte an ihrem Kaffee. »Lass mich raten«, sagte sie dann. »Du fragst dich vermutlich, ob er seine zahlungskräftigen Kunden tatsächlich aktiv über die Spenderlisten anwirbt oder nicht auf andere Art und Weise.«

Hempels Mundwinkel sanken sofort nach unten. »Spielverderberin«, nuschelte er kauend. »Aber ja, genau das ist der Punkt. Die Leute geraten doch sonst in Erklärungsnot, wenn sie auf der Liste stehen und vielleicht irgendwann der erlösende Anruf kommt, weil es ein Spenderorgan gibt. Das müssten sie ja dann ablehnen, da sie sich schon illegal eins besorgt haben. Ergo könnte meiner Meinung nach – unabhängig davon, ob verzweifelte Menschen selbst aktiv versuchen, sich ein Organ zu besorgen –, die Kontaktaufnahme anderweitig erfolgen. Und zwar schon bevor der Name einer Person auf der offiziellen Spenderliste auftaucht. Wenn das überhaupt passiert, da ja für die Betroffenen nicht mal gesichert ist, dass sie am Ende auch auf die Warteliste aufgenommen werden. Jedenfalls solange die Erfolgsaussichten einer Transplantation und die Notwendigkeit dafür nicht final geklärt sind«, erklärte der Ermittler und biss erneut in sein Brötchen.

»Schon eine Idee?«

Hempel grinste wie ein Honigkuchenpferd und klopfte sich auf die Oberschenkel. »Die hab ich tatsächlich, wobei sie vom Ansatz her nicht neu ist, jedenfalls was die Art der Informationsbeschaffung angeht. Meiner Meinung nach könnte das dieselbe Quelle sein, die die Organhändler anzapfen, um an die Patientendaten der potenziellen Spender zu gelangen. Ich bin bei der Überlegung generell mal von der Ausgangslage ausgegangen, dass den Hintermännern des illegalen Organhandels daran gelegen sein muss, den Kreis der Mitwisser so klein wie möglich zu halten. Der Staff, der dafür benötigt wird, ist ja eh schon groß genug. Allein das OP-Team umfasst bereits einige Leute. Und je mehr Komplizen du hast, desto größer die Wahrscheinlichkeit, dass der Laden irgendwann mal hochgeht. Einer quatscht ja immer.«

»Wie man anhand des anonymen Informanten in Kiel gesehen hat«, bestätigte Jana.

»Richtig. Wenn du dir die dringend nötigen medizinischen Daten besorgen willst, musst du das am besten ohne viel Aufsehen erledigen. Rainer sprach ja in diesem Fall schon davon, dass ein Hack auf die Datenbank einer Krankenkasse denkbar wäre …«

»… wofür weder das BKA noch unsere Leute einen Hinweis gefunden haben«, gab sie zu bedenken. Jana rutschte unruhig auf dem Stuhl hin und her, was Steffen offenbar nicht verborgen blieb.

»Ich sehe schon, du wirst wieder hibbelig, also kürze ich die Sache mal ab.« Er grinste frech.

»Was wäre, wenn sich diese Organhändler nicht nur Zugang zur Datenbank von einer Krankenkasse verschafft haben, sondern von mehreren Kassen? Damit würden sie über Patienteninformationen zu x-Millionen potenziellen Organspenden verfügen. Viele große Firmen haben aus Kostengründen heute gar keine eigenen Serverfarmen mehr. Sie lagern ihre Datensätze extern. Krankenkassen sind verdammt große Unternehmen mit sehr vielen Daten. Äußerst sensiblen Daten sogar, die besondere Sicherheitsmaßnahmen erfordern. Angenommen die Krankenkassen nutzen dafür denselben Anbieter …«

Jana zog die Stirn kraus und dachte über Steffens Worte nach. »Verdammt, du hast recht, die Idee hat was«, stimmte sie ihm zu. Sie stellte die Kaffeetasse ruckartig hin. »Und im Umkehrschluss kannst du auf dieselbe Art und Weise kranke Menschen finden, die bereits auf ein Organ angewiesen sind, aber deren Prüfungsverfahren für die Aufnahme auf die Warteliste durch die Transplantationszentren noch laufen. Oder deren Krankheitsverlauf in absehbarer Zeit dazu führen könnte, auf ein Organ angewiesen zu sein.«

»Eben«, erwiderte Steffen mit einem breiten Grinsen.

Jana nickte langsam mehrmals. »In dem Zusammenhang fällt mir noch was anderes ein«, meinte sie, sprang auf und eilte aus der Küche. Kurz darauf kam sie mit einem Stapel Papiere in der Hand zurück: sämtliche Notizen, die sie sich bisher daheim zu den Ermittlungen gemacht hatte. »Ich hatte dir doch von den beiden Vermissten erzählt, die einen Tag vor den jeweiligen

Zahlungen an Brandt verschwunden sind und möglicherweise als unfreiwillige Organspender infrage kommen. Wir sollten dringend rausfinden, bei welchen Krankenkassen die versichert waren, und die Ergebnisse mit den Daten von Patricia Lambrecht vergleichen. Vielleicht bringt uns das ja schon weiter. Das können wir gleich mit dem Team besprechen, also los, schwing die Hufe.«

Kapitel 32

Präsidium Hamburg, Frühbesprechung 08:40 Uhr

»Die Spur mit den Krankenkassen ist nicht neu. Sowohl das BKA als auch unsere eigenen Leute haben bereits in die Richtung ermittelt. Aber wir denken, dass wir noch mal da ansetzen sollten, weil es eine vielversprechende Spur sein könnte«, schloss Jana, nachdem sie von der Theorie berichtet hatte, dass die Daten potenzieller Spender wie Empfänger direkt bei den Krankenkassen abgegriffen worden sein könnten.

Der sonst so farbenfroh angezogene Henning, heute zur Abwechslung mal dezent in Blassgrau gekleidet, räusperte sich und ergriff das Wort. Zu Janas Ausführungen hatte er die ganze Zeit über auf seinem Tablet herumgetippt. Er war das Recherchemonster der Abteilung, wie sie ihn anerkennend nannte. Sie bevorzugte es, die Spuren in der realen Welt zu verfolgen, statt im Internet zu recherchieren. »Das könnte tatsächlich ein vielversprechender Ansatz sein«, meinte er. Die Augen aller Anwesenden – SoKo-Team, KTU-Chef König und Stöver eingeschlossen – waren nun auf ihn gerichtet. »Habt ihr schon mal vom *Forschungsdatenzentrum Gesundheit,* kurz: FDZ gehört?« Niemandem sagte das etwas. »Dann zitiere ich mal: *Sämtliche Krankenkassen mussten bis zum ersten Oktober zweiundzwanzig im Rahmen des Datentransparentverfahrens besonders schützenswerte Gesundheitsdaten von 73 Millionen Versicherten zu Forschungszwecken bereitstellen. Die von den Kassen zur Verfügung gestellten Daten wurden zunächst an die Sammelstelle des Spitzenverbandes Bund der Krankenkassen übermittelt, die diese an das FDZ in Köln respektive Bonn weitergegeben haben.* Und es gab beziehungsweise gibt vermehrt Stimmen von Fachleuten, die anzweifeln, dass der Datenschutz gewährleistet ist. Kritikpunkt ist hier vor allem die zentrale Datensammlung in einem Forschungszentrum. Wenn ihr mich fragt, wäre das doch der ideale Ort, um die benötigten Daten abzugreifen.«

Jana rieb sich das Kinn. »Oktober vor zwei Jahren sagtest du? Die erste Zahlung bei Brandt ging bereits im Mai ein.«

»Auch wenn es die zeitliche Lücke zwischen dem ersten Zahlungseingang bei Brandt und dem Beginn der Datenerfassung für das FDZ gibt, scheint mir das ein interessanter Ansatz, um da mal genauer hinzuschauen. Könnte doch sein, dass die Organhandel-Mafia die Patienteninformationen anfänglich auf andere Weise besorgt hat und das FDZ erst später ins Spiel gekommen ist. Ich denke, wir sollten das auf jeden Fall in Erwägung ziehen. Vielleicht ergibt sich da was«, meinte Stöver und schaute Jana eindringlich an.

»Selbstverständlich gehen wir dem nach«, sagte sie nur.

»Es gibt übrigens in Bezug auf die Zahlung auf Brandts Cayman-Konto noch eine bemerkenswerte Info. Eine Woche, nachdem man ihm zum ersten Mal zehntausend Dollar überwiesen hat, hat René Seifert knapp achtzigtausend Euro Spielschulden im *Casino Esplanade* beglichen«, warf Jensen ein.

Janas Augen weiteten sich. »Ach nee, schau an. Das ist in der Tat mal eine interessante Information. Dann sollten wir dem Doc noch mal auf die Pelle rücken und ihn fragen, ob er Brandt kennt.«

»Aber bitte dezent«, mahnte Stöver. »Ich will keine Beschwerden vom Leiter der OK, weil du wie die Axt im Walde vorgegangen bist.«

Jana nickte pikiert, antwortete aber nicht.

»Dann bin ich jetzt mal an der Reihe«, ergriff nun Horst König das Wort. Der Leiter der KTU hatte bisher stumm wie ein Fisch auf seinem Stuhl gesessen und das Geschehen verfolgt. »Das Blut in Brandts Hyundai stammt eindeutig von dem Mann selbst. Jana könnte mit ihrer Theorie also durchaus richtigliegen, dass der Bestatter nicht mehr unter uns weilt. Schmauchspuren am Fahrerfenster, welche die These stützen könnten, dass man ihn hinter seinem Steuer sitzend erschossen hat, haben wir allerdings nicht gefunden. Muss aber nichts heißen.«

»Wie sieht's mit der Entschlüsselung dieses Codes aus, mit dem Schultheiss die Schriftstücke verschlüsselt hat, die ihr auf dessen Laptop entdeckt habt? Immer noch kein Fortschritt?«

»Komplizierte Sache«, bestätigte König, der damit begann, seine Brille mit dem Bund seines Pullovers zu putzen. »Wir haben sogar schon einen Kryptografen kontaktiert, der uns leider erklärt hat, dass die Verschlüsselung nicht ohne ein dazugehöriges Codebuch zu knacken sei. Jedenfalls nicht mit den uns zur Verfügung stehenden Mitteln. Das LKA hat sich jetzt der Sache angenommen, die haben mehr Möglichkeiten.«

»Erstaunlich – ich dachte, dass man heutzutage mit 'nem Computer so ziemlich alles knacken kann.« Hempel runzelte die Stirn.

»Ich muss zugeben, dass ich so was auch noch nicht gesehen habe, Steffen«, erwiderte König. »Im Grunde beruht die Verschlüsselung wohl auf einem einfachen Prinzip. Aber wenn man den Schlüssel dazu nicht in der Hand hat – eben das Codebuch – wird's kompliziert. Da hat auf jeden Fall jemand Wert darauf gelegt, die Daten möglichst geheim zu halten«,

Just in dem Moment klingelte Stövers Handy. Das Gespräch dauerte nicht mal eine halbe Minute. »Die Taucher wurden genehmigt. In einer knappen Stunde beginnen sie, den Helmuth-Schack-See nach Reinhold Brandt abzusuchen.«

Kapitel 33

»Wie hat dieser Informant, der dann auf so ominöse Art und Weise wieder von der Bildfläche verschwunden ist, eigentlich zu den Kieler Kollegen Kontakt aufgenommen?«, wollte Jana von Rainer Jensen wissen.

Unmittelbar nach der Besprechung hatte sie sich gemeinsam mit Stövers Neffen auf den Weg zu René Seiferts Villa gemacht, die in der Nähe seiner Privatklinik an der Außenalster lag. Sie wollte dem Arzt noch einmal auf den Zahn fühlen. Da ihr einige Fragen zu den Ermittlungen der Kollegen im Fall der Organhandel-Mafia auf der Zunge lagen, hatte sie sich heute für ihn als Begleiter entschieden. Steffen hatte sie indes zum Helmuth-Schack-See geschickt, er sollte vor Ort alles im Auge behalten, falls die Taucher fündig wurden.

»Der Mann hat bei der Polizei angerufen. Zum Glück hat der Wachhabende ihn ernst genommen und den Kontakt zur OK Kiel hergestellt. Hat's offenbar nicht mehr mit seinem Gewissen vereinbaren können, was da vor sich geht«, ertönte es vom Beifahrersitz.

»Woher wusstet ihr, dass man dem Zeugen vertrauen kann?«, fragte Jana und riss fast zeitgleich das Steuer des BMW herum, da vor ihr ein Paketdienstfahrer plötzlich auf die Eisen ging und die Warnblinkanlage eingeschaltet hatte, um einen Augenblick später in zweiter Reihe zu parken. »Idiot«, presste sie durch die Lippen, was Rainer lächeln ließ.

»Weil der Typ im Zusammenhang mit den Operationen ein Schiff erwähnt hat. Da die Info vom BKA unter Verschluss gehalten wurde, konnte es nur ein Insider sein«, erklärte der Ermittler.

»Verstehe. Der Hinweis auf den golfspielenden Arzt hat euch dann geholfen, den möglichen Täterkreis einzugrenzen, da längst nicht jeder Chirurg in der Lage wäre, derart komplizierte Operationen durchzuführen«, brachte Jana es auf den Punkt.

»Korrekt.« Jensen fuhr sich durch das dunkelbraune Haar. »Wenn du dann noch besondere Lebensumstände wie Spielsucht oder eine Karriere hinzunimmst, die durch einen Kunstfehler ausgebremst wurde, landest du bei Personen wie Jasper Nielsen beziehungsweise René Seifert.«

»Es könnte sich aber auch um jemand Externes handeln, der oder die eigens für die OPs anreist.« Die Info hatte Jana den Akten entnommen.

»Richtig. Ich persönlich glaube das aber nicht. Von Hamburg bis Kiel ist es nicht weit, 'ne knappe Stunde mit dem Auto. Unsere beiden Verdächtigen würden doch da prima ins Bild passen. Nur weil zuerst Hinweise auf illegale Organtransplantationen in Schleswig-Holstein aufgetaucht sind, muss das ja nicht bedeuten, dass auch die Ärzte aus unserem benachbarten Bundesland für die OPs verantwortlich sind.«

»Zumal die Kollegen keinen geeigneten Verdächtigen ermitteln konnten«, stellte Jana fest. »Allerdings ließ sich der Verdacht gegen Seifert oder Jensen bisher nicht erhärten, weil euch einfach die Beweise fehlen und der Informant verschwunden ist, bevor es zu einem persönlichen Treffen mit den Kollegen in Kiel gekommen ist.«

Jensen seufzte. »So ist es. Aber vielleicht ändert sich das ja jetzt. Ist auf jeden Fall auffällig, dass die Zahlungen an Reinhold Brandt zum selben Zeitpunkt begonnen haben, als Seifert den Großteil seiner üppigen Spielschulden beglichen hat.«

»Hoffen wir mal, dass sich der werte Herr Doktor gleich aus der Reserve locken lässt, dann sind wir endlich schlauer. Wir sind nämlich da«, erklärte Jana und stoppte den Wagen vor dem gusseisernen Eingangstor, um an der videoüberwachten Edelstahlsäule gleich neben der Einfahrt zu klingeln.

»Das nenn ich mal 'nen stattlichen Prachtbau«, murrte Jensen nur, als sie kurz darauf die Auffahrt hinauffuhren.

Das Ärztepaar – Seiferts Frau arbeitete ebenfalls in der Privatklinik an der Außenalster – bewohnte eine zweigeschossige Jugendstilvilla mit weißer Steinfassade und mannshohen Fenstern. Zum Eingang hinauf führte eine von zwei barocken Säulen flankierte Treppe, auf denen riesige Blumenschalen thronten, die allerdings noch nicht bepflanzt waren.

Die Hausherrin persönlich empfing sie an der Haustür. Britta Seifert war eine durchaus attraktive Frau mit feinen Gesichtszügen und einer modischen Kurzhaarfrisur. Am auffälligsten wirkte ihre Nase, die nach Janas Geschmack etwas zu groß ausfiel, was sie im Übrigen aber auch von ihrer eigenen dachte. Die Frau führte sie durch den Flur ins mondän eingerichtete Esszimmer, wo das Ehepaar offenbar gerade beim Frühstück gesessen hatte. Als sie den Raum betraten, wanderten René Seiferts Mundwinkel demonstrativ nach unten, was Jana an die Altkanzlerin zu deren besten Zeiten erinnerte.

»Guten Morgen, Herr Doktor Seifert. Entschuldigen Sie die frühe Störung. Aber es haben sich noch weitere Fragen ergeben. Meinen Kollegen kennen Sie ja bisher nicht. Oberkommissar Jensen«, stellte sie ihren Begleiter vor.

Der Hausherr tupfte sich den Mund mit einer Serviette ab und betrachtete sie finster. »Es muss ja wirklich sehr wichtig sein, wenn Sie sich die Mühe machen, mich an einem Sonntagmorgen zu Hause aufzusuchen.« Langsam legte er die Serviette auf den Tisch und deutete dann mit einer Handbewegung an, dass sie sich setzen sollten. »Spricht etwas gegen die Anwesenheit meiner Frau?«

»Ganz im Gegenteil«, erwiderte Jana und nahm gegenüber von Seiferts Ehefrau Platz, der Arzt saß links von ihr am Kopfende. So hatte sie beide im Blick. Jensen setzte sich direkt neben sie. »Wie gut kennen Sie Reinhold Brandt, den Besitzer des Bestattungsinstituts *Letzte Reise?*«, platzte es aus ihr heraus. Sie musterte den Leiter der Privatklinik genau.

Der hielt dem Blick stand, antwortete aber nicht sofort. »Ich wüsste nicht, dass ich den Mann überhaupt kenne. Weißt du, ob das einer der Bestatter ist, die hin und wieder bei uns die Verstorbenen abholen?«, wandte er sich an seine Frau, die umgehend verneinte.

»Seltsam. Wir haben Ihre Nummer in der Kontaktliste seines Handys gefunden.« Ein Schuss ins Blaue, wie Jensen wusste, der das Wort ergriffen hatte. Es war schlichtweg gelogen.

»Keine Ahnung, weshalb meine Nummer bei ihm gespeichert ist. Ich kenne den Mann nicht, wie bereits erwähnt. Fragen Sie ihn doch selbst.«

»Würden wir gern, aber er ist wie vom Erdboden verschluckt. Sie wissen nicht zufällig, wo wir ihn finden?«, setzte Jana zuckersüß nach.

Es war kaum zu übersehen, wie intensiv Unter- und Oberkiefer des Arztes mahlten. »Wieso sollte ich?«, erwiderte er, und die Schärfe in seiner Stimme war schwerlich zu überhören. Die Ehefrau blickte indes gelangweilt auf ihre mit Edelsteinen verzierte Armbanduhr. »Vielleicht verraten Sie uns mal, was die Fragen nach diesem Herrn Brandt sollen? Ansonsten betrachte ich das Gespräch als Zeitverschwendung. Außerdem haben meine Frau und ich gleich noch einen Termin.«

»Es besteht der Verdacht, dass Herr Brandt mit der Organhandel-Mafia zusammenarbeitet.« Sie ließ die Worte für einen Moment im Raum stehen, bevor sie weitersprach, und einen Wimpernschlag lang hatte sie den Eindruck, ein deutliches Zucken um die Mundwinkel bei Seifert gesehen zu haben. »Da wir wie erwähnt Ihren Namen in Brandts Kontaktliste entdeckt haben, fragen wir uns natürlich, ob Sie etwas darüber wissen«, hakte Jana nun ganz direkt nach.

Noch ehe der Mediziner zur Antwort angesetzt hatte,

schlug seine Ehefrau mit voller Wucht mit der flachen Hand auf den Tisch, so fest, dass das darauf stehende Frühstücksgeschirr klapperte. »Wollen Sie hier allen Ernstes andeuten, dass mein Mann etwas mit illegalen Organtransplantationen zu tun hat, Frau Brinkhorst?«, fragte sie mit schriller, energischer Stimme.

Seifert hob beschwichtigend die Hände. »Ich bin mir sicher, dass die Hauptkommissarin uns nicht unterschwellig mit derartigen Anschuldigungen in Verbindung bringen wollte, oder?« In seine Stimme hatte er eine gewisse Schärfe gelegt. »Aber angesichts Ihrer Fragen bei Ihrem letzten Besuch bezüglich dieser Frau, die spurlos nach einer Operation verschwunden ist, scheinen Sie nun offensichtlich genau das zu denken.« Seelenruhig lehnte er sich auf seinem Stuhl zurück, schüttelte den Kopf und lächelte.

»Finden Sie das amüsant?«, ergriff nun Rainer Jensen wieder das Wort.

»Nein, eher ungeheuerlich. Sie kommen in mein Haus und konfrontieren uns im Grunde mit haltlosen Anschuldigungen, die Sie nicht einmal klar aussprechen wollen. Um die Sache abzukürzen: Weder meine Frau noch ich kennen diesen Bestatter, und wir haben erst recht nichts mit seinen dubiosen Geschäften zu tun oder führen illegale Transplantationen durch!« Seifert verschränkte die Arme vor der Brust und blickte drein wie ein trotziges Kind.

Noch ehe Jana zur Antwort ansetzen konnte, erhielt sie eine Nachricht auf dem Handy. »Entschuldigung«, sagte sie nur, fischte das Smartphone aus der Jackentasche und las die Mitteilung. Sie war von Hotte. *Haben im Sarg ein Haar sichergestellt, weder von den beiden Frauen noch von Brandt oder Schultheiss. Möglicherweise von Täter/Täterin.*

Endlich eine gute Nachricht, dachte sie zufrieden. Eigentlich hatte sie sich mit Rainer im Vorfeld noch mehr Fragen überlegt, um das Ärzte-Paar aus der Reserve zu locken. Aber jetzt ließ sich die ganze Sache abkürzen.

»Wären Sie bereit, uns eine Haarprobe zu geben?«, fragte sie und taxierte zunächst René Seifert und anschließend dessen Frau. Und diesmal schien es ihr, dass sie zum ersten Mal eine deutliche Reaktion bei dem Mann ausmachen konnte. Ganz sicher, seine Mimik drückte eine gewisse Unsicherheit aus.

Kapitel 34

11:10 Uhr

Jana telefonierte gerade, als Henning aufgeregt in ihr Büro platzte und ihr signalisierte, dass er sie dringend sprechen musste. In der Hand hielt er einen Notizzettel. Sie bedeutete ihm, auf dem Besucherstuhl Platz zu nehmen, was er auch tat.

Unruhig wippte er mit dem rechten Fuß, als würde er die Fußmaschine einer Bassdrum bearbeiten. Knapp zwei Minuten, nachdem er das Büro betreten hatte, beendete die Hauptkommissarin das Telefonat.

»Ich glaube, wir haben etwas entdeckt. Genau genommen war es die Kollegin, die uns gerade unterstützt.«

»Heißt?« Jana wartete gespannt auf die Erklärung.

»Bei der Überprüfung von Sascha Schultheiss' Finanzen sind ihr mehrfach Abrechnungen einer Tankstelle in Kirchwerder aufgefallen.«

»Ziemlich weit weg von Alsterdorf, wo er wohnt«, meinte Jana und runzelte die Stirn. »Andererseits tanke ich auch nicht immer in der Nähe meiner Wohnung, sondern da, wo ich gerade unterwegs bin, wenn der Sprit zur Neige geht.«

»Richtig. Aber du kennst ja den Spruch: Einmal ist keinmal, zweimal ist Zufall, dreimal ist ein Muster«, erwiderte der Ermittler mit einem Lächeln. Das Zitat hatte er schon mehr als einmal von ihr zu hören bekommen, deshalb bereitete es ihm große Freude, jetzt mal ihr den Spruch unterzujubeln. »Aber siebzehnmal in anderthalb Jahren war dann doch auffällig. Wir haben uns gefragt, was er da ständig zu tun hatte, und die Gegend mal genauer unter die Lupe genommen. In unmittelbarer Nähe, nicht mal dreieinhalb Kilometer entfernt, ist uns im Heinrich-Stubbe-Weg in Altengamme eine Immobilie aufgefallen, zu der es weit und breit keine Nachbarn gibt.«

Jana nickte bedächtig. »Guter Ansatz, Henning. Ihr habt nach einem Haus gesucht, in dem man ungestört zusammenkommen und Schwarze Messen zelebrieren kann. Wem gehört die Immobilie?«

Er schaute auf den Zettel, der vor ihm auf dem Tisch lag. »Einer gewissen Luci de Vil.«

Jana riss die Augen auf und musterte ihn mit offenem Mund. »Du verarschst mich gerade, oder?«

»Ähm, nein. Die Frau stammt aus Belgien. Was ist daran so ungewöhnlich?«

»Selbst wenn der Vorname noch ein Zufall wäre, Luci wie Lucifer, was ich nicht glaube … Spätestens, als du den Nachnamen erwähnt hast, war mir klar, dass ihr einen Volltreffer gelandet habt«, meinte sie und schoss von ihrem Stuhl hoch.

Kruse warf noch mal einen verstohlenen Blick auf seinen Zettel. »Oh, shit.« Er klatschte sich mit der flachen Hand vor die Stirn. »Das ist uns gar nicht aufgefallen! De Vil, devil«, hauchte er.

»Offenbar hat der Teufel höchstpersönlich dort

Quartier bezogen. Besprechung, jetzt sofort! Trommel alle zusammen«, bat sie ihn und griff nach dem Handy, um Stöver anzurufen. Das musste der Kriminalrat unbedingt erfahren, auf seine Reaktion war sie mehr als gespannt!

Kapitel 35

Vier Stunden später

Janas Zwischenbilanz am frühen Nachmittag fiel ernüchternd aus. Zwar ermittelte die *SoKo Organ* auf Hochtouren, indes blieb ein bahnbrechender Durchbruch im Mordfall Marion Hufnagel aus, genau wie bei den Ermittlungen im Fall Patricia Lambrecht.

Die Taucher hatten den Helmuth-Schack-See, der im Grunde nur ein großer Teich mit einer maximalen Tiefe von knapp zwei Metern war, erfolglos abgesucht. Keine Spur von Reinhold Brandts Leiche. Steffen war in der Zwischenzeit ins Präsidium zurückgekehrt und arbeitete jetzt mit Rainer Jensen daran, der die Soko aktuell unterstützte, Informationen über die Mitarbeiter des FDZ zusammenzustellen. Sie suchten nach Hinweisen, ob es unter den Angestellten des Forschungsdatenzentrums eine Person gab, die möglicherweise mit der Organhandel-Mafia zusammenarbeitete. Kriterien wie hohe Schulden oder mögliche Vorstrafen der Mitarbeiter wurden hierbei zurate gezogen. Sofern sie eine Person von Interesse finden würden, wollten sie checken, ob es ungewöhnliche Geldeingänge auf den Konten der oder des Betroffenen gab, sofern sie für die Überprüfung grünes Licht bekamen.

Das von König sichergestellte Haar im Sarg von Patricia Lambrecht brachte sie im Moment nicht weiter, es fehlten noch Vergleichsproben. Die Seiferts hatten von ihrem Recht Gebrauch gemacht, eine freiwillige Haarprobe abzulehnen, wodurch erst recht Janas Argwohn geweckt worden war. Weshalb hatten die beiden die Probe verweigert? Es musste dem Ärztepaar doch klar sein, dass sie dadurch verdächtig erschienen. Allerdings hätte das Haar genauso gut von der Person stammen können, die sie auf den Videoaufnahmen von Brandts Überwachungskamera gesehen hatten und bei der es sich möglicherweise um einen sogenannten Cleaner handelte.

Sie konnte es drehen und wenden, wie sie wollte: zu viele Spekulationen, kaum Indizien und erst recht keine verwertbaren Beweise. Es war zum Mäusemelken. Frustriert war Jana nach unten gegangen, um vor dem Präsidium eine Zigarette zu rauchen. Sie hatte sich soeben eine Kippe angezündet, als Kruse anrief.

»Ich stehe in deinem Büro, wo bist du?«

»Musste mal raus, eine rauchen. Komme aber jetzt wieder rauf«, entgegnete sie und drückte die Kippe im Standaschenbecher aus.

»Okay. Wollte dir nur erzählen, dass die Spur mit Luci de Vil kalt wie ein Eisblock in der Arktis ist. Ich habe keinen Hinweis dazu entdeckt, dass es die Frau wirklich gibt. Sie existiert offenbar nur auf dem Papier«, echauffierte sich Henning.

»Hab ich's mir doch gedacht.« Sie ließ ihre Schultern sinken und atmete tief aus. »Allerdings frag ich mich, wer dann wirklich hinter dem Kauf der Immobilie steckt.«

»Vielleicht kann uns der Vorbesitzer des alten Bauernhofs helfen, laut Grundbucheintrag ein gewisser Leif Kettler. Ich wollte jetzt zu ihm. Du hast nicht zufällig Zeit, mitzufahren?«

»Warum schnappst du dir nicht einen der beiden Kollegen, die mit dir an dem Fall arbeiten?«, stutzte Jana.

»Die sind im Außeneinsatz. Hab sie nach Altengamme geschickt, um sich das Haus dieser Frau de Vil mal näher anzuschauen. Auf jeden Fall hält jemand das Grundstück in Schuss, meinten sie. Hat aber niemand aufgemacht, und es wirkt auf die beiden auch nicht wirklich bewohnt.«

»Sie könnte verreist sein«, hielt Jana dagegen.

»Dann erklär mir mal, warum die Frau seit dem Kauf der Immobilie keinen einzigen digitalen Fußabdruck mehr im Netz hinterlassen hat. Du weißt so gut wie ich, dass das heutzutage im Grunde völlig unmöglich ist. Frau de Vil ist aus dem Nichts aufgetaucht, hat diesen Bauernhof gekauft und ist danach wieder komplett in der Versenkung verschwunden. Es wirkt fast so, als hätte man ihre Identität eigens für die Abwicklung des notariell beglaubigten Kaufvertrages erschaffen. Nee, da ist definitiv was faul. So, wie du sofort vermutet hast.«

»Hast mich bereits überzeugt.« Schon betrat Jana ihr Büro. »Und da ich im Moment ohnehin nichts anderes zu tun habe, statten wir diesem Herrn Kettler mal einen Besuch ab.«

Leif Kettler bewohnte eine Penthousewohnung im Baumweg in Sülldorf im Bezirk Altona. Viele Informationen über den Mann lagen ihnen noch nicht vor. Für ein ausführliches Dossier hatte die Zeit gefehlt. Im Jugendalter zur Waise geworden, bei den Großeltern aufgewachsen, das Studium nach wenigen Semestern in München abgebrochen. Seit seiner Rückkehr in die Hansestadt lebte er als Privatier.

»Kripo?«, ertönte es über die Videosprechanlage. Die Überraschung in der Stimme war kaum zu überhören gewesen.

»Ja, genau, Herr Kettler. Wir sind im Zuge unserer Recherchen auf Ihren Namen gestoßen. Es geht um den Verkauf des kleinen Bauernhofes, den Sie vor einigen Jahren von Ihren Großeltern geerbt haben«, erklärte Jana.

»Ich verstehe zwar nur Bahnhof, aber bitte. Der Aufzug führt direkt in meine Wohnung.« Dann ertönte der Türsummer.

Als sich nach kurzer Fahrt die Fahrstuhltüren öffneten, wurden sie vom Hausherrn in Empfang genommen. Kettler war circa eins fünfundachtzig groß bei normaler Figur. Das Gesicht wirkte eher unscheinbar, er hatte hohe Wangenknochen, ein leicht vorstehendes Kinn. Das volle schwarze Haar trug er nach hinten gegelt. Sofort fiel der Umstand ins Auge, dass seine rechte Hand bandagiert war.

»Würden Sie mir freundlicherweise noch einmal Ihre Dienstausweise zeigen?«, bat er Jana und Henning, woraufhin beide der Bitte umgehend nachkamen. »Also gut, folgen Sie mir ins Wohnzimmer«, meinte er, nachdem er die Ausweise ausgiebig betrachtet hatte, und marschierte los. Wenige Augenblicke später hatten sie auf einem schwarzen Ledersofa Platz genommen. Kettler setzte sich auf den Relaxsessel direkt gegenüber.

Der Mann hatte einen guten Geschmack, wie Jana feststellte, als sie den Blick durch das Penthouse schweifen ließ. Küche, Ess- und Wohnzimmer waren offen gestaltet – schlichte Eleganz, fand sie. Doch sie und Henning waren nicht hier, um einen Eindruck davon zu erhaschen, wie die Reichen und Schönen wohnten, vielmehr hatten sie einen Mord aufzuklären. »Wie bereits erwähnt sind wir hier, um einige Informationen zum Verkauf des Bauernhofes in Altengamme zu erhalten«, begann sie.

»Was an sich schon irritierend genug ist. Dürfte ich fragen, in welchem Zusammenhang Ihre Recherchen stehen?«, schnitt der Mann ihr sogleich das Wort ab und legte die Stirn in Falten.

»Es geht um Mord«, konterte Jana und registrierte, wie ihrem Gegenüber die Gesichtszüge kurz entglitten.

»Sagten Sie Mord? Dann frage ich mich erst recht, wo die Verbindung zu mir besteht und was das mit einer Immobilie zu tun hat, die ich geerbt und verkauft habe?« Er verschränkte die Arme vor der Brust.

»Verständlich. Bei der Käuferin der Immobilie handelt es sich um eine Frau Namens Luci de Vil. Was wissen Sie über sie?«

»Was soll die Frage? Ich bin ihr genau zweimal begegnet. Bei der Besichtigung des Hauses und später noch einmal beim Notar.«

»Ach, Sie haben sich selbst um die Besichtigungstermine gekümmert.«

»Ich wusste nicht, dass das verboten ist«, erwiderte Kettler ironisch.

»Nein, natürlich nicht. Spielt aber auch keine Rolle. Uns interessiert viel mehr die Frau selbst. Wir haben nämlich herausgefunden, dass sie gar nicht existiert. Und das irritiert uns. Vor allem wenn man bedenkt, dass auf dem Bauernhof den Gerüchten zufolge seltsame Dinge vorgehen.«

Kettler lachte auf und faltete die Hände wie zum Gebet. »Also auf mich wirkte die Frau sehr lebendig für jemanden, der Ihrer Ansicht nach gar nicht existiert. Und was soll das überhaupt heißen, dass dort *seltsame Dinge vorgehen?*«

»Könnten Sie die Frau beschreiben?«, ging sie gar nicht erst auf die Frage ein.

Kettler richtete den Blick Richtung Decke, er schien nachzudenken. »Puh, ist natürlich schon ein paar Jahre her«, sagte er schließlich und beschrieb letztlich eine circa eins fünfundsechzig große Frau mit langen blonden Haaren, einer »Spitzenfigur« – seinen Worten nach –, und einem attraktiven Gesicht. Eine Geschäftsfrau aus Lüttich.

»Sagt Ihnen der Name Sascha Schultheiss etwas?«, war es diesmal Henning Kruse, der die nächste Frage stellte. Er beobachtete die Reaktion des Befragten genau. Doch dieser schüttelte fast umgehend den Kopf. »Wirklich nicht?«, blieb Henning am Ball, zog sein Handy aus der Tasche und zeigte Kettler ein Foto vom Mitarbeiter des Beerdigungsinstitutes *Letzte Reise*.

Jana warf ihm von der Seite einen fragenden Blick zu, doch das ignorierte er geflissentlich. Kettler schaute sich die Aufnahme flüchtig an, blieb jedoch bei seiner Aussage.

»Darf ich fragen, was Sie an der Hand haben?« Kruse deutete mit dem Kinn auf den Verband.

»Das verdanke ich der Katze einer Bekannten. Hören Sie, ich weiß beim besten Willen nicht, was diese ganzen Fragen sollen oder mit der Käuferin des Hauses meiner verstorbenen Großeltern zu tun haben. Aber allmählich würde ich doch gern mal wissen, wohin das hier führen soll.«

Jana zögerte einen Augenblick mit der Antwort. »Für den Moment war es das jetzt erst einmal. Wir danken Ihnen für Ihre Zeit.« Sie erhob sich von der Couch, nickte Henning zu, der auch aufstand, und sie verabschiedeten sich.

»Wieso hast du Kettler nach Sascha Schultheiss gefragt?«, wollte Jana von ihrem Partner wissen, als sie wieder auf die Straße traten.

»Ist dir das gar nicht aufgefallen?« Kruse blieb abrupt stehen.

Sie starrte ihn verwundert an. »Wovon redest du?«

»Als unser Privatier die Hände gefaltet hatte, habe ich einen Blick auf seine Uhr werfen können.«

»Ja und? Spann mich nicht so auf die Folter!« Sie sah ihn ungeduldig an. Wie so oft verstand es Henning, wichtige Informationen unnötig lange hinauszuzögern.

»In der Mitte des Ziffernblattes befand sich ein Pentagramm.«

Kapitel 36

Dass die zwei jetzt so unvermittelt hier bei ihm aufgetaucht waren und gezielt Fragen zu Luci und Sascha gestellt hatten, konnte doch unmöglich ein Zufall sein. War seine rechte Hand etwa inzwischen aus dem Koma erwacht und hatte gequatscht? Oder waren sie durch Ferdi, seinen Notar, auf seine Spur gekommen? Von seltsamen Dingen, die in seinem Haus in Altengamme vorgingen, hatte diese Hauptkommissarin gesprochen. Er war davon überzeugt, dass die Bullen etwas wussten. Ihn aus der Reserve locken – ja genau, darum war es ihnen gegangen. Sie wollten eine Reaktion von ihm erzwingen. Aber da hatten sie sich geschnitten, er würde die Füße stillhalten. Sollten sie ihm doch erst mal beweisen, dass mit dem Verkauf nicht alles koscher gelaufen war. Er schüttete sich ein Glas Macallan Double Cask 18 ein, einen Single Malt Whisky, der 18 Jahre lang in Sherry-Eichenfässern gereift war und ihn schlappe dreihundert Pfund die Flasche gekostet hatte. So ließ es sich doch leben, dachte er, als er wieder Platz nahm, um den Drink in vollen Zügen zu genießen.

Ferdinand Wilms war ein sechsundsechzigjähriger Notar, der vor etwas mehr als einem Jahr seine Kanzlei an seinen Nachfolger übergeben hatte. Den Namen hatten sie beim Background check von Leif Kettler ermittelt.

Unmittelbar nachdem sie Kettlers Wohnung verlassen hatten, war der Entschluss bei Jana und Henning gereift, dem Mann einen Besuch abzustatten. Seine Ehefrau hatte sie beide in den Wintergarten der alten Stadtvilla geführt, wo der ehemalige Notar eingehüllt in eine Fleecedecke in einem Sessel saß, die Nase in ein Buch vertieft. Die Frau hatte sie nur widerwillig eintreten lassen – und auch erst nach Rücksprache mit ihrem Mann, der, wie sie erfahren hatten, an Lungenkrebs litt und sich seit drei Wochen in Behandlung befand. Frau Wilms bedeutete ihnen, in den Korbsesseln Platz zu nehmen, die um einen Glastisch arrangiert standen.

»Danke, dass Sie uns Einlass gewährt haben, Herr Wilms. Das wissen wir sehr zu schätzen. Darf ich fragen, wie es Ihnen geht?«, fragte Jana zunächst.

Wilms klappte das Buch zu und setzte ein schiefes Lächeln auf, bevor er mit kratziger Stimme antwortete. »Bescheiden umschreibt es wohl am treffendsten. Chemo und Bestrahlung zehren an meinen Kräften. Aber ich möchte mich nicht beklagen.«

Jana musste für einen Moment an ihre Mutter denken, die vor einigen Jahren den Kampf gegen den Brustkrebs verloren hatte. Sie war im Gegensatz zu ihrem herrischen Vater eine Seele von Mensch gewesen. Ihre Mutter hatte damals auch bedingungslos zu ihr gehalten, als sie das Medizinstudium nach zwei Semestern abgebrochen hatte und zur Polizei gegangen war. Nur wegen ihr hatte sie den Kontakt nach Kiel aufrechterhalten, war an Weihnachten und den Geburtstagen nach Hause gefahren. Als ihre

Mutter starb, war für sie eine Welt zusammengebrochen. »Wir werden Sie auch nicht lange behelligen, versprochen.«

»Nur zu, stellen Sie Ihre Fragen. Meine Frau hat angedeutet, dass Sie mich bezüglich eines Mordfalls befragen wollen. Mir ist zwar nicht klar, wie ich Ihnen da weiterhelfen könnte, aber meine Neugier haben Sie definitiv geweckt.«

»Es geht indirekt um Mord«, bestätigte Jana. »Vor drei Jahren hat ein gewisser Leif Kettler eine Immobile an eine Frau aus Lüttich verkauft. Luci de Vil ist ihr Name. Sie haben den Kaufvertrag notariell beglaubigt. Erinnern Sie sich an diesen Vorgang?«

»Ihnen ist bewusst, dass ich nach § 18 der Bundesnotarordnung an meine Verschwiegenheitspflicht gebunden bin? Das gilt auch nach Erlöschen des Amtes«, erwiderte Wilms und hob die aschgrauen Augenbrauen.

»Selbstverständlich ist uns das bewusst. Wir wissen aber beide auch, dass es ein Schlupfloch gibt und Sie gegebenenfalls die Aufsichtsbehörde kontaktieren dürfen, die Sie im Einzelfall von der Pflicht entbinden könnte. Wir haben allerdings gehofft, dass wir den offiziellen Teil unter Umständen umgehen könnten, da das unnötig viel Zeit kosten würde«, erwiderte Jana mit verschwörerischem Unterton. »Denn wie gesagt, es geht um mindestens einen Mord, der möglicherweise in dem veräußerten Haus begangen wurde«, fuhr sie fort und berichtete ihm von Marion Hufnagel und ihrem eigenen Verdacht, der im Zusammenhang mit dem Mordfall stand.

Wilms schloss für einen Moment die Augen und atmete schwer. Dann geschah etwas, womit weder sie noch Kruse so schnell gerechnet hatten. Der Mann begann, über den Fall zu reden.

»Obwohl Sie sich mit dieser Aussage selbst belasten, erzählen Sie uns davon? Warum zum Henker haben Sie sich überhaupt darauf eingelassen?«, hakte Kruse verwundert nach, als der ehemalige Notar zu Ende gesprochen hatte.

Wilms griente und zog die Decke bis fast unters Kinn. »Selbst wenn Sie versuchen würden, mich für mein Fehlverhalten zu belangen, werde ich kaum lange genug leben, um zur Rechenschaft gezogen zu werden. Meine geliebte Frau will es zwar nicht wahrhaben, aber meine Lebenszeit ist nur noch äußerst begrenzt. Mit den aktuellen Behandlungen erkaufe ich mir lediglich ein klein wenig Zeit. Nur auf mein Drängen hin verbringe ich den Großteil der Zeit zu Hause und nicht in der Klinik. Und um Ihre zweite Frage zu beantworten: Es war leicht verdientes Geld«, gab er freimütig zu.

Der Gedanke, dass der Mann sein Gewissen erleichtern wollte, weil seine Lebenserwartung nicht mehr allzu groß ausfiel, war Jana schon während der Ausführungen des Notars gekommen. Jetzt hatte sie die Bestätigung. Dass Leif Kettler den Verkauf des Bauernhofes mithilfe des todgeweihten Notars nur eingefädelt hatte, um zu verschleiern, wer der tatsächliche Besitzer der Immobilie war, nämlich weiterhin er selbst, hatte sie schon einigermaßen überrascht. Warum betrieb er solch einen Aufwand? »Sie erwähnten eben, dass Sie Herrn Kettler bereits seit seiner Geburt kennen, weil er der Sohn eines sehr guten Freundes ist. Was können Sie uns über den Mann erzählen?«, wollte sie wissen.

Wilms antwortete nicht sofort. »Leif war eigentlich immer schon ein klassischer Einzelgänger. Kaum Freunde, lieber allein zu Hause, hat viel Zeit vor dem Computer verbracht oder gelesen. Ich glaube, er war gerade mal zwölf – vielleicht auch dreizehn –, da hat mir sein Vater erzählt, dass sich Leif zunehmend mit Satanismus auseinandersetzt, sich ausschließlich schwarz kleidet und düstere Musik hört. Er hat wohl alles gelesen, was er zu dem Thema finden konnte. Aleister Crowley, Anton LaVey oder Abhandlungen religiöser Schriften, die darüber berichteten.«

Aus dem Augenwinkel erkannte Jana, wie Henning auf seine Armbanduhr tippte. Eine Anspielung auf die Pentagramm-Uhr, die Leif Kettler getragen hatte. »Wissen Sie, ob er Schwarze Messen gefeiert hat?«, fragte sie den Notar geradeheraus.

»Seine Eltern haben es jedenfalls stark vermutet. Und ich denke auch, dass er das immer noch auf die eine oder andere Weise zelebriert. Warum hätte er sonst das Haus seiner Großeltern an diese Scheinkäuferin veräußern sollen, die nur auf dem Papier existiert? Luci de Vil – ich bitte Sie, ich bin auch nicht von gestern«, meinte Wilms mit einem Augenzwinkern. Dann atmete er tief durch. Ihm war anzumerken, wie schwer ihm das Sprechen mittlerweile fiel. »Ich hatte damals schon so eine Ahnung, was er mit dem Haus vorhatte. Eine Begegnungsstätte wollte er schaffen für diese gleichgesinnten Spinner, die an den Teufel persönlich glauben. Die exponierte Lage ist ja prädestiniert dafür. Mit dem Verkauf führt keine Spur direkt zu ihm. Aber falls dort wirklich ein Mord geschehen ist, kann ich nicht länger schweigen, selbst wenn ich ihm am Ende Unrecht tun sollte und Sie falsch damit liegen, dass Leif hinter der Tat steckt.«

»Es war richtig, uns davon zu erzählen. Sie haben uns auf jeden Fall sehr geholfen, und jetzt ist es auch an der Zeit, dass wir wieder aufbrechen. Sie brauchen sicherlich Ruhe«, erklärte Jana und erhob sich von dem Korbsessel, der ein knarzendes Geräusch von sich gab. »Danke, dass Sie uns von Leif erzählt haben. Ich wünsche Ihnen alles Gute.« Sie fühlte sich ein wenig hilflos, wusste nicht genau, was sie in dieser Situation sagen sollte. Schließlich hatte der Mann nach eigener Aussage nicht mehr lange zu leben.

»Ich wünsche Ihnen viel Erfolg bei den Ermittlungen«, Wilms ergriff die Hand, die sie ihm zum Abschied entgegenstreckte. »Und ich hoffe inständig, dass ich mich irre und Leif nichts mit dieser furchtbaren Geschichte zu tun hat, auch wenn im Moment wirklich alles gegen ihn spricht.«

Kapitel 37

Jana hatte gut reden. Wie sollten sie an einem Sonntagnachmittag an die Namen der Mitarbeiter des FDZ kommen? Steffen Hempel nippte an seinem mittlerweile kalt gewordenen Kaffee und verzog den Mund. Selbstverständlich hatten sie es versucht. Vergeblich. Zwar war es ihm gelungen, die Leiterin der Personalabteilung des Forschungsdatenzentrums in Bonn zu kontaktieren, aber die hatte gleich abgewiegelt und klargemacht, dass sie ohne richterlichen Beschluss auf keinen Fall bereit wäre zu helfen. Trotz aller Widerstände konnten sie trotzdem einige Namen von Angestellten ermitteln: ausschließlich Mitarbeiter in leitenden Funktionen des FDZ in Bonn und Köln, da diese entweder auf der Homepage des Unternehmens zu finden waren oder über die in den Print-Medien beziehungsweise im Netz berichtet worden war.

Vor wenigen Minuten war Rainer auf eine Information gestoßen, die ihrer aller Interesse geweckt hatte. Leon Gruber, Leiter der IT-Abteilung des FDZ in Köln, war bis vor anderthalb Jahren noch bei einer großen Hamburger Krankenversicherung angestellt gewesen. Das hatte Hempels derzeitiger SoKo-Partner dank dessen öffentlich einsehbarem Profil bei LinkedIn herausgefunden, einem sozialen Netzwerk für Berufstätige, Arbeitgeber und Headhunter. Und zufällig war der Bankangestellte, den Jana als mögliches weiteres

Entführungsopfer der Organhandel-Mafia identifiziert hatte, ebenfalls dort privat krankenversichert. Der Mann passte ins Profil, weil sie davon überzeugt war, dass es einen Zusammenhang zwischen den Entführungen oder dem Verschwinden ausschließlich junger gesunder Frauen und Männer sowie den Geldeingängen auf Reinhold Brandts geheimem Cayman-Konto jeweils einen Tag später gab.

Es war bisher nur eine Theorie, dass die Vermissten tatsächlich als Ersatzteillager für irgendwelche Reichen hatten herhalten müssen, die auf ein Spenderorgan angewiesen waren. Dennoch hatte Janas Denkansatz durchaus seinen Reiz, und es klang auf beängstigende Weise plausibel. Die Hypothese hatte zudem neue Nahrung erhalten, weil ihnen mittlerweile die Info vorlag, dass es in Kiel ebenfalls vier Vermisstenfälle unter Dreißigjährigen gab, die ins selbe Muster passten. Jeweils am Folgetag des Verschwindens war ein Zahlungseingang auf Brandts Konto verbucht worden. Das waren dann doch ein paar Zufälle zu viel, wie er fand.

Zwei Personen, die auf ihrer Liste möglicher Transplantationsopfer standen und seit mittlerweile fast zwei Jahren als vermisst galten, waren ebenfalls bei der Krankenkasse versichert gewesen, für die Gruber zu der Zeit gearbeitet hatte. Hatten sie endlich einen Hinweis entdeckt, der dafür sprach, dass die Organhandel-Mafia tatsächlich eine Person schmierte, die Zugang zu sensiblen Patientendaten hatte? War Leon Gruber dieser Informant? Rainer hatte sich jedenfalls umgehend daran gemacht, ein Dossier über den IT-Fachmann zu erstellen.

Im Fall des unbekannten Mannes mit dem Skorpion-Tattoo auf dem Unterarm, der mithilfe von Reinhold Brandt möglicherweise die sterblichen Überreste von Patricia Lambrecht entsorgt hatte, gab es ebenfalls Fortschritte. Die KTU hatte anhand des Bildmaterials die Größe des Mannes bestimmt. König war sich sicher, dass der Gesuchte circa eins fünfundachtzig groß war, plus minus einen Zentimeter. Das war die entscheidende Information gewesen, die ihm dabei geholfen hatte, den Mann mutmaßlich zu identifizieren. In der Verbrecherkartei gab es eine Person, die einen Skorpion auf den Unterarm tätowiert hatte und zufälligerweise die von der KTU ermittelte Größe aufwies: Frank Ludwig hatte wegen mehrfacher schwerer Körperverletzung einige Jahre in Santa Fu eingesessen.

Vor knapp einer Stunde war Hempel kurzerhand zu der Adresse des Mannes gefahren, hatte ihn allerdings nicht angetroffen. Von einer besonders aufmerksamen Nachbarin hatte er erfahren, dass Ludwig seit zwei Tagen nicht mehr zu Hause gewesen war. Das hatte ihn erst recht in seiner Meinung bestärkt, dass es sich um den Mann aus dem Video handelte. Vermutlich hatte der Kerl sich abgesetzt, nachdem er Brandt aus dem Weg geräumt hatte. Stutzig machte Steffen allerdings der Gedanke, dass ein solches Kleingewicht im Verbrechermilieu der Cleaner einer Mafia-Organisation sein sollte. Wie hatte Ludwig es dann zu einem derartigen Aufstieg gebracht? Da die Chefin immer noch mit Henning unterwegs war, rief er sie an, um sie über die Fortschritte in Kenntnis zu setzen.

»Hey, Steffen, ist gerade ungünstig. Ich ruf dich später zurück«, schmetterte sie ihm sofort entgegen. Noch ehe er etwas erwidern konnte, hatte sie bereits aufgelegt.

»Manchmal kann sie einen wirklich in den Wahnsinn treiben«, murmelte er leise vor sich hin, nahm seine heiß geliebte BVB-Tasse und schlurfte hinaus auf den Flur, um sich einen frischen Kaffee aus dem Automaten zu ziehen.

Kapitel 38

»Sie bleiben also bei Ihrer Version der Geschichte, dass Sie nicht Teil einer satanistischen Sekte oder sogar ihr Anführer sind? Und Sie behaupten weiterhin, nicht der wahre Besitzer des Bauernhofes zu sein, den Sie angeblich an eine Frau mit dem Namen Luci de Vil verkauft haben, obwohl wir mittlerweile wissen, dass diese Veräußerung nur fingiert war?«, wiederholte Jana ihre Fragen an Leif Kettler, nachdem sie Steffen gerade am Telefon so rigoros abgewürgt hatte.

Unmittelbar nach dem Besuch bei dem Notar war sie mit Henning wieder in den Baumweg gefahren, um sich den Privatier noch einmal vorzuknöpfen. Steffen hatte just in dem Moment angerufen, als sie mit der Befragung begonnen hatten.

Kettler verschränkte die Arme hinter dem Kopf und lächelte. »Hat Ferdi also doch geredet. Oder woher haben Sie die Information?« Eine Antwort erhielt er allerdings nicht. »Was auch immer der alte Kauz Ihnen erzählt hat, Sie müssen mir das erst mal beweisen, Frau Hauptkommissarin. Falls in meinem *ehemaligen* Haus tatsächlich irgendwelche Satanisten ihr Unwesen treiben, dann habe ich nicht die geringste Ahnung davon, denn es gehört mir ja nicht mehr.«

»Sie bleiben also allen Ernstes bei Ihrer Aussage, Marion Hufnagel nie begegnet zu sein?«, stellte Jana ungerührt die nächste Frage.

»Und wenn Sie mich das hundertmal fragen – die Antwort wird immer dieselbe sein. Nein, ich kannte diese Frau nicht. Bevor Sie das Verhör fortsetzen, würde ich gern meine Anwältin anrufen. Denn ich bin nicht gewillt, Ihnen ohne einen Rechtsbeistand weiter Rede und Antwort zu stehen«, erwiderte Kettler lächelnd und zückte sein Handy.

»Am besten bestellen Sie die Frau direkt zum Präsidium, denn dorthin nehmen wir Sie zur weiteren Befragung mit«, gab Jana nun lächelnd zurück, wobei sie den versteinerten Gesichtsausdruck des Mannes zufrieden zur Kenntnis nahm.

Kettlers Anwältin schien zum Lachen in den Keller zu gehen, war Janas erster Eindruck, als sich die Frau vorstellte. Sie schätzte die Frau auf Mitte vierzig, die strengen Gesichtszüge passten zu dem ebenfalls streng gebundenen altfränkischen Dutt. Bevor die Vernehmung beginnen sollte, bat die Juristin, sich erst einmal ungestört mit ihrem Mandanten unterhalten zu dürfen. Knapp zehn Minuten dauerte das Gespräch, dann gab sie grünes Licht für die Befragung. Jana und Henning hatten noch nicht einmal im Vernehmungsraum Platz genommen, da ergriff Kettler zu ihrer Überraschung das Wort.

»Scheint heute Ihr Glückstag zu sein, Frau Brinkhorst. Wir können die ganze Sache hier abkürzen. Verdanken Sie es dieser äußerst klugen Frau hier neben mir auf dem Stuhl, die sehr überzeugende Argumente hatte, mit Ihnen zu kooperieren. Ein Spiel auf Zeit würde nichts an der Tatsache ändern, dass Sie früher oder später die Wahrheit erfahren.« Kettler sah zu seiner Anwältin hinüber. Die verzog keine Miene und starrte stur geradeaus.

Jana verengte die Augen zu Schlitzen und taxierte den Mann. »Sie wollen also ein Geständnis ablegen?«

Der Befragte lachte laut auf und schüttelte den Kopf. »Ich fürchte, da liegt ein Missverständnis vor. Oder haben Sie jetzt ernsthaft erwartet, dass ich den Mord an Marion Hufnagel gestehe?«

»Um ehrlich zu sein, haben wir genau das erwartet«, kam Henning ihr mit einer Antwort zuvor und sprach aus, was sie ebenfalls gedacht hatte.

Kettler hob entschuldigend die Hände. »Nein, diesbezüglich kann ich mich nur wiederholen. Ich bin dieser Frau noch nie begegnet.« Dann legte er los.

Zunächst bestätigte er die Geschichte des Notars Ferdinand Wilms, was den fingierten Verkauf des geerbten Bauernhofs anging. Anschließend räumte er ein, dass er Logenmeister einer satanistischen Sekte sei, deren Mitglieder sich in strenger Geheimhaltung trafen, um Schwarze Messen zu feiern. Welch okkulte Handlungen bei diesen Treffen praktiziert wurden, wollte er allerdings auch auf Nachfrage nicht beantworten. »In diesem Zusammenhang gibt es nur eine einzige Sache, die ich Ihnen erzählen werde. Richten Sie bitte Ihrer KTU aus, dass Sie im Keller meines Hauses sicherlich Blut finden werden. Ich weiß, dass ihre Leute das mit

Luminol sichtbar machen können. Allerdings ganz gewiss nicht das von dieser Frau Hufnagel, deren Mord Sie mir stets unterschwellig unterstellen wollen. Sie werden überhaupt kein menschliches Blut finden, wenn Sie verstehen. Mehr habe ich an dieser Stelle nicht zu sagen. Hiermit endet dann auch meine offizielle Aussage«, schloss Kettler, verschränkte die Arme vor der Brust und lehnte sich auf dem Stuhl zurück.

Jana stoppte die Videoaufnahme, mit der die Befragung protokolliert wurde. Sie musste die Worte des Verdächtigen erst einmal sacken lassen – so recht wusste sie nicht, was sie davon halten sollte. Es war Henning anzusehen, dass es ihm nicht besser ging als ihr. »Wir machen eine Pause«, sagte sie nur, erhob sich, und bereits im Rausgehen wählte sie die Nummer des Staatsanwalts, der sich dringend um einen Durchsuchungsbeschluss für Kettlers Hof kümmern sollte.

Kapitel 39

19:20 Uhr, Janas Büro

Während die KTU sowohl Kettlers Haus im Heinrich-Stubbe-Weg in Altengamme als auch dessen Penthouse in Altona auseinandernahmen – Henning und die beiden anderen SoKo-Kollegen unterstützten sie vor Ort –, hatte sich Jana mit Steffen in ihr Büro zurückgezogen. Auch wenn ihr nach dem anstrengenden Tag der Kopf dröhnte, wollte sie sich unbedingt auf den neuesten Ermittlungsstand im Fall Patricia Lambrecht bringen lassen. Sie hatte immer noch ein schlechtes Gewissen, weil sie ihn vorhin am Telefon so schroff abgewürgt hatte, wenngleich es nachvollziehbare Gründe dafür gegeben hatte. Schließlich war sie mit Henning gerade dabei gewesen, einen Mordverdächtigen im Fall Marion Hufnagel durch die Mangel zu nehmen.

»Das sind in der Tat ein paar gute Ansätze«, meinte sie zufrieden, als Steffen seinen Bericht beendet hatte. »Bin gespannt, was Rainer über den Typen vom FDZ zutage fördert, der früher für die Krankenversicherung gearbeitet hat. Es könnte zwar wirklich nur ein blöder Zufall sein, aber kann ja nicht schaden, der Sache auf den Grund zu gehen. Und was diesen Typen mit dem Skorpion angeht …«

»Frank Ludwig«, unterbrach Steffen sie.

»Ja, genau der. Wir sollten ihn zur Fahndung ausschreiben«, fuhr sie fort und löste den Haargummi, um ihre Lockenpracht erneut zu einem Zopf zu binden.

»Hab ich bereits veranlasst.«

»Gut.« Jana seufzte. »Dann lass uns für heute Feierabend machen. Ich bin nämlich ganz schön k. o.« Sie streckte sich und gähnte ausgiebig. Genau in dem Moment klingelte ihr Handy. Als sie die Nummer erkannte, schwante ihr, dass das nichts Gutes bedeuten konnte. »Brinkhorst«, meldete sie sich. Wenige Augenblicke später wusste sie, dass sie mit ihrer Vermutung richtiggelegen hatte. Der Kollege vom Kriminaldauerdienst berichtete von einem Leichenfund, und da sie Bereitschaftsdienst hatte, was sie im Eifer des Gefechts vergessen hatte, wollte er sie darüber in Kenntnis setzen. »Alles klar, bin schon auf dem Weg«, sagte sie seufzend und beendete das Gespräch. »Das war's mit dem Feierabend.« Sie stand auf und schlüpfte in die Jacke, die über der Lehne gehangen hatte.

»Wohin fahren wir?«, wollte Steffen wissen.

»Quasi direkt um die Ecke. Eppendorfer Moor. Leiche, männlich, erschossen«, feuerte sie die Infos im Steno-Stil heraus.

»Ich hol nur meine Jacke, dann können wir los.« Schon war er aus dem Büro geeilt.

Gute fünf Minuten später – Jana war mehr als zügig gefahren - erreichten sie ihr Ziel, den Parkplatz vom Eppendorfer Moor, einem Naturschutzgebiet von sechsundzwanzig Hektar, das in der Nähe des Präsidiums lag.

Es handelte sich um das größte innerstädtische Moor Europas. Doch sie waren nicht hier, um die abwechslungsreiche Moorlandschaft zu bestaunen, die Heimat für viele verschiedene Brutvogelarten sowie zahlreiche Fledermaus- und Froscharten war. Schon bei der Zufahrt auf den Parkplatz hatten sie die hellen Lichtballons gesehen, die den Fundort der Leiche ausleuchteten. Die Spurensicherung hatte also bereits die Arbeit aufgenommen.

Königs Leute hatten heute wirklich alle Hände voll zu tun. Da sich Hotte allerdings noch in Kettlers Haus in Altengamme aufhielt, verrichtete hier ein anderes Team seine Arbeit. Sie wiesen sich bei den Kollegen der Schutzpolizei aus, die den Bereich rund um den Parkplatz abgesperrt hatten. Den Weg zum Leichenfundort mussten sie zu Fuß zurücklegen. Mit leistungsstarken Taschenlampen ausgerüstet marschierten sie los. Schon nach wenigen Metern prasselten die ersten Regentropfen auf sie herab.

»Auch das noch«, moserte Jana, die in ihren Chucks durch das Hochmoor stapfte.

Nach wenigen Hundert Metern erreichten sie ihr Ziel. Zwei weiße Schutzzelte waren aufgestellt worden. Während eins dazu diente, die möglichen Spuren rund um den Leichnam vor dem Regen zu schützen, waren in dem anderen die Utensilien der KTU-Mitarbeiter verstaut worden. Auch die beiden Kollegen vom KDD warteten dort auf sie.

»Tach, die Herren«, begrüßte Jana die Kollegen. Man kannte sich.

»Moin Jana, moin Steffen. Schön, dass ihr euch zu uns gesellt, um zu übernehmen«, erwiderte der Ältere der beiden Polizisten.

»Habt uns den Feierabend versaut«, grummelte Hempel.

»Augen auf bei der Berufswahl«, kam prompt die Antwort.

»Okay, Jungs, bevor ihr die Biege macht: Was wisst ihr mittlerweile schon?«, wollte Jana wissen, während sie und Steffen sich Schutzkleidung überstreiften.

»Nicht viel«, begann wieder der Ältere. »Der Tote hat keine Papiere bei sich, Identität also noch unbekannt. Wurde direkt an Ort und Stelle erschossen, wie es aussieht.«

Kurz darauf näherten sie sich dem Leichenfundort. Steffen preschte vor, wollte offensichtlich als Erstes einen Blick auf den getöteten Mann werfen. Sekunden später ertönte plötzlich ein »Ach, du scheiße!«

»Was ist?«, fragte sie aufgeregt.

Hempel erhob sich aus der Hocke und drehte sich zu ihr um, sie stand direkt hinter ihm. »Wir können die Fahndung nach Frank Ludwig, unserem Skorpion-Mann, einstellen. Wir haben ihn gefunden«, sagte er staubtrocken.

Kapitel 40

Helbigstraße, 21:40 Uhr

Völlig erschlagen schloss Jana die Haustür auf. Was für ein anstrengender Tag, dachte sie, als sie den Schlüssel umdrehte. Wenigstens hatten sie mittlerweile ein paar Fortschritte erzielt. Sie tastete gerade nach dem Lichtschalter, um das Flurlicht in dem dunklen Treppenbereich des Mehrfamilienhauses einzuschalten, als plötzlich in Windeseile ein Arm um ihren Hals gelegt wurde und jemand so fest zudrückte, dass ihr sofort die Luft wegblieb. Sie war zu überrascht, um noch darauf reagieren zu können und sich aus der schraubstockähnlichen Umklammerung zu befreien. Gleichzeitig presste der unbekannte Angreifer eine Hand auf ihren Mund, sodass sie auch nicht um Hilfe schreien konnte. Sie ruderte mit den Armen, versuchte auszuholen und mit den Ellbogen irgendwie zuzuschlagen. Aber vergeblich.

»Du solltest deine Nase nicht zu tief in die Ermittlungen reinstecken, Bullenschlampe. Der Fall ist 'ne Spur zu groß für euch«, flüsterte ihr eine heisere Stimme ins Ohr.

Als sie noch einmal versuchte, sich zu wehren, stieß der Angreifer sie mit voller Wucht gegen die Hauswand, sodass sie mit dem Kopf voran dagegen prallte. Begleitet von dem Gedanken, dass ihr die Stimme des Mannes irgendwie bekannt vorgekommen war, glitt sie in eine tiefe Dunkelheit.

»Mach … dieses … Scheißlicht aus«, nuschelte sie. Die Helligkeit brannte auf ihrer Netzhaut wie tausend Nadelstiche.

»Patientin ist wieder bei Bewusstsein«, hörte sie einen Mann sagen. Sie wusste weder, wer das war, noch, wo sie sich befand.

»Na, Gott sei Dank. Ich hab ja schon das Schlimmste befürchtet«, sprach eine ältere Frau in ihrer unmittelbaren Nähe.

War das nicht die Nachbarin aus der Wohnung unter ihr? Was zum Teufel ging hier vor? Das Licht wurde schwächer und sie erkannte nun, dass es der Lichtstrahl einer Taschenlampe gewesen war, der sie zuvor geblendet hatte. Vor ihr hockte ein Mann, gekleidet in die Montur eines Notarztes.

»Frau Brinkhorst, mein Name ist Reuter, wir werden Sie jetzt zwecks weiterer Untersuchungen mit ins Krankenhaus nehmen. Vermutlich haben Sie eine Gehirnerschütterung«, erklärte der Mann.

Sie versuchte, sich aufzurappeln, doch als sie ein heftiger Schwindel überrollte, gab sie das Unterfangen gleich wieder auf. Erst jetzt merkte sie, dass ihr Kopf gewaltig schmerzte. »Ich kann nicht … ins Krankenhaus, ich stecke mitten in schwierigen Ermittlungen«, protestierte sie.

Der Arzt lächelte. »Immer langsam mit den jungen Pferden. Solange wir nicht wissen, wie schwer es Sie erwischt hat, werden Sie ganz bestimmt nirgendwohin gehen. Ihre Kollegen wurden bereits informiert, die werden Sie später noch befragen wollen.«

Dann gab er den Befehl für den Abtransport.

Sie hatte eine miserable Zeugin abgegeben, wie ihr schlagartig bewusst geworden war, als sie Steffens und Hennings Fragen beantwortet hatte. Zuvor hatte sie die Untersuchungen hinter sich gebracht, die den Eindruck des Notarztes bestätigten. Sie war noch mal mit einem blauen Auge davongekommen – buchstäblich, denn beim Aufprall gegen die Hauswand hatte sie sich nicht nur eine leichte Gehirnerschütterung zugezogen, sondern auch ein Veilchen am rechten Auge. Es war einfach, den Stab über Menschen zu brechen, die selbst Opfer oder Zeugen eines Verbrechens wurden und anschließend der Polizei Rede und Antwort stehen mussten. Schon oft hatte sie sich über zweifelhafte Aussagen dieser Personen geärgert. Nachdem sie nun selbst im Hausflur überfallen worden war und sich mehr als gut in die Situation solcher Zeugen hineinversetzen konnte, hatte sich ihre Betrachtungsweise geändert. Nahezu jede Frage, die ihr von ihrem Partner gestellt worden war, hatte sie mit »Keine Ahnung« oder »Weiß nicht« beantwortet. Aber an zwei Dinge konnte sie sich gut erinnern, da war sie sich ganz sicher. Auch wenn der Angreifer sich verstellt und geflüstert hatte, wusste sie, dass sie diese Stimme in den letzten Tagen schon einmal gehört hatte. Nur wo und bei wem? Und ein zweites

Detail war ihr mittlerweile bewusst geworden. Das Aftershave des Mannes. Sie kannte diesen Duft, aber woher?

Nach knapp fünf Minuten hatten ihre beiden Partner die Befragung abgebrochen. Abgesehen davon, dass sie ohnehin nicht wirklich weiterhelfen konnte, hatte die Stationsschwester ihrem bärbeißigen Kollegen aus dem Ruhrpott und Henning energisch klargemacht, dass die Befragung beendet war. Sie hatten das Zimmer noch nicht einmal verlassen, da war sie schon eingeschlafen.

Als sie wieder aufwachte, stellte sie fest, dass sie allein in dem Zimmer lag, die Vorhänge waren nicht zugezogen, Mondschein erhellte den Raum ein klein wenig. Täuschte sie sich, oder saß da jemand auf dem Stuhl? Sofort schrillten bei ihr sämtliche Alarmglocken. Hastig tastete sie nach dem Drücker für die Schwester.

»Du bist also wieder wach«, stellte der Besucher mit energischer Stimme fest.

Entweder war die Gehirnerschütterung schlimmer, als die Ärzte annahmen, oder sie hatte eine Halluzination. Das konnte doch unmöglich wahr sein. »Vater?«, fragte sie unsicher.

Der Mann erhob sich von dem Stuhl, auf dem er gesessen hatte, machte einen Schritt auf das Bett zu, beugte sich vornüber und drückte auf den Lichtschalter. Und tatsächlich, sie blickte in das besorgt dreinschauende Gesicht von Olaf Brinkhorst.

»Du hast uns allen einen gehörigen Schrecken eingejagt«, meinte er und setzte sich wieder.

Sie war immer noch völlig verdattert, dass ihr Vater mitten in der Nacht von Kiel nach Hamburg gekommen war – offenbar nur, um sie zu sehen. Sie hatten sich schon länger nicht mehr gesehen, und jetzt, da er vor ihr saß, freute sie sich tatsächlich über den Krankenbesuch. »Wie ... Woher?«, stammelte sie.

»Dein Kollege, Hempel heißt er, glaube ich, hat mich informiert. Ich habe mich gleich ins Auto gesetzt und bin hergekommen. Zum Glück hast du nur eine leichte Gehirnerschütterung. Hast ja immer schon einen Dickschädel gehabt«, sagte der Mann mit den strengen Gesichtszügen, die etwas Aristokratisches hatten, und dem akkurat gescheitelten Haar, das mittlerweile völlig ergraut war. Überhaupt war ihr Vater alt geworden, fand Jana. Die Zweideutigkeit der letzten Worte überhörte sie einfach. Ein leichtes Lächeln huschte über seine Lippen. »Wie geht es dir?«, fragte sie stattdessen.

Er machte eine wegwerfende Handbewegung. »Du weißt ja, was man sagt. Schlechten Menschen geht's immer gut.«

Auch wenn sie es gar nicht beabsichtigte, der Gedanke kam sofort auf, dass da im Falle ihres Vaters durchaus etwas Wahres dran war. Trotzdem wollte sie in diesem Moment ein einziges Mal nicht an das getrübte Verhältnis zu ihm denken.

»Ich bin jedenfalls froh, dass du den Angriff halbwegs glimpflich überstanden hast. Und jetzt, da ich weiß, dass es dir gut geht, mach ich mich auch auf den Weg. Es ist jetzt kurz nach fünf in der Früh, du solltest dich noch ein bisschen ausruhen. Und ehrlich gesagt ist dieser Stuhl ganz schön unbequem, mein Hotelbett ruft.« Olaf Brinkhorst erhob sich und drückte ihr die Hand.

»Danke«, murmelte sie nur.

Kurz darauf war ihr Vater schon verschwunden.

Kapitel 41

Montag, 15. April, 09:00 Uhr, Besprechungsraum

Kriminalrat Stöver stand mit bedröppelter Miene vor den Ermittlern der SoKo, die rechts und links von ihm an den u-förmig angeordneten Tischen Platz genommen hatten. Auch Horst König nahm an der Besprechung teil, was vor allem dann der Fall war, wenn es Neues zu berichten gab.

»Guten Morgen zusammen – obwohl er die Bezeichnung gut eigentlich nicht verdient angesichts dessen, was Jana gestern Abend zugestoßen ist«, begann Stöver. »Aber fangen wir mit den guten Nachrichten an, sofern sie sich nicht schon rumgesprochen haben. Jana ist wohlauf und hat nur eine leichte Gehirnerschütterung davongetragen. Sie wird bald wieder im Einsatz sein. Bevor wir uns gegenseitig auf den aktuellen Stand der Ermittlungen bringen, wollte ich noch sagen, dass ich eine Rund-um-die-Uhr-Überwachung für das Ärztepaar Seifert beantragt habe. Es liegt ja auf der Hand, dass für den Überfall auf Jana eine Person verantwortlich sein muss, der ihr ganz offensichtlich zu nahe gekommen seid. Entweder war's der Doc selbst, oder er hat jemanden angeheuert, der die Drecksarbeit übernommen hat. Auf jeden Fall will ich, dass wir diesen Mistkerl schnellstmöglich schnappen, der Jana das angetan hat«, meinte der Kriminalrat, und im selben Moment wurde die Tür zum Besprechungsraum geöffnet.

»Habe ich da gerade meinen Namen gehört?«

Stöver wandte den Kopf ruckartig um neunzig Grad. Er staunte nicht schlecht, als er Jana erblickte. Dunkle Schatten lagen unter ihren katzengrünen Augen. Ähnlich überrascht waren ihre beiden Partner Steffen Hempel und Henning Kruse, die mit dem Rücken zur Tür saßen und sich nun ebenfalls zu ihr herumgedreht hatten. Sie starrten sie mit offenem Mund an. »Was zur Hölle machst du denn hier?«, entfuhr es Stöver.

»Freut mich auch, dich zu sehen, lieber Jens-Uwe«, erwiderte Jana ein Lächeln andeutend und nahm neben König Platz. »Habt ihr geglaubt, ich lass mich wegen leichter Kopfschmerzen und ein bisschen Übelkeit aus dem Spiel nehmen? Ihr solltet mich besser kennen!«

»Dickkopf«, murmelte Hempel leise vor sich hin.

»Hat mein Vater auch gemeint«, kam die prompte Erwiderung. »Klärt mich auf, was habe ich bisher verpasst?«, schob sie hinterher, und Stöver berichtete von seinen Überwachungsplänen bezüglich der Seiferts.

»Gute Idee. Ich glaube auch nach wie vor, dass die dort mit drinhängen. Deshalb habe ich mir überlegt, dass wir checken sollten, ob es bei dem Ärztepaar irgendeine Verbindung nach England gibt. Vielleicht gibt es Belege dafür, dass einer von ihnen öfter auf die Insel gereist ist. Wobei das nicht mal zwingend der Fall gewesen sein muss, wenn man an den Hinweis auf das OP-Schiff denkt.«

»Ah, clever. Du hast diesen Leichenfund der Frau aus dem See im Vereinigten Königreich im Hinterkopf, der man das Herz entfernt hat. Das spricht in der Tat eher für einen Job auf der Insel selbst. Die Leichen der Personen, die auf See operiert worden sind, wurden nach unserem Kenntnisstand direkt im Meer versenkt. Aber wenn ich euch jetzt verrate, dass die Frau Doktor zwei Auslandssemester in London verbracht hat, ist das sicherlich Wasser auf Janas Mühlen«, meinte Rainer Jensen.

»Ach nee, so ein Zufall.« Die Hauptkommissarin nickte bedächtig mit dem Kopf.

»Aber denkst du ernsthaft, die Transplantationen in England werden von Ärzten aus Deutschland durchgeführt? Dafür würden sie doch eher Leute vor Ort nehmen, oder?« Jensen klang dennoch nicht gänzlich überzeugt.

»Nicht unbedingt. Ich erinnere noch mal an den möglichst kleinen Kreis von Mitwissern. Wobei ich beim nächsten Punkt wäre. Wir sollten mal überprüfen, ob es aus dem Umfeld des Personals von Seiferts Privatklinik und auch der Uniklinik in den letzten Monaten Personen gab, die plötzlich ihren Job aufgegeben haben.«

Jensen legte den Kuli beiseite. »Ich nehme an, du spielst auf den Informanten an, der von jetzt auf gleich von der Bildfläche verschwunden ist«, meinte er, und Jana bejahte. »Kannst du knicken, das haben wir längst überprüft. Ist nichts rausgekommen. Die Leute, die in der fraglichen Zeit dort von der Lohnliste gestrichen wurden, sind alle putzmunter.«

»Bliebe für den Moment also nur die Englandspur«, brachte es Jana auf den Punkt.

»Und was gibt's Neues von deiner Seite, Hotte?« Hempel richtete den Blick auf den Leiter der KTU.

König räusperte sich, setzte sich die Brille auf, die vor ihm auf dem Tisch gelegen hatte, und blätterte kurz in den Unterlagen. »Fangen wir mit der wichtigsten Information an, die ich für euch habe. Die Spuren in Leif Kettlers Haus in Altengamme zu sichern, scheint gelinde gesagt eine Herkulesaufgabe, damit werden wir vermutlich noch ein paar Tage beschäftigt sein. Aber wenigstens liegt uns das Ergebnis der Schnellanalyse der verschiedenen Blutspuren vor, die wir im Keller entdeckt haben. Tierblut, eindeutig.«

»Dieser Mistkerl hat also tatsächlich die Wahrheit gesagt«, stellte Jana konsterniert fest.

»Sieht leider so aus«, bestätigte der KTU-Chef. »Es ist das Blut verschiedener Tiere, so viel kann ich schon sagen. So abartig der Gedanke auch ist, dass bei den schwarzen Messen Opfer dargebracht wurden, Menschen waren es glücklicherweise nicht. Erst recht nicht Marion Hufnagel. Aber für eine Anklage reicht es natürlich trotzdem, auch Tiere darf man nicht einfach in seinem Keller opfern.«

Steffen Hempel pustete die Wangen auf und ließ die Luft Sekunden später geräuschvoll entweichen. »Also wieder alles auf Anfang«, stellte er lakonisch fest.

König lächelte zaghaft. »Es ist ein Rückschlag, sicherlich. Aber vielleicht habe ich etwas für euch, was eure Laune heben könnte. Wir haben das Codebuch gefunden, mit dem sich die Daten entschlüsseln lassen, die wir auf dem Laptop von Sascha Schultheiss entdeckt haben.« Man konnte nun förmlich spüren, wie sich die Spannung über den Raum legte, sämtliche Augenpaare waren auf ihn gerichtet. »Und ihr werdet es kaum glauben: Wir sind auf einen Namen gestoßen, der uns nicht gänzlich unbekannt ist«, erklärte er, erhob sich und schrieb ihn an die Dokumentationstafel, auf der die wichtigsten Ermittlungsergebnisse zusammengefasst wurden.

Jana starrte auf die Tafel, es dauerte einen Moment, bis es Klick machte. »Was hat das nun wieder zu bedeuten?«, fragte sie in die Runde.

»Keine Ahnung, ob es überhaupt etwas zu bedeuten hat«, räumte König ein und setzte sich wieder. »Aber das wollte ich euch auf keinen Fall vorenthalten.«

»Ich will in spätestens einer Stunde ein Dossier von ihr auf dem Tisch haben, das übernimmst du, Steffen. Hast du sonst noch Neuigkeiten für uns?«, wollte Jana von König wissen.

»Die Telefonnummer, die auf Sascha Schultheiss' Prepaidhandy gespeichert war, gehört Kettler. Wir haben bei ihm ebenfalls ein altes Nokia gefunden. Da waren noch weitere Nummern eingespeichert, wir wissen allerdings bisher nicht, zu wem sie gehören. Die Analyse der Spuren vom Tatort Frank Ludwig im Eppendorfer Moor mussten wir auf heute verschieben, unser Fokus lag zunächst darauf, euch die Ergebnisse zur Kettler-Immobilie liefern zu können. Daran haben wir die halbe Nacht gearbeitet. Das gilt übrigens auch für die wenigen Spuren, die wir in deinem Hausflur sichergestellt haben,

Jana. Die nehme ich mir gleich persönlich vor. Wir haben im Moment einfach viel zu viel um die Ohren und viel zu wenig Leute.« Er hob entschuldigend die Hände.

»Kein Ding, Hotte. Ihr habt tolle Arbeit geleistet. Wie ihr alle im Übrigen. Danke dafür«, wandte sich nun Jana an das SoKo-Team. Dann gingen sie dazu über, das weitere Vorgehen abzustimmen.

Kapitel 42

»Ganz schön leichtsinnig von dir, hier aufzukreuzen. Die Ärzte waren sicherlich not amused, dass du dich selbst entlassen hast«, meinte Hempel, als er ihr Büro betrat, den Besucherstuhl umdrehte und sich rittlings daraufsetzte.

»War ja letztlich halb so wild. Unkraut vergeht nicht.« Jana machte eine wegwerfende Handbewegung. Dabei lächelte sie schief.

»Und dein alter Herr?«

»Ich muss zugeben, dass ich mehr als überrascht war, dass er sich gleich aufgemacht hat und nach Hamburg gekommen ist. Ich habe mich wirklich sehr darüber gefreut. Bin ihm offenbar doch nicht so egal, wie er mich jahrelang hat glauben lassen. Wir haben vorhin noch einmal telefoniert, er war auch nicht gerade begeistert, dass ich mich selbst aus dem Krankenhaus entlassen habe. Wenn wir das zeitlich gelevelt bekommen, gehen wir zusammen essen. Aber genug des Small Talks, was brennt dir auf der Seele?«

»Seit wir im Fall Lambrecht ermitteln, check ich jeden Morgen die Vermisstenmeldungen, und zwar nicht nur die von Hamburg. Gestern Mittag ist ein zweiunddreißigjähriger Familienvater aus Hövelhof bei Paderborn spurlos verschwunden. Er war mit dem Rennrad unterwegs. Der Typ ist Fitnesstrainer.«

»Du meinst …« Jana ließ die Worte unausgesprochen.

»Wäre doch denkbar.«

»Schon, aber nicht jeder Vermisstenfall muss zwangsläufig mit der Organhandel-Mafia im Zusammenhang stehen.« Sie runzelte kurz die Stirn und wurde im selben Moment schmerzhaft an die Begegnung mit ihrem Angreifer erinnert.

»Nee, natürlich nicht. Aber vielleicht gibt es eine Möglichkeit rauszufinden, ob da eine Verbindung besteht. Dazu sind wir allerdings mehr denn je auf die Mitarbeit vom FDZ angewiesen – aber leider befindet sich das ja in NRW. Wir können da nicht mal eben vorstellig werden. Sofern der Datenklau überhaupt da erfolgt, was ja bisher reine Spekulation von uns ist«, erklärte er schulterzuckend.

»Um ehrlich zu sein, beruht im Fall Lambrecht das meiste auf Mutmaßungen. Also, was hast du im Sinn?«, wollte Jana wissen, die noch nicht wusste, worauf ihr Partner abzielte.

»Setzen wir mal voraus, die Daten werden dort gestohlen, dann müsste sich ja nachvollziehen lassen, ob jemand gesteigertes Interesse an bestimmten Patienteninformationen gehabt hat.« Steffen kratzte sich am Kinn. »Egal ob man sich unerlaubt von draußen Zugriff verschafft hat oder ein Insider wie zum Beispiel Leon Gruber, immerhin Leiter der IT-Abteilung vom FDZ, dahintersteckt: Wir müssten den Namen des verschwundenen Mannes aus Paderborn mal überprüfen lassen. Genauso wie den der Lambrecht und der anderen Personen, die wir anhand des zeitlichen Zusammenhangs mit den Zahlungseingängen auf Reinhold Brandts Konto und deren Verschwinden als mögliche unfreiwillige Spender identifiziert haben.«

Jana nickte bedächtig. »Digitale Fußspuren, hast recht. Wenn jemand gesteigertes Interesse an Spenderkandidaten hatte, muss man das durch Überprüfung interner Zugriffe auf die Patientendaten der uns bekannten Personen nachvollziehen können. Das ist genial, Steffen!« Schon hatte sie ihr Handy in der Hand, um Stöver anzurufen.

Kapitel 43

»Ich habe alles erledigt, heute Abend machen wir einen Abflug.«

»Du denkst, das ist eine gute Idee?« Ein unsicheres Schniefen folgte.

»Wir wussten, dass dieser Tag kommen könnte. Nun ist es halt so weit. Es ist alles vorbereitet. Wir werden das Land verlassen, untertauchen und es uns von jetzt an richtig gut gehen lassen.«

»Und wenn sie uns doch irgendwann schnappen?«

Es folgte ein kehliges Lachen. »Die können uns gar nichts anhaben, es gibt kein Auslieferungsabkommen mit Deutschland.«

»Ach so.« Sie klang immer noch nicht überzeugt.

»Mach dir keine Sorgen, Liebes. Ich habe alles im Griff. Ich muss jetzt auflegen. Ich hole dich um Punkt 23 Uhr ab«, sagte er, und gleichzeitig führte er eine letzte Überweisung aus, die ihnen das zukünftige süße Leben unter Palmen sichern würde.

»Darf ich fragen, was Sie von meiner Freundin wollen?« Mats Arnold, der Gitarrist *von Baphomet's Disciples,* war sichtlich verärgert darüber, dass die Ermittler ihn aus dem Bett geklingelt hatten. Dabei war es schon fast Mittag.

»Es haben sich einige Fragen wegen Marion Hufnagel ergeben. Also, wo finden wir Denise Gebauer?«, wollte Kruse wissen. Neue Erkenntnisse hatten sie durch das Dossier über Denise Gebauer, deren Namen auf Leif Kettlers decodierter Liste von potenziellen und tatsächlichen Mitgliedern seiner Sekte gestanden hatte, zunächst nicht gewinnen können. Nach dem ersten Leichenfund war sie als Kontaktperson im Zuge der Ermittlungen überprüft worden. Und trotz der Tatsache, dass die Frau eine gebürtige Kielerin und erst vor knapp vier Jahren nach Hamburg gezogen war, blieb sie bislang unter ihrem Radar. Obwohl sie zu dem Zeitpunkt, als 2016 die Leiche des unbekannten Mannes mit der Baphomet-Münze gefunden worden war, noch in der Landeshauptstadt Schleswig-Holsteins gelebt hatte. *Wieso hat uns das zuvor nicht schon stutzig gemacht?*, hatte Jana ihn gefragt und sofort zum Handy gegriffen, um ihren ehemaligen Kollegen Jochen von der Kieler Polizei anzurufen. Ihm verdankten sie es schließlich, dass sie mittlerweile wussten, dass die junge Frau nach dem infolge massiven Alkoholkonsums eingetretenen Tod ihrer alleinerziehenden Mutter – der Vater galt als unbekannt – vom elften Lebensjahr bis zur Volljährigkeit bei drei verschiedenen Pflegefamilien und zuletzt im Kinderheim gelebt hatte. Sie galt als schwieriger Charakter und war immer wieder durch gewalttätiges Verhalten aufgefallen. Wie es dem Kieler Kollegen innerhalb von nicht einmal zwei Stunden gelungen war, diese Information zutage zu fördern, war ihr immer noch ein Rätsel. Aber letztlich war es auch egal.

»Sie kannte Marion doch kaum.« Arnold zog die Stirn kraus.

»Wo finden wir Frau Gebauer?«, hakte Kruse ungeduldig nach.

»Auf der Arbeit. Wo sollte sie sonst um diese Zeit sein?«, erwiderte der Musiker genervt.

»Danke«, entgegnete der Ermittler. Er hatte sich bereits zum Gehen gewandt, als ihm noch etwas einfiel. »Wie ausgeprägt ist eigentlich das Interesse Ihrer Freundin für Satanismus und Schwarze Messen?«

»Mann, was soll'n die dämliche Frage? Sie glauben doch nicht ernsthaft, dass Denise was mit Marions Tod zu tun hat!« Er zeigte ihm einen Scheibenwischer.

Doch Kruse antwortete nicht, sondern stand einfach nur da und taxierte Arnold.

»Sie haben doch 'nen Knall«, knurrte der Musiker, verschwand in den Flur und ließ die Wohnungstür krachend hinter sich ins Schloss fallen.

»Dann fahren wir jetzt mal zu dieser Praxis, in der Denise Gebauer arbeitet. Mal sehen, was sie uns zu sagen hat«, wandte sich Henning an die Kollegin der SoKo, die ihn begleitete.

Kapitel 44

Präsidium, 13:17 Uhr

Am späten Vormittag hatte der Schädel wild zu pochen begonnen – wie ein Hammer, der immer wieder auf einen Amboss schlug, hatte es sich angefühlt. Deshalb hatte sich Jana eine kleine Auszeit gegönnt, eine Ibuprofen eingeschmissen und ein wenig auf dem Bürostuhl gedöst. Es war zwar nicht sonderlich bequem gewesen, hatte aber trotzdem gutgetan. Geweckt wurde sie vom Regen, der seit dem Morgen unermüdlich niederprasselte, und vom Wind, der immer heftiger gegen ihr Bürofenster peitschte. Es gab eine Orkanwarnung für Hamburg, und es sah nicht danach aus, dass die Hansestadt von dem Unwetter verschont blieb.

Nachdem sie eine Kleinigkeit in der Kantine gegessen hatte, machte sich Jana an die Arbeit und rief erneut bei der Leiterin des Jugendheims St. Barbara in Kiel an, jener Einrichtung, in der Denise Gebauer die letzten drei Jahre bis zu ihrer Volljährigkeit verbracht hatte. Sie hatte bereits am Vormittag vergeblich versucht, sie zu erreichen. Die Kontaktdaten hatte sie von Jochen erhalten, der ihr außerdem bestätigte, dass die Frau schon während Denises Aufenthalt dort angestellt gewesen war.

Die Leiterin nahm nach dem fünften Klingeln ab und erklärte sich schließlich bereit, sogleich am Telefon einige Fragen zu der ehemaligen Heiminsassin zu beantworten.

»Denise hat unseren Informationen zufolge in den vier Jahren nach dem Tod ihrer Mutter bei drei verschiedenen Pflegefamilien gelebt. Sie ist jedes Mal wieder im Heim gelandet. Warum?«, fiel Jana mit der Tür ins Haus. Sie konnte hören, wie die Frau am anderen Ende der Leitung schwer atmete.

»Dafür gab es unterschiedliche Gründe«, meinte sie schließlich. »Denise war ein sehr jähzorniges Kind, das oft versuchte, Konflikte mit Gewalt zu lösen, was angesichts dessen, was sie zu Hause erlebt hat, auch kein Wunder war.«

»Sie wurde von ihrer Mutter geschlagen?« Von ihrem alten Kieler Kollegen hatte Jana erfahren, dass die Frau schwer alkoholkrank gewesen war, da lag die Vermutung auf der Hand, dass es damals im Rausch auch oft zu Gewaltausbrüchen kam.

»Mehr als einmal«, bestätigte die Leiterin des Heims. »Die ersten beiden Pflegefamilien hatten jeweils noch ein eigenes Kind. Als sie vor Denise kapitulierten, war das nicht zuletzt auch deshalb, um die eigene Tochter beziehungsweise den Sohn zu schützen.«

»Verstehe«, murmelte Jana und machte sich einige Notizen. »Wie war es bei der dritten Familie?«

Die Frau seufzte gut vernehmlich. »Da lag der Fall etwas anders. Denise war ein extrem rebellischer Teenager, ist immer weit übers Ziel hinausgeschossen, um es mal salopp zu formulieren. Wir durften uns später ja ebenfalls davon überzeugen, weil sie fast drei Jahre bei uns zugebracht hat. Alkohol, extreme Musik, einige nachgewiesene Ladendiebstähle, die falschen Freunde aus Sicht der Pflegeeltern, um ein paar Dinge beim Namen zu nennen. All das war das Ehepaar, das sich Denise angenommen hatte, zu tolerieren bereit, bis …« Eine kurze Stille folgte.

»Bis …?«, hakte Jana nach.

»Der Hund der Familie war plötzlich verschwunden und ist auch nicht mehr aufgetaucht. Ein Golden Retriever. Das Ganze hat sich kurz nach einem heftigen Streit mit der Pflegemutter zugetragen, die sehr an dem Hund hing. Als das Paar am Nachmittag von der Arbeit gekommen ist, war er einfach verschwunden. Denise spielte die Unwissende und behauptete, die Terrassentür hätte offen gestanden, als sie von der Schule zurückkam. Der Hund sei schon da nicht mehr zu Hause gewesen.«

Jana richtete sich kerzengerade auf. Wenn die Gebauer tatsächlich etwas mit dem Verschwinden des Hundes zu tun gehabt hatte – und vorausgesetzt, sie war die Mörderin von Marion Hufnagel – war sie hier möglicherweise auf eine heiße Spur gestoßen. Denn viele Gutachten bewiesen, dass ein sehr hoher Prozentsatz jugendlicher Tierquäler später auch Gewalt an Menschen übte, die sich sogar bis zu deren Ermordung steigerte. Ted Bundy fiel ihr in diesem Zusammenhang als Erstes ein. Der Werdegang der Verdächtigen war ja geradezu als »schulbuchmäßig« zu bezeichnen, und ein Psychologe hätte jetzt vermutlich mit der Zunge geschnalzt. »Die Eltern haben ihr die Story nicht abgenommen, nehme ich an?«

»Wo denken Sie hin? Sie müssen wissen, dass Denise sich zu diesem Zeitpunkt schon längst für okkultistische Bräuche, Schwarze Messen und so ein Zeug interessiert hat. Sie war regelrecht besessen davon, wie wir später auch feststellen mussten. Hat sich jede Menge Filme und Dokus angeschaut. Die damalige Heimleitung meinte, das würde sich schon wieder geben, das sei nur eine Phase. Und tatsächlich ist Denise im letzten Jahr hier bei uns ein wenig angepasster gewesen, um es einmal so auszudrücken.«

In Janas Hirn rasten die Gedanken im Tempo eines D-Zuges. Die Informationen, welche die Heimleiterin gerade lieferte, ergaben auf eine verstörende Art und Weise Sinn, sodass alles zusammengenommen unmöglich ein Zufall sein konnte. »Könnten Sie sich vorstellen, dass Denise an einer psychischen Störung leidet?«, fragte sie.

»Ich würde es nicht kategorisch ausschließen. Aber mit Gewissheit kann ich es nicht sagen.«

Jana dachte fieberhaft nach, welche Frage sie als Nächstes stellen sollte. Ihr gingen unglaublich viele Dinge auf einmal durch den Kopf. »Sie erwähnten eben Denises ausgeprägtes Interesse an okkultistischen Bräuchen und für Schwarze Messen. Wissen Sie, ob sie auch an solchen Messen teilgenommen hat?«

»Ausschließen würde ich es jedenfalls nicht. Aber woher sollte ich das wissen? Jugendliche probieren doch allerhand aus, wovon die Eltern oder wie in unserem Fall die Heimangestellten nicht mal ansatzweise etwas ahnen«, antwortete die Leiterin der Einrichtung wie selbstverständlich und traf damit den Nagel auf den Kopf. »Auf jeden Fall erinnere ich mich daran«, fuhr die Frau fort, »dass sie ein Pentagramm auf dem Unterarm tätowiert hatte. Sie war damals noch nicht volljährig, und natürlich hat sie sich das Ding irgendwo ohne unsere Zustimmung illegal stechen lassen.«

Derartige Tätowierungen waren zwar heutzutage nichts Besonderes mehr, gerade in der Heavy-Metal-Szene, dennoch notierte Jana diese Info ebenfalls.

»Ist Denise Ihnen gegenüber auch einmal gewalttätig gewesen?«

»Nein, zum Glück nicht. Aber einer meiner Kollegen hat mal was abbekommen. Wenn ich mich richtig erinnere, hat sie ihn heftig gegen eine Wand geschubst, weil er ein Messer in ihrem Zimmer konfisziert hat.«

Sofort kam Jana ihre eigene Begegnung mit dem Unbekannten im Hausflur in der vergangenen Nacht in den Sinn, da ihr genau dasselbe widerfahren war. Die Information mit dem Messer schrieb sie ebenfalls nieder. Sie wollte gerade zu einer weiteren Frage ansetzen, als eine eingehende Mail von Horst König mit dem Betreff »dringend lesen« ihre Aufmerksamkeit erweckte. Jana öffnete sie sofort.

Denise Gebauers Handy war in der Nacht vom 10. auf den 11.04. um 00:27 Uhr in einer Funkzelle in der Nähe des

Friedhofs Wohldorf-Ohlstedt eingeloggt. Fragt sie doch mal, was sie um die Zeit da wollte ;-)

Haben wir dich, dachte Jana zuversichtlich. Wenn das noch ein Zufall war, dann wusste sie auch nicht. »Ich muss leider jetzt dringend einen anderen Anruf erledigen. Aber Sie haben mir definitiv sehr geholfen«, meinte Jana und verabschiedete sich von der Heimleiterin. Ein weiteres Puzzlestück schien an seinen Platz zu wandern.

Kapitel 45

»Die letzten Untersuchungsergebnisse liegen uns jetzt vor, Herr Schindler. Die Operation kann wie geplant stattfinden.«

Maximilian Schindler schloss die Augen, legte den Kopf in den Nacken und dankte im Stillen Gott, an den er nicht einmal glaubte, für diese gute Nachricht. »Der Eingriff findet wie geplant um neunzehn Uhr statt?«, vergewisserte sich der Wiener Geschäftsmann.

Der Mann in Weiß bejahte. »Das Transplantationsteam wird dann bereitstehen«, erwiderte er mit einem breiten Lächeln.

»Mir wäre wohler, die Operation würde hier in der Klinik stattfinden.«

»Aber das hatten wir doch bereits ausführlich besprochen, Herr Schindler. Das wäre viel zu riskant. Glauben Sie mir, wir haben die bestmögliche Alternative geschaffen, die sicher und zugleich komfortabel genug für die Patienten ist. Vertrauen Sie mir, wir verfügen über jahrelange Erfahrung damit. Unser Vorgehen hat sich bereits mehr als bewährt«, versuchte er, den Mann zu beruhigen.

Schindler hob beschwichtigend die Hände. »Ich weiß, sonst wären wir kaum hier. Es ist nur so …« Er hielt den Atem an. »… der Gedanke, was meiner Tochter bevorsteht, bereitet mir riesige Angst.«

Der Arzt bedachte ihn mit mehrfachem Nicken und mitfühlenden Blicken. »Das ist doch mehr als verständlich«, sagte er. »Aber versuchen Sie, nicht daran zu denken. Sehen Sie nur die Chance, die sich für Ihre Tochter ergibt. So leid es mir tut, ich muss Sie jetzt bedauerlicherweise bitten, zu gehen. Die Pflicht ruft. Der Fahrdienst wird Sie pünktlich um 17:30 Uhr abholen.«

»Natürlich«, meinte Schindler und reichte die Hand zum Abschied. Er hatte schon die Klinke hinuntergedrückt, als er sich noch einmal umwandte. »Welches Handicap haben Sie?«, wollte er wissen und deutete mit dem Kinn auf die Übungsgolfbahn, die im Büro aufgebaut war.

»Minus sieben«, erwiderte der Mann in Weiß nicht ohne Stolz. »Ich spiele bereits seit über zwanzig Jahren.«

»Nicht schlecht und deutlich besser als mein Handicap. Wir sollten einmal gemeinsam eine Runde drehen, irgendwann, wenn Sie mich mal in Wien besuchen.« Schon war Schindler zur Tür hinaus.

Es dauerte keine zwei Minuten, und der nächste Besucher trat ein. Dieser war der Grund dafür gewesen, dass er Schindler auf schnellstem Wege hatte loswerden wollen. Der Mann trat an den Schreibtisch und blieb davor stehen.

»Pünktlich auf die Minute«, meinte er. »Wir werden diese Zuverlässigkeit vermissen, auch wenn bei der letzten Fuhre etwas schiefgelaufen ist.«

»Und doch hat die Firmenleitung entschieden, meine Dienste zukünftig nicht mehr in Anspruch zu nehmen.

In Anbetracht der aktuellen Entwicklungen ist das aber absolut nachvollziehbar. Wer konnte auch ahnen, dass dieser Trottel einen Unfall baut? Unabhängig davon wird mir die Luft in Hamburg allmählich selbst zu dünn. Dir ist klar, dass ich meine Reisepläne nur deinetwegen geändert habe?«

»Das wissen wir sehr zu schätzen. Aber wir lassen es uns ja auch eine Kleinigkeit kosten«, erwiderte er, öffnete die Schreibtischschublade und holte einen großen braunen Umschlag heraus. »Zwanzigtausend, wie besprochen«, erklärte er und reichte dem Cleaner das Kuvert.

»Danke.« Er nahm den Umschlag entgegen und ließ ihn in die Innentasche seines Mantels gleiten. »Für heute Abend ist alles geregelt. Ich kümmere mich persönlich darum. Allerdings bin ich einigermaßen überrascht, dass ihr einfach so weitermacht, als ob nichts geschehen wäre. Ich an eurer Stelle hätte wenigstens so lange gewartet, bis Gras über die Sache gewachsen ist.«

Sein Gast zuckte mit den Schultern. »Vermutlich hast du recht. Allerdings hatten wir dem Kunden bereits fest zugesagt und der Gesundheitszustand seiner Tochter lässt keinen Aufschub zu. Abgesehen davon fischen die Bullen nach wie vor im Trüben, wenn du mich fragst. Was haben die denn schon in der Hand?« Er lachte höhnisch auf. »Nichts als Vermutungen. Keine Spur führt zu uns. Außerdem haben wir einen guten Ruf zu verlieren. Immerhin kommt der Mann auf direkte Empfehlung unseres Vermittlers. Wenn sich erst mal rumspricht, dass wir uns nicht an Vereinbarungen halten, na ja, du weißt ja selber«, erklärte er und machte eine wegwerfende Handbewegung.

Kapitel 46

14:01 Uhr, Vernehmungsraum

Henning Kruse und seine Kollegin hatten sich in Geduld üben müssen, bis sie Denise Gebauer endlich zu Gesicht bekamen. Um kurz vor halb eins vor der Praxis ihres Arbeitgebers angekommen, mussten sie feststellen, dass diese von zwölf bis vierzehn Uhr geschlossen war. Die Gesuchte ignorierte auch mehr als eine Dreiviertelstunde lang die Anrufe auf ihrem Handy. Kruse hatte bereits befürchtet, dass ihr Freund Mats Arnold die Frau möglicherweise vorgewarnt hatte und sie sich nun auf der Flucht befand. Wie sich bei ihrem Rückruf herausgestellt hatte, war die Verdächtige beim Friseur gewesen, und zwar mit ausgeschaltetem Handy. Kurzerhand hatten sie die Arzthelferin bei der Adresse des Friseurs abgeholt und waren mit ihr zwecks der Befragung ins Präsidium gefahren. Die Vernehmung nahm Henning nun mit Jana vor.

»Sie bleiben also dabei, dass Sie keinen Rechtsbeistand wünschen, Frau Gebauer? Ich möchte noch einmal darauf hinweisen, dass Sie bei der Befragung als Beschuldigte und nicht als Zeugin gelten«, fuhr Kruse fort, nachdem die Formalitäten geklärt waren. Diesmal sollte er die Vernehmung leiten, während Jana, die rechts neben ihm Platz genommen hatte, sich erst einmal zurücknehmen wollte.

Denise Gebauer, die Frau mit dem engelsgleichen Gesicht, saß mit verschränkten Armen wie ein trotziges Kind vor ihnen. »Da ich nichts mit diesem Mord zu tun habe, brauche ich keinen Rechtsverdreher«, meinte sie schließlich laut und deutlich für die Kamera, die alles aufzeichnete. Auf Jana machte sie einen entspannten, fast schon überheblichen Eindruck.

»Also gut, beginnen wir. Sie haben ausgesagt, dass Sie Frau Hufnagel kaum gekannt haben und sie zuletzt vor einigen Wochen gesehen haben. Bleiben Sie bei dieser Aussage?«

»Genauso war's.«

»Wo waren Sie am Abend des neunten April gegen neunzehn Uhr?«

»Zu Hause«, kam es wie aus der Pistole geschossen.

»Kann das jemand bezeugen?«

»Nope, Mats war bei der Probe. Hab ich auch schon beim ersten Mal erzählt.« Sie verdrehte die Augen.

»Vielleicht hat Sie ja einer der Nachbarn gesehen, als Sie von der Arbeit kamen?«, ließ Kruse nicht locker.

Denise Gebauer beugte sich nach vorn und kniff die Augenlider zusammen. »Warum eiern Sie so herum und fragen mich nicht direkt, ob ich Marion auf dem Gewissen habe?« Dann lehnte sie sich wieder zurück.

»Haben Sie?«

»Nope, ich schwöre.« Die Verdächtige streckte Daumen sowie Zeige- und Mittelfinger in die Höhe.

»Ich glaube, Ihnen ist der Ernst der Lage nicht bewusst«, meinte Henning nun, wofür er ein hämisches

Grinsen erntete. »Sie haben also Frau Hufnagel an jenem Abend nicht auf dem Weg zum Fitnesscenter abgepasst, um sie später umzubringen?«

Wieder antwortete die Frau mit einem einsilbigen Nope. »Haben Sie Ihre Wohnung im Lauf des Abends noch einmal verlassen?« Ein Kopfschütteln. »Wo waren Sie in der Nacht vom zehnten auf den elften April?«

»Alter, im Bett, wo sonst? Schließlich muss ich morgens früh raus.«

»Wie erklären Sie uns dann, dass Ihr Handy kurz nach Mitternacht in der Nähe des Friedhofs Wohldorf-Ohlstedt geortet wurde? Also genau da, wo wir Marion Hufnagels Leichnam gefunden haben.«

»Nice try, Mr. Detective. Aber das kann nicht sein«, erwiderte sie. Allerdings klang ihre Stimme aus seiner Sicht in diesem Moment eine Nuance zu schrill. Und Jana schien das auch nicht entgangen zu sein, wie er bemerkte, als er kurz zu ihr hinüberblickte.

Er schob einen Auszug der Handyortung über den Tisch, den König ihnen per Mail geschickt hatte. »Wissen Sie, was das ist?« Sie verneinte trotzig. »Das ist das Ergebnis einer Triangulation. Wie Sie sehen, ist das eindeutig Ihre Handynummer, oder?« Eine Reaktion blieb aus, also sprach Kruse weiter. »Um 00:27 Uhr war Ihr Handy ganz kurz in diesem Gebiet eingeloggt.« Er deutete auf einen roten Punkt im Scheitel dreier Kreise. »Da ist weit und breit nichts anderes außer dem besagten Friedhof. Wenn Sie nicht selbst vor Ort waren, wie kam dann Ihr Handy dorthin?«

Sie zuckte mit den Schultern. »Ein Messfehler, was weiß ich.«

»Nun, zu Hause waren Sie zu dieser Zeit jedenfalls nicht. Das hat Ihr Freund eben bestätigt.« Sie runzelte die Stirn, antwortete allerdings nicht. »Gut, belassen wir es erst einmal dabei. Wie wir hörten, haben Sie ein ausgeprägtes Interesse an satanistischen Ritualen. Das hat uns Ihre ehemalige Heimbetreuerin in Kiel bestätigt, und es geht aus Leif Kettlers Unterlagen hervor, den Sie vermutlich nur als den *Logenmeister* kennen. Sie haben den Aufzeichnungen des Mannes zufolge an einer Zeremonie seiner Sekte teilgenommen.« Kruse sprach nicht weiter, sondern ließ die Worte einfach im Raum stehen.

Auch wenn Denise Gebauer sichtlich darum bemüht war, die Fassung zu wahren und keine Reaktion zu zeigen, gelang ihr das nur bedingt. Die ganze Zeit über hatte sie ruhig dagesessen und die Fragen über sich ergehen lassen. Doch jetzt nestelte sie hektisch am Ring ihrer linken Hand.

»Ja, und?«, sagte sie patzig. »Wo ist das Problem? Viele Menschen interessieren sich dafür.«

»Das stimmt«, räumte Kruse ein. »Wenn dann aber aus dem Umfeld einer Person, die ein gesteigertes Interesse an Opferritualen zeigt, ein Mensch getötet wird, der wiederum offenbar Opfer eines satanistisch motivierten Mordes wurde, dann wirft das Fragen auf. Vor allem, wenn das Alibi auf wackeligen Füßen steht.«

»Bullshit. Ich wiederhol's gerne noch mal: Ich habe keine Ahnung, wieso mein Handy in der Nähe des

Friedhofes eingeloggt gewesen sein soll.« Der Blondschopf mit der Stupsnase wirkte nicht mehr so selbstsicher wie zu Beginn der Befragung, was beiden Ermittlern nicht entgangen war.

Ein Klingelton durchbrach die Stille. Janas Handy, eine Nachricht von König. Sie öffnete die Mail und warf einen erstaunten Blick aufs Display. Dann stieß sie Henning leicht mit dem Ellbogen an und zeigte ihm, was ihr der Leiter der KTU soeben geschickt hatte. Seine Augen weiteten sich schlagartig. Das war deutlich mehr, als sie zu hoffen gewagt hatten, nachdem Denise Gebauers Handy beschlagnahmt worden war.

»Vielleicht wollten Sie mal ausprobieren, wie es sich anfühlt, einen Menschen zu töten. Das Gefühl der Macht erleben, wie Sie es Jahre zuvor schon erlebt hatten, als Sie den Hund Ihrer Pflegeeltern im Namen Satans geopfert haben«, ergriff nun Jana die Initiative. Die Anspielung auf das plötzliche Verschwinden des Vierbeiners der damaligen Pflegeeltern war nur ein Schuss ins Blaue. Aber um den Druck auf die junge Frau zu erhöhen, musste man auch schon mal in die Trickkiste greifen.

Dann zeigte sie der Verdächtigen das Foto, welches König ihr gerade geschickt hatte. Darauf zu sehen war die tote Marion Hufnagel, eingehüllt in eine Plane. Offenbar war es aufgenommen worden, kurz bevor man sie auf dem Friedhof verscharrt hatte. Die Metadaten stimmten mit dem Zeitpunkt überein, als das Smartphone der jungen Frau in der Nacht vom zehnten auf den elften April von den Handymasten erfasst worden war. Das legte die Vermutung nahe, dass Denise Gebauer in einem Anfall von Leichtsinn ein Foto des Opfers geschossen hatte, denn sowohl zuvor und auch unmittelbar danach war das Gerät offenbar ausgeschaltet gewesen. »Sie haben versucht, das Bild zu löschen, nachdem mein Kollege Sie angerufen hat. Sie sollten wissen, dass es heutzutage kein Problem ist, solche Daten wieder herzustellen.«

Aus sonst so strahlend blauen Augen funkelte die Verhörte sie jetzt böse an, sie presste die Lippen fest aufeinander. Doch auch wenn ihre Fassade sichtbare Risse bekommen hatte, sie bröckelte noch nicht. Denise Gebauer schwieg beharrlich.

»Oder war Marion Hufnagel gar nicht Ihr erstes Opfer? Haben Sie gemeinsam mit Sascha Schultheiss 2016 einen Mann in Kiel ermordet und im Wald verscharrt?«, holte Jana zum nächsten Schlag aus.

Unmittelbar nachdem sie vorhin mit Jochen telefoniert hatte, war ihr etwas eingefallen. In Schultheiss' Vita hatte gestanden, dass der Mann mehrere Jahre als Hilfsarbeiter auf einem Bauernhof gearbeitet hatte, dessen Besitzer seine eigenen Erzeugnisse schon damals per Lieferservice verkaufte. Als sie die Adresse des Hofes überprüft hatte, musste sie erst mal schlucken: Er lag nicht einmal fünf Kilometer entfernt von dem Kinder- und Jugendheim, in dem auch Denise Gebauer gelebt hatte. Ein weiterer Anruf bei der Heimleiterin hatte dann Gewissheit gebracht. Das Heim bezog bereits seit vielen Jahren Obst, Gemüse und auch Fleisch von dem Besitzer des besagten Bauernhofs. Und

Schultheiss war damals offenbar ebenfalls in der Einrichtung ein- und ausgegangen. Die Heimleiterin hatte den Mann sofort wiedererkannt, als Jana ihr ein Foto geschickt hatte. Das waren ein paar Zufälle zu viel.

Die Gesichtszüge der jungen Frau entgleisten förmlich. Treffer versenkt, jubelte Jana innerlich. Aber schon nach wenigen Sekunden begann Denise Gebauer zu lächeln.

»Finden Sie's doch raus, wenn Sie so oberschlau sind. Ich sag jedenfalls kein weiteres Wort mehr, ich will jetzt doch einen Anwalt anrufen«, sagte sie schnippisch.

»Sie wollen also immer noch leugnen?« Henning warf ihr einen verwunderten Blick zu.

»Anwalt«, wiederholte Denise Gebauer nur schief grinsend.

»Hat keinen Zweck mehr,« Jana stand auf, stoppte die Aufnahme und verließ den Raum. Ihr Partner folgte ihr.

Sie öffnete die Tür zum Nebenraum, in dem Christian von Falkenhayn die Vernehmung durch den venezianischen Spiegel und mithilfe der Videoaufnahmen, die live auf einen Bildschirm übertragen wurden, beobachtet hatte.

»Und, wie lautet deine Einschätzung?«, fragte sie den Leiter der Abteilung Operative Fallanalyse vom LKA, der auch ein Psychologiestudium absolviert hatte. Sie lehnte sich gegen den Schreibtisch, an dem er saß. Henning stellte sich neben sie.

»Nach ein paar Minuten ist das schwer zu sagen. Aber ich denke schon, dass sie psychopathische Züge gepaart mit einer gehörigen Portion Narzissmus aufweist. Es gab einen kurzen Moment, da war ich mir sicher, dass sie zusammenbricht.«

»Hab ich auch gedacht. Spätestens als wir den Namen Sascha Schultheiss ins Spiel gebracht haben. Da hat sie gewackelt, ist aber nicht umgekippt. Warum zum Teufel?« Jana schlug mit der Faust auf die Tischplatte, dass es laut krachte.

»Als ihr sie in die Enge getrieben habt, wusste sie anfangs nicht, wie sie mit der Situation umgehen sollte. Die Indizien sprachen gegen sie. Oder sie hat uns von Beginn an nur etwas vorgespielt, ich kann es dir nicht mit Bestimmtheit sagen. Für den Fall, dass ihre Unsicherheit nicht geschauspielert war, befürchte ich allerdings, dass ihr der jungen Dame indirekt einen Ausweg auf dem Silbertablett serviert habt«, erklärte von Falkenhayn und rieb sich das Kinn.

»Ich glaub, ich habe mich verhört«, entgegnete Henning angesäuert.

»Würdest du mir mal erklären, wie du darauf kommst?« Jana blickte den LKA-Kollegen ernst an.

»Nun …« Er räusperte sich. »So, wie sie auf den Namen Schultheiss reagiert hat, spricht ja in der Tat einiges dafür, dass sich die beiden kennen. Und zwar ungeachtet der Tatsache, dass ihr weder auf ihrem noch auf seinem Handy einen Hinweis gefunden habt. Vielleicht sind die beiden sogar Komplizin und Komplize auf die eine oder andere Art. Das würde übrigens auch erklären, woher Denise wusste, wo sie Marion Hufnagels

Leiche loswerden konnte – Schultheiss hatte durch die angehende Beerdigung Kenntnis von dem ausgehobenen Grab. Setzen wir ferner voraus, Denise ist tatsächlich unsere gesuchte Mörderin und weiß, dass Sascha im künstlichen Koma liegt ...«

»... dann könnte sie jetzt versuchen, ihm alles in die Schuhe zu schieben und behaupten, er hätte sie dazu gezwungen, bei der Entsorgung der Leiche mitzumachen – in der Hoffnung, dass er nie mehr aufwacht, um das Gegenteil zu beweisen!«, beendete Henning den Satz und schlug sich mit der flachen Hand vor die Stirn.

»Ach du Scheiße«, war das Einzige, was Jana über die Lippen brachte, bevor sie aus dem Raum stürmte.

Kapitel 47

»Gut, dass ich dich treffe«, meinte Steffen, als sie auf den Flur trat. Fast wäre sie in ihn hineingerannt.

Jana stoppte abrupt und drehte sich zu ihm um. »Was ist?«, fragte sie ungewohnt schroff.

Der Glatzkopf wich einen Schritt zurück und hob die Hände. »Alter Falter, ich komme in Frieden.«

»Ach sorry, nimm's mir nicht krumm. Kopfschmerzen und eine unerwartete Wende der Ereignisse im Fall Gebauer.« Sie winkte ab und marschierte weiter in Richtung ihres Büros. Hempel folgte ihr, während sie ihm in wenigen Worten von Denise Gebauers Vernehmung berichtete.

»Und wenn sie's wirklich nicht war?«

»Come on, Steffen. Die ist so unschuldig wie die Jungfrau Maria. Aber lassen wir das für den Moment, sonst reg ich mich nur wieder unnötig auf, was meiner Gehirnerschütterung nicht unbedingt zuträglich ist. Was wolltest du mir erzählen?« Plump ließ sie sich auf ihren Bürostuhl fallen.

Steffen blieb stehen. »Fangen wir mit der aktuellsten Information an, die zugegebenermaßen ein wenig seltsam ist. Sämtliches Geld von Brandts Cayman-Konto wurde heute auf ein anderes Konto weiterüberwiesen.«

Jana dachte, sich verhört zu haben. »Wie, die Kohle ist weg? Wie ist das möglich?«

»Tja, gute Frage. Entweder hat seine Frau Zugriff auf das Konto, und sie hat uns die ganze Zeit über nur die Unwissende vorgespielt. Es könnte auch eine Person gewesen sein, die wir bislang nicht auf dem Schirm haben, wobei ich das nicht wirklich glaube. Oder es war Brandt selbst.«

Jana stutzte. »Ich tippe auf unseren Bestatter.«

»Vermute ich ebenfalls. Deshalb haben wir bisher auch keinen Beweis dafür gefunden, dass er tatsächlich tot ist. Leider haben wir immer noch keine Spur von ihm. Wenigstens habe ich in Sachen FDZ sehr gute Nachrichten.« Jana horchte auf. »Ich weiß ja nicht, welche Strippen unser Kriminalrat gezogen hat, um die dort nun doch zur Mitarbeit zu bewegen, aber ich denke, wir haben einen doppelten Volltreffer gelandet«, meinte Hempel, der jetzt strahlte wie ein Honigkuchenpferd. »Es sieht tatsächlich so aus, dass sich die Organhandel-Mafia wie vermutet die Patienteninfos von der FDZ-Datenbank in Köln besorgt hat. Bei *allen* möglichen unfreiwilligen Spenderkandidaten, die wir durch Vermisstenmeldungen und zeitnahe Zahlungseingänge auf Brandts Konto identifiziert haben, gab es zuvor Zugriff auf die jeweiligen Patientenakten. Das ließ sich eindeutig durch die Log-in-Protokolle belegen.«

»Ich wusste es«, stieß Jana hervor. »Hervorragende Neuigkeit, Steffen. Wissen wir auch, wer sich die Infos besorgt hat?«

Hempel grinste. »Na logisch, was denkst du denn? Es war auf jeden Fall ein Insider, Hinweise auf einen Hacker-Zugriff von außen gibt es jedenfalls keine.«

»Also lagen wir richtig mit Leon Gruber, dem ehemaligen Angestellten der Krankenkasse? Nun mach's doch nicht so spannend, Steffen«, unterbrach sie ihn ungeduldig. Schon fuhr er fort. »Das ist der einzige Haken an unserer Theorie. Der war es nämlich nicht, sondern offenbar eine Frau namens Corinna Degenhard.«

»Das ist jetzt allerdings ein dickes Ding. Was wissen wir über sie?«

»Bisher noch nicht allzu viel. Hab gerade mit dem Background check angefangen.«

»Vielleicht ist sie nur ein Sündenbock. Als Leiter der IT sollte es für Gruber keine sonderlich große Herausforderung sein, die Log-in-Daten eines anderen Angestellten oder in diesem Fall einer Kollegin zu besorgen.«

»Mir war klar, dass du das sagen würdest«, erwiderte Hempel und setzte sein bestes Zahnpastalächeln auf. »Deshalb wird's dich sicherlich freuen, zu hören, dass unsere Kölner Kollegen nicht nur diese Frau Degenhard durch die Mangel drehen, sondern auch Gruber. Ich hoffe, dass wir bald in dieser Angelegenheit klarer sehen und es handfeste Infos zu Komplizen beziehungsweise dem oder den Auftraggebern gibt. Es sei denn, wir sind völlig auf dem Holzweg und suchen eigentlich nach Mister oder Misses X.«

Jana schloss die Augen und legte den Kopf in den Nacken. Endlich der erhoffte Durchbruch im Mordfall Lambrecht, da war sie sich sicher. Sollte sich der Verdacht gegen Corinna Degenhard oder Leon Gruber erhärten lassen, würde die wichtigste Informationsquelle für die

Organhändler versiegen. Und was noch viel bedeutsamer war, sie könnten die Drahtzieher überführen, sofern die oder der Beschuldigte kooperierte. »Verdammt gute Arbeit, Steffen!« Sie sah ihren Partner wieder anerkennend an. »Sag mal, wo steckt eigentlich Rainer? Den habe ich schon seit dem Mittag nicht mehr gesehen.«

»Ach, das weißt du gar nicht?« Hempel nahm den Zahnstocher aus dem Mund, auf dem er zuvor noch herumgekaut hatte. »Der schiebt Wache vor der Privatklinik der Seiferts.«

»Bei dem Sauwetter? Darf ich fragen, warum er das macht?« Doch kaum hatte sie die Worte ausgesprochen, klappte ihr die Kinnlade herunter. »Die Überwachung wurde nicht genehmigt!«

»Die Kandidatin hat hundert Punkte«, antwortete Hempel, bevor er den Zahnstocher wieder zwischen die Zähne klemmte.

Kapitel 48

Ungeduldig wartete er hinter dem Steuer des angemieteten SUV auf seinen Fahrgast. Er hatte ihre Anweisung befolgt und war zu dem kleinen Parkplatz hinter dem Gebäude gefahren, der ausschließlich für Ärzte des Krankenhauses reserviert war. Ungeduldig trommelte er mit den Fingern auf dem Lenkrad herum. Den Kragen des Mantels hatte er hochgestellt, die Schirmmütze tief ins Gesicht gezogen, wie sie es ihm aufgetragen hatte.

Doch irgendwie war heute alles anders. Sie hatte nervös geklungen, als sie ihn am späten Vormittag anrief, um ihn zu bitten, den Wagen zu mieten und sie abzuholen. Dabei sollte er möglichst nicht erkannt werden. Doch statt ihm eine Erklärung dafür zu liefern, hatte sie ihn einfach abgewürgt. Klar, die Bullen waren ihnen bereits auf die Pelle gerückt. Dennoch hatten die offensichtlich nichts in der Hand, sonst wären sie schon längst mit der Kavallerie angerückt, und sie beide würden sich an diesem Abend nicht auf die nächste Operation vorbereiten. Plötzlich wurde die hintere Wagentür aufgerissen, eine Frau mit Kopftuch und dunkler Sonnenbrille schwang sich auf den Rücksitz. Ihr Parfüm verriet ihm, dass sie die Person war, auf die er wartete.

Er drehte sich um. »Darf ich fragen, was diese ganze Heimlichtuerei soll?«

Kapitel 49

Mit verheultem Gesicht saß Denise Gebauer vor ihnen, den Anwalt an ihrer Seite. Eine herzerweichende Geschichte von einer schweren Kindheit, die zugegebenermaßen alles andere als einfach gewesen war, hatte sie gerade aufgetischt. Dennoch wurden solche Lebensumstände aus Janas Sicht zu oft herangezogen, um später Gewalttaten sämtlicher Art zu rechtfertigen.

Bei einer schwer alkoholkranken Mutter aufzuwachsen, bei der die Hand allzu locker gesessen hatte, von Pflegefamilien herumgeschubst zu werden und später keine Beachtung im Heim zu finden, war nicht einfach für sie gewesen und hatte Spuren hinterlassen, so die Befragte. Von »Narben auf ihrer Seele« hatte sie gesprochen und bei dieser Gelegenheit zum ersten Mal auf die Tränendrüse gedrückt. Zu leicht beeinflussbar sei sie seit jeher gewesen. Außenseiterin in der Schule, immer auf der Suche nach Anerkennung.

Und so habe sie schließlich zum rituellen Satanismus gefunden, als sie Sascha Schultheiss vor acht oder neun Jahren – so genau konnte sie das offenbar nicht mehr sagen – bei einer Begegnung im Heim kennengelernt hatte. Er war dort, um Lebensmittel vom nahe gelegenen Bauernhof zu liefern. »Sascha hat eine tiefschwarze Seele, müssen Sie wissen«, hatte die Gebauer im Verlauf der bisher durchgeführten Befragung gesagt.

»Er stand schon damals in Kiel im Kontakt zur aktiven Satanismus-Szene, wusste, wo Schwarze Messen gefeiert werden und so. Das hat mir gefallen. Die Leute, die Musik, diese mystische Kraft, die bei solchen Treffen entsteht, das ist so mitreißend. Endlich wurde ich so akzeptiert, wie ich bin, verstehen Sie?« Völlig unschuldig hatte sie dann in die Runde geblickt und geschnieft.

»Was wissen Sie über den Toten in Kiel, der im Sommer vor acht Jahren in einem Waldstück gefunden wurde? Nachweislich ein Opfer von Satanisten.« Janas Feststellung war nun glatt gelogen. Aber um die Verdächtige aus der Reserve zu locken, war ihr mittlerweile nahezu jedes Mittel recht, sogar die Wahrheit ein wenig zu verbiegen.

Sekundenlang schaute die junge Frau sie nur an und zupfte kleine Hautstücke aus dem Nagelbett ihres linken Zeigefingers. Dann öffneten sich die Schleusen wieder.

»Es war so furchtbar!« Die Unterlippe bebte, ständig schniefte die Arzthelferin. Eine brillante Schauspielerin, fand Jana, und Hennings Gesichtsausdruck verriet ihr, dass er genau dasselbe dachte.

»Wir waren an diesem Abend zusammen losgezogen«, presste Denise Gebauer zwischen Schluchzern hervor. »Waren mit Saschas Karre unterwegs, als wir plötzlich diesen jungen Typen am Straßenrand sahen. Ein Anhalter, aus Karlsruhe oder so. Sascha …« Sie hielt inne und schaute ausdruckslos auf ihre Hände.

»Was war mit Sascha?«, hakte Kruse ungeduldig nach.

Sie blickte wieder auf. »Er meinte, der Typ sei das ideale Opfer. Er hatte schon lange davon gefaselt, dass er endlich mal einen Menschen opfern wollte. Nur so wird man zum wahren Satanisten. Er ist in den Wald gefahren, hat den armen Kerl erst niedergeschlagen … Na ja, den Rest können Sie sich ja denken.«

»Und Sie haben da vom Autositz aus einfach nur zugesehen? Sie hätten dem Mann helfen können! Sascha davon abhalten, zu töten! Oder … haben Sie den Mann vielleicht selbst umgebracht?«, zischte Jana angewidert.

»Meine Mandantin hat doch bereits zum Ausdruck gebracht, dass Herr Schultheiss einen großen und zugleich äußerst negativen Einfluss auf sie ausgeübt hat«, übernahm nun der leicht schnöselige Rechtsanwalt das Kommando, der bis dato nur als stummer Zuhörer der Vernehmung beigewohnt hatte. »Und schauen Sie sie sich doch an: Wie hätte eine derart zierliche Person wie Frau Gebauer denn Herrn Schultheiss von seinem Vorhaben abhalten sollen – mit bloßem Zureden? Ein Smartphone besaß sie damals leider ja nicht, um die Polizei rechtzeitig zu verständigen. Handys hatte die Heimleitung nicht erlaubt. Natürlich steht es außer Frage, dass Frau Gebauer später zur Polizei hätte gehen müssen. Allerdings hatte meine Mandantin verständlicherweise Angst vor ihrem Freund. Was hätte Herr Schultheiss ihr wohl angetan, wenn sie den Mord zur Anzeige gebracht hätte? Versetzen Sie sich doch einmal in ihre Lage!«

Jana sog geräuschvoll Luft durch den Mund ein und schluckte eine bissige Antwort, die ihr auf der Zunge gelegen hatte, gerade noch hinunter, auch wenn es ihr unglaublich schwerfiel. »Und jetzt hat sich diese Geschichte offenbar wiederholt«, meinte sie in Anspielung auf den Tod von Marion Hufnagel. »Wieso haben Sie überhaupt wieder Kontakt zu Sascha Schultheiss gehabt? Sie wirken auf mich nicht so wenig selbstbewusst, dass Sie sich nicht aus seiner Fuchtel hätten befreien können. Zumal Sie erst vor vier Jahren nach Kiel gezogen sind. Von wem ist denn die Initiative ausgegangen, sich wieder zu treffen?« Sie taxierte die junge Frau, nagelte sie jetzt mit ihrem Blick regelrecht fest.

Doch ihr Gegenüber verzog keine Miene. »Wir haben immer Kontakt gehalten. Auch als Sascha schon nach Hamburg gezogen war und ich noch in Kiel gelebt habe.«

»Was sagt denn eigentlich Ihr Freund zu dieser Bekanntschaft oder zu der Tatsache, dass Sie Schwarze Messen feiern und Menschen opfern?«, feuerte Kruse die nächste Frage ab.

Wieder senkte sie den Blick und betrachtete die schmalen Finger mit den tiefschwarz lackierten Nägeln. »Mats wusste von Sascha, hatte aber keine Ahnung, wie er so drauf ist. Die beiden sind sich nie begegnet. Er ist ja auch viel unterwegs. Proben, Auftritte und so«, meinte die Verdächtige, als sie den Kopf wieder hob. »Dass ich mich für okkulte Bräuche interessiere, ist ein offenes Geheimnis. Dass ich selbst schon seit Jahren an schwarzen Messen teilnehme, davon wusste er allerdings nichts. Bis Sie ihm das aufs Brot geschmiert haben.«

»Kommen wir auf den Abend zurück, als Marion

Hufnagel entführt und ermordet wurde. Warum gerade sie?«, wollte Jana wissen.

Denise Gebauer zuckte mit den Schultern. »Saschas Idee. Er hat uns mal zusammen gesehen, seither war er besessen von dem Gedanken, ihre Kraft aufzunehmen.« Sie spielte auf den Irrglauben an, dass der Person, die das Herz oder die Leber eines Tieres beziehungsweise Menschen aß, eben jene Lebenskraft dieses Lebewesens zuteilwürde.

»Was war an Frau Hufnagel so besonders, dass er diesen Willen ausgerechnet bei ihr verspürt hat?«, hakte Kruse nach und beugte sich vor. Aber mehr als ein Schulterzucken erhielt er nicht als Antwort. »Weshalb haben Sie ihn nicht aufgehalten? Wenn Sie doch wussten, dass er Frau Hufnagel ermorden wollte, denn von nichts anderem reden wir hier. Warum in Dreiteufelsnamen haben Sie niemandem davon erzählt? Wieso sind Sie nicht zu uns gekommen? Wie konnten Sie nur tatenlos zusehen, wie Herr Schultheiss erneut zum Mörder wird?« Kruse war mit jeder einzelnen Frage eine Nuance lauter geworden. Er hatte in diesem Augenblick an seine beiden Töchter denken müssen. Er wollte sich gar nicht erst ausmalen, dass eine von ihnen einmal ins Visier eines Irren wie Sascha Schultheiss geriet und was er als Vater am liebsten mit einer Person wie Denise Gebauer anstellen wollte, die ein solches Verbrechen nicht verhinderte. Wobei er Letzterem ohnehin keinen Glauben schenkte, da er die Frau für die wahre Täterin hielt. Die Indizien sprachen seiner Auffassung nach eindeutig gegen sie, unabhängig davon, welche Geschichte sie ihnen gerade auftischte. Jana legte ihm beschwichtigend eine Hand auf den Unterarm.

»Ich weiß es nicht«, hauchte Denise Gebauer und vergrub den Kopf in den Händen. »Ich weiß es wirklich nicht. Ich war so naiv, habe bis zum Ende geglaubt, dass er nicht so weit gehen würde. Nicht schon wieder …«

»Aha, davon waren Sie also überzeugt«, erwiderte Jana mit zynischem Unterton. »Ist ja auch ein völlig abwegiger Gedanke, dass das Ganze ausartet. Zumal Ihr Kumpel seit zig Jahren ein fanatischer Satanist ist, darüber hinaus die rechte Hand eines selbst ernannten Logenmeisters einer satanistischen Sekte, die in schöner Regelmäßigkeit Tiere opfert und er Ihrer Aussage nach bereits einmal zuvor getötet hat. Wie könnte man da ernsthaft auf die Idee kommen, dass er *nicht* nur aus Spaß darüber geredet hat, Frau Hufnagel zu ermorden?«, entgegnete Jana und schüttelte den Kopf.

»Sparen Sie sich bitte Ihren Sarkasmus, Frau Hauptkommissarin«, ergriff der Anwalt wieder das Wort. »Sie sehen doch, dass meine Mandantin einsieht, einen schweren Fehler begangen zu haben.«

»Von Reue habe ich bisher nicht viel gemerkt. Sieht für mich eher so aus, als würde Ihre Klientin sich alle Mühe geben, die eigene Haut zu retten«, hieb Kruse bissig zurück.

»Nun, das liegt in der Natur der Sache, Herr Kommissar. Schließlich gehen Sie davon aus, dass Frau Gebauer diesen Mord *begangen* hat, was definitiv nicht zutrifft. Stattdessen versucht sie, Ihnen zu helfen und die Sache aufzuklären«, erklärte der Anwalt in stoischer Ruhe.

»Außerdem war ich ja auch gar nicht dabei, als Sascha … als er Marion erstochen und … aufgeschnitten hat«, ergriff nun die Verdächtige wieder das Wort. »Das habe ich doch erst am nächsten Tag erfahren, als wir uns getroffen haben. Er hat mich zu Hause abgeholt, weil wir zusammen abhängen wollten. Mats war ja wieder mal nicht da, war proben für die Tour. Wir sind mit Saschas Karre rumgefahren, und irgendwann hat er mir dann gesagt, dass wir jetzt zum Friedhof fahren, weil er was zu erledigen hätte und meine Hilfe dafür braucht. Als wir da angekommen sind und er den Kofferraum geöffnet hat, habe ich bei Marions Anblick die Welt nicht mehr verstanden. Ich habe ihn angebrüllt, wie eine Furie auf ihn eingeschlagen …« Sie vergrub das Gesicht in den Händen.

»… und gleich auch ein nettes Foto ihrer ermordeten *Bekannten* zur Erinnerung geschossen«, giftete Jana, die mehr und mehr an sich halten musste, um nicht die Beherrschung zu verlieren.

»Das hätte ich nicht tun sollen«, räumte Denise Gebauer ein, als sie wieder aufblickte, und machte ein betretenes Gesicht.

Für einige Sekunden herrschte Stille im Vernehmungsraum. Sowohl Jana als auch Henning dachten über die nächste Frage nach. Ihr Partner war es schließlich, der wieder das Wort ergriff.

»Ihnen ist also vorher wirklich nicht in den Sinn gekommen, dass das plötzliche Verschwinden von Frau Hufnagel am Tag zuvor etwas mit Herrn Schultheiss' Begierde zu tun haben könnte, ihrer habhaft zu werden? Zumal er Ihnen gegenüber ja offenbar erwähnt hat, dass er von ihr besessen war, seit er Frau Hufnagel das erste Mal gesehen hat.« Kruses Blick schien sich jetzt regelrecht durch die Verdächtige zu bohren.

»Das hat meine Mandantin doch bereits erwähnt«, kam der Anwalt Denise Gebauer mit einer Antwort zuvor.

»Man muss ganz schön abgebrüht sein, um einem langjährigen Freund dabei zu helfen, eine Leiche zu entsorgen, anschließend nach Hause zu fahren und so zu tun, als wäre nichts geschehen. Zumal es sich dann auch noch um die Lebensgefährtin des Bruders ihres eigenen Freundes handelte. Wir konnten uns ja am nächsten Morgen persönlich davon überzeugen, als Sie uns gegenübergestanden haben. Es hätte Ihnen besser zu Gesicht gestanden, gleich auszupacken, anstatt zu warten, bis wir Sie mit dem Mord in Verbindung bringen«, polterte Jana los und wurde durch ein energisches Handzeichen des Anwalts in ihren Ausführungen unterbrochen, doch Jana ließ sich nicht unterbrechen. »Ist es nicht eher so, dass Sie sich diese feine Geschichte ausgedacht haben, weil Sie genau wissen, dass Herr Schultheiss nach einem Unfall im Koma liegt und sich nicht gegen diese Anschuldigungen zur Wehr setzen kann? Entspricht es nicht eher der Tatsache, dass Sie sich *Ihrem* unnachgiebigem Trieb, einen Menschen im

Namen Satans ermorden zu wollen, nicht mehr länger erwehren konnten? Und war es in Wahrheit nicht so, dass Sie Herrn Schultheiss in die Sache mit reingezogen haben und nicht umgekehrt?« Jana hatte sich jetzt in Rage geredet.

Der Anwalt räusperte sich und setzte ein schiefes Grinsen auf. »Sie haben zweifelsohne recht, Frau Brinkhorst. Meine Mandantin hat sich nicht korrekt verhalten. Aber Sie werden zugeben, dass die beiden Indizien – die Handydaten und das Foto der Toten auf dem Smartphone meiner Mandantin, die Sie vorgelegt haben und aufgrund derer Sie davon überzeugt sind, Frau Gebauer hätte selbst etwas mit der direkten Ermordung von Marion Hufnagel zu tun – auf schwachen Füßen stehen. Die Metadaten des Fotos auf dem Handy meiner Klientin belegen, dass die Aufnahme mehr als vierundzwanzig Stunden nach dem bedauerlichen Ableben von Frau Hufnagel entstanden sind, wie der Todeszeitpunkt im Obduktionsbericht belegt. Das passt also zur Aussage meiner Mandantin. Außerdem hat Frau Gebauer eingeräumt, dass sie Herrn Schultheiss dabei geholfen hat, den Leichnam auf dem Friedhof zu entsorgen, was wiederum zu dem Ergebnis der Auswertung der Handydaten passt. Wir drehen uns also bei dieser Vernehmung zunehmend im Kreis, und ich sehe auch nicht, wie das für eine begründete Mordanklage ausreichen sollte. Störung der Totenruhe, gewiss. Strafvereitelung, auch hier würde ich Ihnen nicht widersprechen. Aber Mord?« Er schüttelte den Kopf. »Es sei denn, Sie haben noch ein Ass im Ärmel und legen uns Beweise für Ihren Mordvorwurf vor.« Der Anwalt breitete die Arme in der Luft aus und lächelte breit.

Jana knirschte mit den Zähnen. Sie hasste es, derart vorgeführt zu werden. Und noch mehr nervte es, wenn sie einsehen musste, dass sie auf verlorenem Posten stand.

»Ich würde sagen, diese Entscheidung überlassen wir dem zuständigen Haftrichter. Frau Gebauer bleibt bis zum Haftprüfungstermin erst einmal unser Gast«, erwiderte sie kühl.

Die Verdächtige schnellte von ihrem Stuhl auf, als hätte sie ein Katapult unter ihrem Hintern gehabt. »Das können Sie doch nicht machen!«, schrie sie auf und schaute hilflos zu ihrem Anwalt.

»Selbstverständlich dürfen wir das«, erwiderte Jana, die sich nun ebenfalls erhob und die Videokamera stoppte. Dann verließ sie grußlos den Vernehmungsraum, Henning eilte ihr hinterher.

»Was war'n das?«, raunzte er sie auf dem Flur an. »Wieso hast du sie nicht weiter in die Mangel genommen und so mir nichts, dir nichts kapituliert? Ist doch nur noch eine Frage der Zeit, bis sie sich in Widersprüche verwickelt hätte – dann hätten wir sie gehabt! Die lügt doch wie gedruckt!«

Jana stoppte abrupt und stemmte die Hände in die Hüften. »Ich glaub ihr auch kein Wort, aber der Anwaltsschnösel hat leider recht. Wir haben nichts in der Hand, um die Gebauer festnageln zu können. Soll sich doch der Haftrichter mit dieser Schauspielerin rumschlagen«, erwiderte sie wütend und verschwand kurz danach in ihrem Büro.

Kapitel 50

18:27 Uhr

Rainer Jensen hatte seine erste Überwachungsschicht der Seiferts für den heutigen Tag beendet. Er hatte zwar jedes Auto fotografiert und auch jeden, der die Klinik betreten oder verlassen hatte, aber ihm war auf Anhieb nichts Verdächtiges aufgefallen. Doktor René Seifert war um kurz vor sechs allein nach Hause gefahren.

Er hatte sich an seine Fersen geheftet und die Verfolgung aufgenommen. Dank des Wetters waren deutlich weniger Autos auf den Straßen unterwegs gewesen, zudem dauerte die Fahrt nicht lange, da das Ärztepaar in der Nähe der Klinik wohnte. Kurz nachdem Seifert zu Hause eingetroffen war, hatte der Doc Besuch erhalten. Ein mobiler Massageservice war samt klappbarer Massagebank aufgetaucht, offenbar stand nach der Arbeit Relaxen auf dem Programm. Ein wenig neidisch war Jensen schon gewesen. Die ganzen Stunden in dem unbequemen Autositz auszuharren, hatte Spuren hinterlassen. Sein Kreuz schmerzte. Er hatte noch ein paar Minuten vor der Villa gewartet, bevor er den Entschluss gefasst hatte, die Überwachung für heute abzubrechen und zurück ins Präsidium zu fahren.

Direkt nach seiner Rückkehr suchte er Steffen und Henning in deren Büro auf. »Tach«, sagte er, als er den Raum betrat.

Hempel blickte kurz auf und tippte sich grüßend an die Schläfe, Kruse saß mit verkniffenem Gesichtsausdruck hinter seinem Computerbildschirm und presste ein »Hi« hervor.

»Schlechte Laune?«, fragte Jensen in Richtung des Familienvaters.

»Kann man wohl laut sagen«, erwiderte Kruse und berichtete in wenigen Worten vom Ergebnis der Vernehmung von Denise Gebauer.

»Scheint eine harte Nuss zu sein, die Gute. Und ganz schön abgebrüht«, stellte Jensen lakonisch fest.

»Oder sie war's wirklich nicht – auch wenn wir von ihrer Schuld überzeugt sind«, grummelte Hempel. »Und selbst? Ist was rausgekommen bei deiner Überwachung?«

Er schüttelte den Kopf. »Wohl eher nicht. Hab aber einen Haufen Fotos gemacht, die wir noch mal sichten sollten. Vielleicht entdeckt ihr ja was, das ich übersehen habe.«

Just in diesem Moment flog die Tür zum Büro auf, und Jana platzte herein. »Habe ich doch gerade richtig gehört, dass du wieder da bist. Und, irgendwelche Erkenntnisse nach deiner Überwachungsaktion?«, fragte sie und hob die linke Augenbraue.

»Nicht wirklich, um ehrlich zu sein.« Jensen seufzte und lehnte sich an die Fensterbank. »Seifert hat kurz vor sechs die Klinik verlassen. Ich hab die Verfolgung aufgenommen, er ist allerdings nur nach Hause gefahren. Wenige Minuten später hat er Besuch bekommen von so einem mobilen Massageservice.«

Er machte zwei Schritte auf Kruse zu, um ihm über den Schreibtisch hinweg die Speicherkarte der Kamera zu reichen, mit der er die Fotos bei der Überwachung geschossen hatte. Sie alle postierten sich hinter Kruse, der sich beeilte, die Bilder auf den Monitor zu bekommen.

Henning stöhnte kurz auf. »Puh, mehr als hundertneunzig Fotos. Wenn wir alle Leute auf den Aufnahmen überprüfen müssen, dann legen wir heute eine Nachtschicht ein.«

»Alle vielleicht nicht. Aber es kann nicht schaden, einen Blick drauf zu werfen«, meinte die Hauptkommissarin.

»Zumal ich die eine oder andere Person mehrfach fotografiert habe, sowohl beim Betreten als auch beim Verlassen der Klinik«, ergänzte Jensen.

Keine zwei Minuten später rief Jana: »Stopp, zurück!«

Henning folgte der Anweisung und drehte sich zu ihr um. »Was ist an dem Typen so besonders?«

»Weiß ich auch nicht, um ehrlich zu sein. Aber irgendwas hat bei mir gerade geklingelt, als ich das Gesicht gesehen habe.« Jensen hatte sich beim Fotografieren darauf konzentriert, Großaufnahmen der Gesichter der Besucher zu machen. »Kannst du vielleicht noch mehr aus der Aufnahme rausholen, sie zum Beispiel vergrößern?«

Kaum hatte sie zu Ende gesprochen, ließ Kruse die Finger auch schon über die Tastatur fliegen. Er war derjenige in der Abteilung, der sich am besten mit Computern auskannte. Nur Sekunden später hatte er die Aufnahme wie gewünscht vergrößert. Jana legte den Kopf leicht schief und betrachtete ausgiebig das Bild auf dem Monitor. »Kommt der euch nicht auch irgendwie bekannt vor?«

»Nö, nicht wirklich.« Es war Steffen, der mit verschränkten Armen neben ihr stand. Auch die anderen beiden Ermittler wussten nicht, worauf sie hinauswollte.

»Vielleicht hat mein Kopf doch zu viel abbekommen, und ich sehe weiße Mäuse. Im ersten Moment habe ich gedacht, der sieht aus wie Reinhold Brandt. Aber jetzt erkenne ich auch nicht mehr wirklich eine Ähnlichkeit.«

»Hm, da muss man allerdings schon viel Fantasie haben«, meinte Kruse. »Aber fragen wir mal die biometrische Gesichtserkennung.«

Es dauerte nicht lange, bis sie das Ergebnis auf dem Bildschirm sehen konnten. »Übereinstimmung bei den Augen, sonst nichts.«

Jana massierte sich die Schläfen. »Könnte es sein, dass er sein Gesicht verfremdet hat? Damit könnte er die Software ausgetrickst haben.«

»Hm, weiß nicht. Warum sollte er das tun?« Jensen blieb skeptisch.

»Weil er nicht will, dass man ihn identifiziert. Vielleicht hat er wirklich nur seinen Tod vorgetäuscht, um denen zu entkommen, die ihn möglicherweise jagen und um die Ecke bringen wollen, weil er sonst auspackt. Dann wäre er es definitiv selbst gewesen, der heute Mittag das Geld vom Cayman-Konto weiterüberwiesen hat«, schlug sich Steffen jetzt auf die Seite seiner Chefin. »Fragt sich nur, was er dann heute in der

Klinik wollte. An seiner Stelle hätte ich mich schon längst ins Ausland verdrückt.«

»Ich schlage vor, wir behalten das mal im Hinterkopf. Henning, lass uns weiter die Bilder durchgehen.« Jana wollte unbedingt die anderen Aufnahmen sichten, obwohl es eher ein Fischen im Trüben war.

Zehn Minuten später, sie waren fast am Ende angekommen, erregte erneut etwas ihre Neugier. »Dieser schwarze SUV mit den getönten hinteren Seitenscheiben … Der Fahrer scheint sich alle Mühe gegeben zu haben, nicht erkannt zu werden. Das Basecap tief ins Gesicht gezogen, Kragen hochgestellt. Dem Zeitstempel auf den Fotos nach zu urteilen hat er das Klinikgelände nur drei Minuten später wieder verlassen.«

»Ja, kam mir im ersten Moment auch komisch vor«, gab Jensen ihr recht. »Andererseits brauchst du doch nur einen Blick aus dem Fenster werfen, es schüttet in Strömen. Abgesehen davon, tragen viele Leute nicht nur beim Autofahren so ein Ding.«

Jana kaute auf der Unterlippe. Die Strapazen des Tages machten sich immer mehr bemerkbar, ihr Kopf schmerzte, sie fühlte sich ausgelaugt. Trotzdem schien eine innere Stimme ihr etwas zuzurufen. Deshalb wollte sie sich mit der Antwort auch noch nicht zufriedengeben. »Zoom mal auf das Kennzeichen«, bat sie Henning.

Sekunden später blickten sie auf den entsprechenden Bildausschnitt. »Fängt mit DN an«, murmelte Kruse und überprüfte sofort, welcher Stadt dies zuzuordnen war. »Düren, Nordrhein-Westfalen«, sagte er dann.

Jana dachte fieberhaft nach. Waren sie tatsächlich auf eine wichtige Spur gestoßen, oder würden sie wieder nur einer Phantomspur hinterherjagen?

»Vielleicht ein Mietwagen?« Hempel sah in die Runde, er hatte ausgesprochen, was ihr auf der Zunge gelegen hatte. »Die haben doch in der Regel immer dieselben Buchstaben, weil die Fahrzeuge einer Flotte grundsätzlich in der gleichen Stadt angemeldet werden«, schob er hinterher.

»Hertz-Autovermietung«, las Kruse kurz darauf vor. »Passt wie die Faust aufs Auge. Definitiv ein Mietwagen, der da vorgefahren ist. Alle zuletzt neu zugelassenen Autos haben die Buchstabenkombi DN-AO, genau wie der Wagen auf Rainers Foto.«

»Leck mich fett, ist vielleicht doch kein Zufall, dass der Fahrer alles drangesetzt hat, nicht erkannt zu werden!«

»Rainer hat recht. Und wenn ich das mal weiterspinne, wird mir ganz mulmig. Möglicherweise hast du zufällig den Kurier aufgenommen, der gerade ein Organ gebracht oder abgeholt hat. Würde auch erklären, warum der nach ein paar Minuten wieder gefahren ist«, brachte es Henning auf den Punkt. Er schaute seinen Kollegen mit aufgerissenen Augen an.

»Okay, Leute, lasst uns nicht weiter wild spekulieren«, sagte Jana und klatschte in die Hände. »Ich will wissen, wer den Wagen gemietet hat und wo die Person am Steuer überall mit der Karre gewesen ist. Die haben heutzutage alle GPS, sollte also kein Problem sein, das herauszufinden.«

Kapitel 51

»Sag das noch mal.« Steffens Info war zwar bis zu ihrem Ohr durchgedrungen, aber ihr Gehirn hatte die Neuigkeit noch nicht verarbeitet. Die Ereignisse der letzten Stunde überschlugen sich regelrecht, das war eindeutig zu viel für ihre angeschlagene Gesundheit, wie sie sich eingestehen musste. Erschöpft hockte sie hinter ihrem Schreibtisch. Die letzte halbe Stunde hatte sie genutzt, um eine Kleinigkeit aus der Kantine zu essen und ein wenig Kraft zu tanken.

»Kein Zweifel. Der Wagen, den Rainer vor der Privatklinik abgelichtet hat, wurde von Jasper Nielsen angemietet, dem Doktor aus der Uni-Klinik. War gar nicht so einfach, einen Verantwortlichen von der Autovermietung an die Strippe zu bekommen und ihn davon zu überzeugen, uns ohne richterlichen Beschluss zu helfen. Die schließen schon um 18 Uhr. Zum Glück arbeitet der Typ auch im Homeoffice, so konnte er sich Zugang zum Zentralrechner verschaffen. Sonst hätten wir die Info vermutlich erst morgen früh gehabt.«

»Was wollte Nielsen in der Klinik? Und warum mietet er einen Wagen, um dort hinzufahren?«

Hempel strich sich über den kahlen Kopf. »Vielleicht ist seine Karre in der Werkstatt. Was die Kurzvisite in der Klinik angeht, da sind wir auch einen Schritt weiter.«

Jana schürzte die Lippen. »Ach, sind wir das?«

»Jepp. Henning hat noch mal ein paar Filter über Rainers Fotos gelegt, die er von dem SUV gemacht hat. Zwar sind die hinteren Scheiben alle getönt, und man kann nicht hineinsehen. Aber nach der Bearbeitung der frontal geschossenen Aufnahmen ist auf der Rückbank eindeutig eine Person zu erkennen. Die saß noch nicht da, als Nielsen gekommen ist.«

»Seifert kann es ja nicht gewesen sein, da der kurz danach die Klinik verlassen hat, um sich zu Hause eine Massage zu gönnen. Das perfekte Alibi«, konstatierte die Chefermittlerin.

»Nope, aber möglicherweise seine Frau. Henning versucht schon, sie zu erreichen. Bisher jedoch ohne Erfolg.«

»Wieso die Ehefrau?« Jana konnte ihm nicht folgen.

»Setzen wir mal voraus, es ist kein Zufall, dass Nielsen in der Klinik war. Und unterstellen wir weiter, dass das alles irgendwie mit den illegalen Transplantationen zusammenhängt. Die Seifert ist Anästhesistin. Nielsen ein Fachmann auf dem Gebiet der Transplantationsmedizin. Vielleicht stecken die alle zusammen unter einer Decke, und wir haben uns bisher zu einseitig auf René Seifert konzentriert.«

»Und da der Entführte aus Paderborn, dieser seit gestern vermisste Familienvater, bisher immer noch nicht wieder aufgetaucht ist, glaubt ihr, die beiden Ärzte sind auf dem Weg zur nächsten illegalen Operation.« Jana war jetzt hellwach.

Hempel nickte. »Könnte so sein.«

»Dann müssen wir schleunigst rausfinden, wo die hingefahren sind. Hat sich der Mann von der Autovermietung schon gemeldet? Der SUV hat doch GPS, oder?«

»Ja, hat er. Allerdings konnte er den Standort nicht von zu Hause aus feststellen. Ich warte auf seinen Rückruf.« Plötzlich platzte Henning in ihr Büro. »Wir können die Seifert nicht erreichen. Die Handyortung hat auch nichts ergeben. Und ihr Mann weiß angeblich nicht, wo sie ist«, meinte er.

»Fuck«, entfuhr es der Hauptkommissarin. »Habt ihr Nielsens Handy schon versucht zu orten?«

»Na logisch. Dabei ist auch nichts rausgekommen«, entgegnete Kruse mit betretener Miene.

Es dauerte weitere zehn Minuten – es war mittlerweile kurz nach halb acht –, bis sich der Mitarbeiter der Autovermietung noch einmal meldete. Der angemietete SUV parkte offenbar auf dem Parkplatz einer Imbissbude in der Dessauer Straße in unmittelbarer Nähe zum Saalehafen. Wenige Minuten nach dem Anruf brauste der BMW mit Hempel am Steuer, begleitet von Kruse, ihrer Chefin und Jensen durch Hamburgs Straßen. Martinshorn und Blaulicht waren eingeschaltet, Unterstützung war bereits angefordert, alle Fahrzeuge sollten sich auf dem Parkplatz Am Sand, knapp Hundert Meter von der Imbissstube entfernt, einfinden. Von dort aus waren sie nicht zu sehen. Obwohl das Fahrtziel nur knapp elf Kilometer entfernt lag, würden sie mindestens zwanzig Minuten benötigen, bis sie den Parkplatz erreichten.

»Das Gebiet rund um den Saalehafen ist riesig, die könnten überall sein«, meinte Jana mit einem Blick aufs Handydisplay, auf dem sie sich die Karte der Umgebung anschaute.

»Ich hoffe nur, dass wir nicht komplett auf dem Holzweg sind, was Nielsen und die Seifert angeht. Nicht dass die beiden was am Laufen haben und das der Grund für die Heimlichtuerei ist«, meinte Rainer Jensen von der Rückbank.

Jana wandte sich umständlich zu ihm um. »Das glaubst du doch wohl selbst nicht!«

»Im Grunde nicht, trotzdem besteht ja die Möglichkeit, dass wir die falschen Schlüsse aus der aktuellen Spurenlage ziehen. Was Leon Gruber, den IT-Leiter vom FDZ angeht – der hält ja bisher dicht, auch wenn die Kölner Kollegen massiv Druck machen. Und das, obwohl sie ihm gesagt haben, dass die Kollegin, deren Log-in-Daten benutzt wurden, nachweislich an einem Tag gar nicht im Institut war, als eine der Akten aufgerufen wurde«, gab er zu bedenken.

»Lass die Jungs von der rheinischen Computerforensik mal machen. Die werden früher oder später schon rausfinden, wer sich Zugriff auf die Daten verschafft hat. Irgendjemand muss es ja schließlich gewesen sein. Vielleicht kommen wir bis dahin auch endlich wirklich voran«, murmelte Jana, richtete den Blick wieder nach vorne und wählte die Nummer von der Wasserschutzpolizei.

Die sollten unbedingt das weitläufige und verzweigte Hafensystem vom Wasser aus in Augenschein nehmen und Ausschau nach einem Schiff halten, auf dem möglicherweise gerade eine illegale Organtransplantation stattfand. Den Rest der Fahrt verbrachte sie damit, sich weiter mit dem Terrain rund um den Saalehafen vertraut zu machen, um gleich nach Eintreffen am Zielort die Suchbereiche einteilen zu können.

Als sie den vereinbarten Treffpunkt erreichten, warteten bereits zwei Streifenwagen auf sie. Auf Geheiß von Jana fuhr Hempel jedoch erst einmal weiter, ihr Ziel war der Parkplatz der Imbissstube. Ein Zivilwagen würde im Gegensatz zu den Streifenwagen kein Aufsehen erregen. Der SUV, den Jasper Nielsen am Mittag gemietet hatte, fiel ihr sofort ins Auge, von den beiden Ärzten war nichts zu sehen. Man konnte getrost ausschließen, dass Seiferts Ehefrau und der Doc von der Uniklinik hergefahren waren, um hier in der Gegend ein geheimes Schäferstündchen zu genießen. Schon gar nicht auf einem öffentlichen Parkplatz und erst recht nicht bei dem Wetter: Ein heftiger Wind pfiff, und der Regen peitschte. Der Orkan hatte Hamburg längst erreicht. Jensen riss die hintere Wagentür auf und sprang hinaus, um einen Blick durch die Fensterscheiben der Imbissstube zu werfen. Wenige Augenblicke später stieg er wieder ein.

»Keine Spur von den beiden«, meinte er nur.

Hempel fuhr mit dem BMW zurück zum Parkplatz Am Sand und parkte direkt neben einem der Streifenwagen. Jana ließ das Seitenfenster ein Stück herunter.

»Ist das alles, was wir an Unterstützung haben?«

»Zwei Einheiten sind unterwegs, mehr Leute sind leider aktuell nicht verfügbar, allesamt im Einsatz«, brüllte der Polizeiobermeister gegen den Wind an. Auch er hatte das Fenster ein Stück heruntergefahren.

»Okay, besser als nichts.« Jana instruierte die Männer und schickte sie mit Jensen los. Sie sollten das Hafengelände mit den Lagerhäusern rund um den Veddeler Damm in Augenschein nehmen und sie informieren, sobald sie etwas Verdächtiges entdeckten. »Passt auf euch auf, geht kein unnötiges Risiko ein. Wir wissen nicht, was uns erwartet«, gab sie den Männern noch mit auf den Weg.

Henning stieg in den zweiten Streifenwagen, sie sollten den Bereich zwischen Versmannstraße und Baakenallee ins Auge fassen. Es gab dort mehr als genug Möglichkeiten, sich irgendwo zu verschanzen und die OP durchzuführen. Sobald die Verstärkung eintraf, sollten die beiden Einheiten sie unterstützen. Jana selbst wollte mit Steffen das Areal zwischen Moldau- und Saalehafen durchkämmen. Hier hatten sich mehrere große Unternehmen niedergelassen und betrieben riesige Fruchtkontore, in denen Obst sowie Gemüse gelagert und verteilt wurden.

Als sich Jana auf der Fahrt zum Hafen mit dem Gelände vertraut gemacht hatte, war ihr die Frage durch den Kopf gegangen, weshalb man gerade dort einen OP-Saal einrichten sollte, um illegale Operationen durchzuführen.

Neben der Option, dass ein OP-Schiff oder mobile Trucks für die Operationen benutzt wurden, hielt sie es mittlerweile durchaus für denkbar, dass die Eingriffe in einem Gebäude stattfanden, an das man auf den ersten Blick nicht dachte. Sie mussten alle Möglichkeiten in Betracht ziehen.

»Mir wäre wohler, wenn du im Auto warten würdest. Ist doch eine Schnapsidee, dass du das in deinem Zustand durchziehen willst. Du bist blass wie eine Kalkleiste. Lass mich mal machen«, meinte Hempel, als sie das erste Kontor erreichten und er den Motor abstellte.

Sie wandte sich halb um und schaute in sein besorgtes Gesicht. »Ich weiß deine Sorge zu schätzen, Brummbär. Aber ich zieh das jetzt mit dir durch«, sagte sie nur, zog die Kapuze über den Kopf und stieß die Wagentür auf.

Kapitel 52

Die Zweifel, ob es wirklich am Ende die richtige Entscheidung gewesen war, das Leben seiner Tochter auf diese Weise zu retten, waren nicht kleiner geworden, nachdem man ihn an diesen seltsamen Ort gebracht hatte. Man könne seine Bedenken nachvollziehen, aber man versicherte ihm, dass ihr die bestmögliche medizinische Versorgung zuteilwürde, die sie unter den gegebenen Umständen bekommen könne. Dann hatte man ihm den OP-Raum gezeigt, er war zugegebenermaßen beeindruckt gewesen. Steril und modern eingerichtet, es fehlte an nichts. Die Erklärung, dass Einrichtungen wie diese längst keine Seltenheit mehr wären und sich schon seit Jahren in vielen Ländern bewährt hätten, war beruhigend. Die Ärzte hatten ihm sogar ein paar Beispiele auf einem Tablet gezeigt.

Doch seit er seine Tochter in ihre Obhut übergeben hatte, spielten seine Nerven verrückt. Er war es einfach nicht gewohnt, das Heft des Handelns abgeben zu müssen. Aber was war ihm anderes übrig geblieben? Die Operation war alternativlos. Und die einzige Chance, dass seine kleine Prinzessin schon bald ein unbeschwertes Leben würde führen können.

Unruhig tigerte er in dem schuhkartongroßen Aufenthaltsraum auf und ab, den man eigens für die Angehörigen eingerichtet und mit einer Minibar sowie einem Fernseher ausgestattet hatte. Plötzlich wurde die Tür geöffnet, und die nette Ärztin von vorhin trat ein. Panik stieg in dem Moment in ihm auf. Sie schien es bemerkt zu haben, beschwichtigend hob sie die Hände.

»Ich wollte Ihnen keinen Schrecken einjagen, Herr Schindler. Ganz im Gegenteil. Ich wollte Ihnen nur mitteilen, dass die Extraktion hervorragend verlaufen ist. Wir werden Ihre Tochter nun sedieren und mit der Operation beginnen.«

Er atmete einmal tief durch. »Und ich dachte schon …«, doch die Worte blieben ihm förmlich im Halse stecken. Er lächelte zaghaft.

»Es wird alles gut gehen, Sie werden sehen. Schon bald können Sie Ihre Tochter wieder in die Arme schließen.«

Dann machte sie auf dem Absatz kehrt und verließ den Wartebereich. Bis zum Ende der Operation würde er jetzt mit seinen Gedanken allein sein. Es machte ihn schlicht wahnsinnig. Hibbelig öffnete er die Minibar und holte sich einen Whisky heraus. Irgendwie mussten sich seine Nerven doch beruhigen lassen.

Das Paket ist fertig zur Abholung.

Er las die Nachricht und grinste. Es lief also alles nach Plan. Gut gelaunt gab er die Koordinaten, die sie ihm geschickt hatten, ins Handy ein und ließ sich den Standort anzeigen. Er wusste vorher nie, wo er die Ware abholen sollte.

Beim Anblick der Adresse musste er schmunzeln. Der Zielort lag keine zehn Minuten von seinem derzeitigen

Versteck entfernt. Es lag bereits einige Zeit zurück, dass er selbst als Kurierfahrer tätig gewesen war, aber die besonderen Umstände machten es nun erforderlich. Im Grunde war es ein Freundschaftsdienst, wenngleich auch ein sehr gut bezahlter. Ein letzter Gefallen, bevor er Deutschland für immer den Rücken kehren würde.

Jahrelang hatte sein Geschäftsmodell hervorragend funktioniert – eine goldene Nase hatte er sich verdient. Doch zweimal war es jetzt zu unverzeihlichen Fehlern gekommen. Das genügte weder dem Anspruch an sich selbst noch dem, den seine Auftraggeber an ihn stellten. Die Konsequenz daraus war nur logisch: Er war den Job in Zukunft los. Deutlich früher, als er es jemals für sich in Erwägung gezogen hätte. Aber doch zu verschmerzen, denn auch so hatte er seine Schäfchen bereits im Trockenen. Schon morgen würde sein neues Leben beginnen.

Doch zuvor hatte er noch einen Job zu erledigen. Ein allerletztes Mal.

Kapitel 53

»Nee, mien Deern, ganz bestimmt nich. Wi hebbt keen Ünnermieters hier.«

Henning hätte seine wahre Freude an dem Mann gehabt, wahrlich ein Hamburger Original. Ihr Gegenüber war sicherlich an die sechzig Jahre alt, trug einen stattlichen Bauch vor sich her und hatte den warmherzigen Blick eines typischen Opas. Jedenfalls nach ihren Vorstellungen. Sie selbst hat es ja mit dem Plattdeutschen nicht so sehr, im Gegensatz zu ihrem Freund und Kollegen, dem zweifachen Familienvater.

»Es gibt in diesen riesigen Lagerhallen also absolut keinen Bereich, in dem man sich unbeobachtet verschanzen könnte?«, hakte Steffen noch einmal nach.

»Nee, hier warrt elk Quadratmeter för Aavt un Gröntüüg bruukt.«

»Haben Sie irgendetwas Ungewöhnliches hier in der Gegend heute beobachtet? Personen, die nicht hierher gehören zum Beispiel?« Janas Frustpegel stieg langsam, aber stetig an. Auch in der ersten Lagerhalle, die sie aufgesucht hatten, waren Steffen und sie mehr oder weniger belächelt worden wegen ihrer Fragen. Mehr als ein Kopfschütteln und ein nahezu mitleidiges Lächeln bekam sie auch hier nicht zur Antwort. »Danke«, meinte sie nur und verabschiedete sich.

Sie fingerte das Handy aus der Innentasche der Regenjacke und ließ sich von den anderen Suchtrupps updaten. Doch weder Rainer Jensens noch Hennings Truppe hatten eine Erfolgsmeldung für sie. »Bleibt nur das *Edeka Fruchtkontor Nord* übrig«, murmelte sie auf dem Weg zum Auto, den sie im Laufschritt absolvierten.

»Mhm«, gab ihr Partner mehr als einsilbig zurück.

»Lässt du mich an deinen Gedanken teilhaben?«

Hempel blieb trotz des Sauwetters auf halbem Weg zum Dienstwagen stehen. »Wo versteckt man am besten etwas, das niemand finden soll?«, rief er gegen den Regen an.

Jana neigte leicht den Kopf und dachte nach. Das Wasser lief in Bächen von der Kapuze ihrer Regenjacke, doch störte sie das in diesem Moment genauso wenig wie es Steffen störte, der nicht mal eine Kapuze aufgezogen hatte. Die Regentropfen platschten regelrecht auf seinen kahlen Schädel. »Nun mal raus mit der Sprache, keine Zeit für Ratespielchen!«

»Vor jedermanns Nase, weil niemand damit rechnet«, entgegnete er und marschierte wieder los.

»Du sprichst immer noch in Rätseln.« Sie eilte hinterher.

»Es gibt genau drei Möglichkeiten, warum Nielsen vermutlich zusammen mit der Seifert hergefahren ist.« Er kramte nach dem Autoschlüssel und öffnete die Wagentür. »Sie sind in ein anderes Auto umgestiegen, auf einem Schiff untergetaucht oder noch hier in der Nähe«, fuhr er fort, nachdem sie auf dem Beifahrersitz Platz genommen hatte. Als der Motor lief, drehte er die

Lüftung auf, um die beschlagene Windschutzscheibe freizubekommen, und beschleunigte. »Ich persönlich glaube nicht an die Möglichkeiten eins oder zwei. Die sind garantiert ganz in der Nähe, darauf wett ich genau wie du. Ist dir aufgefallen, wie voll der Lkw-Parkplatz in der Nähe der Imbissbude war?« Er gab Gas.

Janas Gedanken rotierten, als sie sich Steffens Worte durch den Kopf gehen ließ. Sie massierte sich vorsichtig die Schläfen, ihr Schädel begann erneut zu hämmern. »Der OP-Lkw. Versteckt zwischen den anderen Lastwagen. Natürlich, das ist genial«, hauchte sie. Sie schaute hinüber zu Steffen. Mittlerweile hatten sie den Parkplatz erreicht, auf dem die Brummifahrer in ihren mehr oder weniger engen Kojen übernachteten. Hempel drosselte jetzt den BMW und fuhr nur noch im Schritttempo.

»Hier stehen an die siebzig bis achtzig Lkw. So ein Laster, in den ab und zu jemand ein- oder aussteigt, würde hier wahrscheinlich wirklich nicht mal auffallen.«

Jana lächelte, der Kopfschmerz trat in den Hintergrund. Steffens Idee hatte was. Und dem Ganzen nachzugehen war mehr als nur einen Versuch wert. Sie griff zum Funkgerät und beorderte sowohl Hennings als auch Rainers Team als Verstärkung zum Lkw-Parkplatz.

Kapitel 54

Die Leiche der zierlichen Frau, komplett in Folie eingewickelt und verschnürt, hatte er über die Schulter gehievt wie einen Teppich. Sie trat jetzt ihre letzte Reise an, bevor er später selbst mit seiner Gattin zum Flughafen fahren und das Land verlassen würde. Dann wäre der *Cleaner* Geschichte, und jemand anderes nahm seine Stelle ein. Der Mann, der als Wache fungierte, öffnete die Tür. Hektisch blickte er sich um, die Luft war rein.

Er stieg die provisorische Treppe hinab, und nach wenigen Stufen hatte er wieder festen Boden unter den Füßen. Schnaufend bugsierte er die sterblichen Überreste in den bereitstehenden Sprinter, schmiss die hintere Wagentür zu und eilte zur Fahrerkabine. Der ganze Vorgang dauerte nur einige Sekunden, denn es regnete nach wie vor in Strömen. Er wollte nicht nass werden und sich wie ein begossener Pudel fühlen, zumal der starke Wind den Regen ihm regelrecht ins Gesicht peitschte. Nein, dieses Hamburger Mistwetter würde er ganz sicher nicht vermissen, dachte er, als er sich eine Zigarette ansteckte und den Motor anließ.

»Sag mal, hatte ich da eben eine Halluzination, oder war das …«

Aber weiter kam Hempel erst gar nicht, Jana schnitt ihm sofort das Wort ab. »Hab ich's doch gewusst! Das war

Brandt, der sich da gerade eine Kippe angezündet hat!«

Zuvor hatten sie beobachtet, wie ein Mann in Regenbekleidung eine Rolle über der Schulter tragend, die aussah wie ein Teppich, von der Ladefläche eines Lkw herabgestiegen und zu einem davor abgestellten Sprinter gegangen war. Wenige Sekunden später hatten sie Gewissheit, dass der Bestatter, von dem sie anfangs geglaubt hatten, er sei ein Opfer der Organhandel-Mafia geworden, noch quietschfidel war.

»Hältst du's für möglich, dass Brandt, dieser unscheinbare Typ, ein Cleaner ist? Dass er mehr ist als nur die Person, welche die Leichen illegal in einem Krematorium hat verschwinden lassen?«

»Hast du daran tatsächlich noch Zweifel?« Jana zog die Brauen hoch, dann funkte sie Hennings Suchteam an, das gerade in ihre Richtung unterwegs war. »Euch kommt gleich ein weißer Sprinter entgegen. Ihr müsst ihn unbedingt am Weiterfahren hindern. Der Fahrer ist Reinhold Brandt! Seid vorsichtig, vermutlich ist er bewaffnet. Außerdem denken wir, dass er eine Leiche transportiert. Er darf unter keinen Umständen verduften.«

»Verstanden«, kam es umgehend aus dem Lautsprecher zurück.

»Und wir beide kümmern uns jetzt um den Lkw dort. Sieht ganz so aus, dass du recht hattest mit deiner Vermutung. Ich fress 'nen Besen, wenn da nicht gerade eine OP stattfindet.« Jana schwang sich aus dem Wagen, die P99 im Anschlag.

Kurz darauf rüttelte sie kurz an der hinteren Ladeklappe des Lkw-Anhängers, aus dem Reinhold Brandt wenige Augenblicke zuvor herausgetreten war. »Abgeschlossen«, zischte sie durch die Zähne. Sie wog kurz ihre Optionen ab. Sollten sie die Sache selbst in die Hand nehmen oder das SEK herbeordern? Für die Person, der man offensichtlich das Spenderorgan entnommen hatte und deren Leiche Brandt offenbar gerade beseitigen wollte, kam ohnehin jede Hilfe zu spät. Wenn sie jetzt den Lkw stürmten, gefährdeten sie möglicherweise auch das Leben der Person, die das Organ erhalten sollte. Sie rief sich die Pläne der OP-Trucks in Erinnerung, die sie im Rahmen der Recherchen gesehen hatte. Der Operationssaal befand sich in der Regel im vorderen Bereich der Laster. Da Brandt kurz zuvor aus dem hinteren Teil herausgeklettert war, schien es sich hier ganz ähnlich zu verhalten, schließlich musste der OP-Bereich steril bleiben. Dann fällte sie eine Entscheidung und hämmerte mehrfach gegen die Tür.

»Hältst du das für eine gute Idee?«, meinte Hempel nur, der nun auch seine Dienstwaffe zog.

»Wie sollen wir sonst da reinkommen? Da drin wird schon nicht gleich eine bewaffnete Armee auf uns warten«, entgegnete sie, und im selben Moment wurde die Tür geöffnet.

»Haben Sie was vergessen?«, vernahmen sie zuerst eine männliche Stimme mit osteuropäischer Klangfärbung, bevor der bullige Typ zum Vorschein kam.

Die Überraschung stand ihm förmlich ins Gesicht geschrieben, als er in den Lauf zweier Pistolen blickte.

Jana legte den Zeigefinger an die Lippen, der Mann hob die Hände in die Luft und nickte. Hempel deutete mit dem Kinn zu einer kleinen Leiter, die auf dem Boden des Aufhängers lag. Der Unbekannte kam der Aufforderung zu ihrem großen Glück nach kurzem Zögern nach.

Während Jana den Fremden in Schach hielt, stieg Hempel die vier Stufen hinauf. Vorsichtig suchte er den Mann auf Waffen ab und wurde auch schnell fündig. Im Hosenbund hinter dem Rücken steckte eine Luger.

»Sind noch andere Bewaffnete hier?«, wollte Steffen wissen, was der Mann mit einem Kopfschütteln quittierte.

»Wenn du hier für die Sicherheit verantwortlich bist, bin ich froh, dass du nicht für mich zuständig bist«, meinte der kantige Ermittler, und kurz darauf klickten die Handschellen. Direkt im Anschluss stieg auch Jana die Leiter hinauf.

Da, plötzlich ein Schuss. Sie griff umgehend zum Handy und wählte Hennings Nummer. Es dauerte eine gefühlte Ewigkeit, bis ihr Partner endlich ranging. Unruhig wippte sie mit einem Fuß auf und ab.

»Alles in Ordnung bei euch?«, raunte sie aufgeregt.

»Der Kerl wollte einfach nicht anhalten, wir haben ihn mit einem Schuss in den Reifen gestoppt. Die Kollegen übernehmen gerade die Verhaftung. Es war tatsächlich Reinhold Brandt«, erwiderte Kruse.

Jana pustete erleichtert durch. »Gott sei Dank, endlich mal gute Nachrichten. Ich habe jetzt keine Zeit mehr, melde mich später wieder. – Was befindet sich hinter der Tür?«, wollte sie dann umgehend von dem Verhafteten wissen. Sie standen vor einer eingezogenen Wand mit Metalltür.

»Ein kleines Labor«, lautete die Antwort.

»Und dahinter?«

»Ein Wartebereich und der OP.«

Wenigstens zeigte sich der Typ kooperativ.

»Da kommt die Verstärkung.« Hempel deutete mit der Pistole, die er immer noch in der Hand hielt, nach draußen. Rainer Jensen und die beiden Uniformierten preschten aus dem Streifenwagen und eilten die Leiter herauf. Während die Polizisten den zuvor verhafteten Mann in den Wagen verfrachten und anschließend draußen Stellung beziehen sollten für den Fall, dass jemand aus dem Lkw herausstürmen und einen Fluchtversuch unternehmen sollte, instruierte Jana im Schweinsgalopp alle für das weitere Vorgehen.

Jensen und sie hatten die Waffen im Anschlag, als Hempel die Schiebetür öffnete, die sich vor ihnen befand. Der Mann hatte nicht gelogen, dahinter kam ein Labor zum Vorschein, der Raum maß vielleicht zwei Meter mal zwei Meter fünfzig. Niemand außer ihnen war anwesend. Sie eilten durch das kleine Labor und postierten sich vor der nächsten Tür, hinter der ein Aufenthaltsraum liegen sollte. Jana gab Steffen das Zeichen. Er drückte die Klinke hinunter und stieß die Tür auf.

Jana und Jensen stürmten in den Raum.

Auf einer Couch saß ein Mann, der vor lauter Schreck das Glas, das er in der Hand gehalten hatte, auf den Boden fallen ließ. »Hände hoch, Polizei!«, zischte Jana mit erstickter Stimme, und der Unbekannte mit dem dunkelgrauen Anzug zuckte regelrecht zusammen.

»Nicht ... schießen«, stammelte der Fremde, der Janas Aufforderung umgehend nachkam. Er zitterte wie Espenlaub. Obwohl er nur diese beiden Worte gesagt hatte, war nicht zu überhören, dass der Unbekannte aus Österreich stammte.

»Wer sind Sie?«, wollte die Kommissarin wissen, während Hempel, der kurz hinter ihnen den kleinen Aufenthaltsraum betreten hatte, in dem sich nichts weiter außer der Couch, einer Mini-Bar und einem Flachbildfernseher an der Wand befanden, auf den Mann zutrat. Er steckte die Waffe zurück ins Holster und holte eine Einweghandfessel aus Plastik aus der Regenjacke. Dann forderte er den Unbekannten auf, sich langsam aufzurichten, sich umzudrehen und die Arme hinter den Rücken zu strecken. Auch dieser Aufforderung kam der Mann nach.

»Maximilian Schindler, Geschäftsmann aus Wien«, gab der offensichtlich merklich mit der Situation Überforderte zur Antwort.

Im selben Moment wurde die Tür zu ihrer Rechten aufgerissen. Eine Frau in OP-Kleidung trat in den ohnehin schon überfüllten Raum.

»Was ist hier für Lärm?«, schrie sie. Als sie die Situation erfasst hatte, verstummte sie augenblicklich.

Jensen hatte seine P99 jetzt auf die Unbekannte gerichtet, und ihr entfuhr ein spitzer Schrei, bevor sie einen Schritt zurückwich.

»Bitte, meine Tochter …!«, winselte der Unternehmer.

Jana konnte sich nicht helfen, irgendwie kam ihr der Typ bekannt vor. Sie musste nur kurz überlegen. Das war es! Rainer hatte den Mann beim Verlassen von René Seiferts Privatklinik fotografiert.

»Gibt es hier noch andere Räume als den OP-Saal?«, wollte Jana von der unbekannten Frau wissen.

Sie schüttelte energisch den Kopf.

»Dann gehen wir beide jetzt da rein, Steffen, und beenden diesen Spuk.«

»Sie nicht rein. Operation, nix gut.« Die Frau in der grünen OP-Kleidung machte einen Schritt auf sie zu und stellte sich ihnen in den Weg. Die Panik stand ihr regelrecht ins Gesicht geschrieben.

»Nein«, schrie Schindler und versuchte, sich aus Jensens Griff zu befreien – der hielt ihn immer noch am Arm fest. Doch es gelang ihm nicht. »Wenn Sie da jetzt reingehen, gefährden Sie das Leben meiner Tochter!«

»Ich fürchte, er hat recht«, räumte Steffen ein und sah zu Jana. »Du hast selbst eben gesagt, dass wir zu spät kommen, um das Leben der oder des Entführten zu retten. Wenn wir da jetzt reinplatzen und das Ganze abbrechen, stirbt das Mädchen auf jeden Fall. Und selbst wenn wir das nicht tun und nur da reingehen, um denen zu zeigen, dass wir hier sind, was sie ohnehin längst wissen, gefährden wir ihr Leben, weil wir den OP-Saal möglicherweise kontaminieren.«

Verflixt, was für ein moralisches Dilemma! Jana runzelte die Stirn. Allerdings musste sie Steffen zustimmen.

Höchstwahrscheinlich war die Tochter des Geschäftsmannes die Einzige in der Geschichte, die bis zu diesem Tag nicht gewusst hatte, was hier gespielt wurde, und somit hatte sie keine Schuld auf sich geladen. Konnten sie es wirklich verantworten, ihr die Chance auf ein neues Leben zunichtezumachen?

Kapitel 55

Dienstag, 16. April, 10:20 Uhr, Vernehmungsraum

Britta Seifert saß mit verschränkten Armen vor ihr am Tisch. Das pechschwarze kurze Haar stand in alle Himmelsrichtungen ab, und unter den Augen hingen tiefe Schatten. Die Nacht in U-Haft hatte ihr offensichtlich zugesetzt, was Jana durchaus mit einer gewissen Genugtuung zur Kenntnis nahm. Sie selbst hatte nach einem anstrengenden Tag geschlafen wie ein Murmeltier, der Kopf schmerzte nur noch wenig, und der Schwindel war nahezu verschwunden.

Die Anwaltskanzlei, die das Ärztepaar vertrat, war ihr mehr als vertraut. *Wellenbrink & Partner.* Ihr gegenüber saß niemand Geringeres als der Seniorchef der Kanzlei: Ferdinand Wellenbrink. Ein eiskalter Winkeladvokat, der mit allen Wassern gewaschen war. Vier Jahre zuvor hatten sie im Mordfall seines Sohnes ermittelt und einige schmutzige Geheimnisse ans Tageslicht gebracht. Das Verhältnis zu dem Mann konnte man allenfalls wohlwollend als unterkühlt bezeichnen. Parallel zu ihrer eigenen Befragung wurden gerade ebenfalls René Seifert und Jasper Nielsen, der Arzt der Hamburger Uni-Klinik, befragt. Darum kümmerten sich Steffen und Rainer. Die Beweislage war indes erdrückend, was sie nicht zuletzt dem Einsatz der KTU zu verdanken hatten.

Königs Leute hatten bis spät in die Nacht gearbeitet, die Computerforensiker bereits belastendes Material gegen die drei Verdächtigen zutage gefördert. Die wichtigste Erkenntnis, die Jana mit offenem Mund zur Kenntnis genommen hatte, war der Umstand, dass die Ärzte offensichtlich nicht nur Teil der Organhandel-Mafia waren, sondern deren Kopf auch noch in deren Reihen zu finden war. Dennoch gab es viele ungeklärte Fragen, denen sie jetzt auf den Grund gehen wollten.

»Frau Seifert, wir haben auf dem in Ihrer Villa sichergestellten Laptop etwas gefunden – Ihr Mann hat zwar versucht, die belastenden Informationen noch rechtzeitig zu vernichten, aber …« Weiter kam Jana nicht, da sie in diesem Moment einen Anruf erhielt. »Entschuldigung, da muss ich unbedingt rangehen«, sagte sie, als sie den Namen der Anruferin sah, und nahm ab. Wellenbrink verdrehte theatralisch die Augen. Dass der Mann die Ungeduld in Person war, wusste sie bereits von damals, daher nahm sie seine Reaktion gelassen zur Kenntnis. Die Nachrichten, die sie nun zu hören bekam, ließen ihre Mundwinkel nach oben schnellen. Es gab Neuigkeiten im Fall Gebauer.

»Danke, dass Sie mich sofort informiert haben«, sagte sie und beendete das Gespräch. Im Anschluss rief sie umgehend bei Henning an, verließ den Raum, brachte ihren Partner bezüglich Denise Gebauer in wenigen Worten auf den neusten Stand – der Haftprüfungstermin würde bald stattfinden – und informierte ihn über die nächsten Schritte. Als sie den Vernehmungsraum wieder betrat, klopfte Wellenbrink ungeduldig mit einem Zeigefinger auf die Tischplatte, während seine Mandantin keinerlei Regung zeigte.

»Sind wir dann jetzt so weit?«, fragte Ferdinand Wellenbrink mit schneidender Stimme, als sie sich wieder setzte. Sein graues Haar war perfekt frisiert und passte farblich bestens zu seinem mausgrauen Maßanzug.

»Sorry, ging nicht anders«, erwiderte sie und lächelte. »Wo waren wir stehen geblieben? Ach ja, bei Ihrem Laptop. Interessante Informationen haben wir dort entdeckt, nachdem unsere IT-Spezialisten das Ding erst mal geknackt hatten. Die verschlüsselten Geldtransfers auf Reinhold Brandts Cayman-Konto oder die medizinischen Unterlagen Ihrer Organempfänger sowie Patientendaten unfreiwilliger Spender sprechen schon eine deutliche Sprache. Dann noch das Prepaidhandy, mit dem Sie Kontakt zu einer Nummer im Raum Köln gehalten haben. Lassen Sie mich raten, sie gehört Leon Gruber, Ihrem Informanten beim FDZ.« Jana spielte einen Trumpf nach dem anderen aus und genoss dabei den versteinerten Gesichtsausdruck der Ärztin. »Deutet irgendwie alles darauf hin, dass Sie der Kopf der Organisation sind. Ich muss zugeben, das hat mich mehr als überrascht. Möchten Sie sich dazu äußern, Frau Seifert?«

Die Angesprochene warf einen flüchtigen Blick zu ihrem Anwalt, der mit kurzem Nicken zu verstehen gab, dass sie antworten sollte. So lief die Vernehmung bereits seit Beginn vor knapp zwanzig Minuten ab. Die Frau gab in Abstimmung mit Wellenbrink immer nur so viel zu, wie sie bisher herausfinden konnten. Dabei hatte Jana ihr gleich zu Beginn signalisiert, dass sich ein vollumfängliches Geständnis positiv auf das Strafmaß auswirken würde.

»Ich habe die Eingriffe organisiert, das ist richtig.«

»Sowohl in Deutschland als auch in England?« Britta Seifert hatte während ihres Studiums zwei Auslandssemester in London absolviert und einige Kontakte zu Personen auf der Insel hatten offenbar bis heute bestanden.

»Korrekt. Der Bedarf an Spenderorganen ist leider überall auf der Welt deutlich höher als die Bereitschaft derer, zu spenden.«

»Und da haben Sie sich gedacht, warum nicht ein Geschäft daraus machen. Denn überall auf der Welt gibt es natürlich auch zahlungskräftige Kundschaft, die sich einen Scheißdreck darum kümmert, auf welcher Position einer Spenderliste sie landen. Sie sind wirklich eine wahre Wohltäterin«, giftete Jana.

Vernehmungsraum Organisierte Kriminalität

»Mann, Sie haben einen Eid abgelegt, Menschen zu retten und nicht dazu, Gott über Leben und Tod zu spielen«, knurrte Steffen Hempel. Am liebsten hätte er Jasper Nielsen am Kragen gepackt und kräftig geschüttelt. Der Arzt saß mit maßloser Überheblichkeit vor ihm und gab seelenruhig Antwort auf seine Fragen, dass er sich nur schwer beherrschen konnte.

»Nichts anderes habe ich getan«, erwiderte der Mediziner selbstgefällig. »Ich habe weder etwas mit der Auswahl des Spenders beziehungsweise der Spenderin zu tun noch mit der Entnahmeoperation und somit auch nichts mit dem Ableben dieser Personen. Mein Job ist es, dem Empfänger oder wie im konkreten Fall gestern der Empfängerin möglichst ein neues Leben zu ermöglichen, das auch die Bezeichnung *lebenswert* verdient. Ich mache das aus Überzeugung und nicht aus wirtschaftlichen Gründen.«

Dank der auf Britta Seiferts Laptop entdeckten Aufzeichnungen wussten sie jetzt, dass zwei verschiedene Ärzte-Teams am Tag einer Transplantation eingesetzt wurden. Ein anderer Chirurg und ein Anästhesist hatten zuvor in einer knapp zweistündigen Operation die Niere von Leonie Steffen entfernt. Zur Überraschung der SoKo hatte es sich bei dem Todesopfer, das Reinhold Brandt entsorgen sollte, nicht um den nach wie vor vermissten Mann aus Paderborn gehandelt, sondern um eine junge Frau aus Rostock. Sie war noch nicht auf ihrem Radar aufgetaucht, weil sie bisher schlichtweg nicht als vermisst gemeldet worden war.

»Aber die Kohle haben Sie sicherlich trotzdem gern eingesackt, nehme ich an?« Hempels Stimme triefte vor Ironie.

»Werden Sie nicht auch für Ihre Arbeit bezahlt?«, entgegnete der Arzt ungerührt.

Nielsens aalglatte Art ging Hempel zunehmend auf den Senkel. Der Anwalt des Mannes saß stumm wie ein

Fisch als stiller Beobachter daneben. Vermutlich war die Rollenverteilung vorher klar von Jasper Nielsen festgelegt worden. Der Strafverteidiger würde sehr wahrscheinlich nur dann eingreifen, wenn sein Mandant ihm das erlaubte.

»Unseren Informationen zufolge führen Sie seit knapp einem Jahr illegale Operationen durch. Wer hat Sie dafür angeworben?«

Nielsen trank erst einmal einen Schluck Wasser, bevor er antwortete. »René hat mich angesprochen. Er konnte ja leider nicht mehr selbst das Skalpell schwingen.«

Hempel wurde hellhörig und zog die Augenbrauen hoch.

»Ach, das wussten Sie gar nicht?«

»Was genau meinen Sie?«

»René leidet an einem Tremor der Hand, einem unwillkürlich rhythmischen Zucken, dessen Herkunft bisher nicht abschließend medizinisch geklärt ist. Er operiert schon seit Monaten nicht mehr und ist nur noch Repräsentant seiner Klinik, was natürlich nichts an der Tatsache ändert, dass er eine Koryphäe in seinem Fach ist. Wir kennen uns bereits viele Jahre, waren unter anderem zusammen in Afrika für Ärzte ohne Grenzen unterwegs.«

»Statt bei dieser Schweinerei mitzumachen, sind Sie nicht auf die Idee gekommen, die Polizei einzuschalten, um den ganzen Laden auffliegen zu lassen?«, schnaubte Hempel verächtlich.

Zum ersten Mal, seit die Befragung begonnen hatte,

gab es einen Blickkontakt zwischen Nielsen und seinem Anwalt. Und der Advokat war es auch schließlich, der antwortete.

»Das hätte mein Mandant ganz sicherlich in Erwägung gezogen, allerdings hatte Herr Seifert direkt ein paar überzeugende Argumente im Gepäck, als er ihn angesprochen hat«, begann der Anwalt.

Kapitel 56

Polizeipräsidium Köln, zur selben Zeit

Leon Gruber schloss die Augenlider, legte die Zeigefinger darauf und rieb ein paar Mal darüber. Dann schüttelte er den Kopf. Als er die Hand wieder sinken ließ und die Augen öffnete, rannen Tränen über sein Gesicht. Noch einmal warf er einen Blick auf die Mails, die ausgedruckt vor ihm auf dem Schreibtisch lagen. Nur undeutlich konnte er die Korrespondenz mit Britta Seifert lesen, der Tränenschleier trübte die Sicht.

»Und das ist wirklich nicht einfach nur ein Trick von Ihnen?«, fragte er den Polizisten zum wiederholten Male. Nachdem er gestern schon intensiv befragt worden war und man ihn schließlich hatte laufen lassen, waren die Ermittler an diesem Morgen wieder bei ihm auf der Arbeit aufgetaucht. Ihm war bereits beim Verlassen des Präsidiums am Vortag klar gewesen, dass die Bullen nicht locker lassen würden. Vermutlich hatten sie ihm die Schuld an seiner Nasenspitze angesehen. Doch er hatte geschwiegen. Er kannte die Konsequenzen, wenn er das nicht tat. Aber als sie vorhin sein Büro betreten hatten, war ihm der Schreck in die Glieder gefahren, da er nicht wusste, ob er dem Druck weiter standhalten würde. Da hatte er noch nicht geahnt, dass sich die Schlinge um seinen Hals schon längst zugezogen hatte. Mittlerweile hatten sie Beweise dafür, dass er mit drin steckte. Dabei hatte er das nie gewollt. Aber welche Wahl war ihm schon geblieben? Diese Leute hatten einfach zu viel Macht über ihn.

»Frau Seifert wurde gestern Abend von den Hamburger Kollegen festgenommen. Sie wird für einige Jahre ins Gefängnis wandern, glauben Sie mir. Abgesehen davon können wir auch mittlerweile nachweisen, dass Sie beide in Verbindung standen.« Der Ermittler legte einen Beweismittelbeutel vor ihn auf den Tisch. Er enthielt das Prepaidhandy, mit dem er Kontakt zu der Seifert gehalten hatte. Er atmete tief durch. »Wollen Sie nicht endlich Ihr Gewissen erleichtern? Sie könnten Ihre Kollegin entlasten. Es würde Ihnen gut zu Gesicht stehen, wenn Sie eingestehen, dass Sie es waren, der sich unter ihrem Namen Zugang zu den Patientenakten verschafft hat. Jene Akten, die als Grundlage dafür dienten, geeignete Spender für die illegalen Organtransplantationen zu finden. Ohne deren Wissen! Der zuständige Richter würde das sicherlich als strafmildernd ansehen, wenn Sie jetzt ein Geständnis ablegen. Warum haben Sie mitgemacht bei der Schweinerei? War's das Geld?«, fragte der Polizist freundlich. Wie bei der Befragung am Vortag machte er einen fast schon väterlichen Eindruck.

Gruber lachte höhnisch auf. »Wohl kaum, davon hab ich mehr als genug. Es ist …«, seine Stimme brach, »… wegen meiner Frau. Die haben mir gedroht, dass sie ihr etwas antun werden, wenn ich nicht mitmache. Dabei grenzt es an ein Wunder, dass sie überhaupt noch lebt«, erklärte der Mann und ließ einen tiefen Seufzer folgen.

»Das müssen Sie mir schon etwas genauer erklären«, forderte der Ermittler, nachdem der Befragte sekundenlang geschwiegen hatte.

»Ich habe die Büchse der Pandora geöffnet. Aber wenn ich das nicht getan hätte, würde meine Frau nicht mehr leben. Das war vor knapp drei Jahren. Meine Frau ist – war – schwer nierenkrank und schon lange bei Doktor Seifert in Behandlung. Er ist als Nephrologe eine Koryphäe auf dem Gebiet der Nierenerkrankungen. An jenem Tag hat er uns eröffnet, dass sie eine neue Niere braucht. Sie können sich ja vorstellen, was das für ein Schlag war, obwohl wir natürlich jederzeit damit rechnen mussten. Wir hatten nur nicht gedacht, dass es so schnell gehen würde. Wissen Sie, wie lange man in Deutschland auf eine Spenderniere wartet?«

»Im schlimmsten Fall bis zu acht Jahre«, antwortete der Beamte.

Gruber nickte. »Acht verfluchte Jahre. Viele Menschen auf der Warteliste haben bis dahin längst das Zeitliche gesegnet.« Er ließ eine Faust lautstark in die andere Hand sausen. »Aber Seifert hat uns ein Angebot unterbreitet, ein unmoralisches, über das wir auf keinen Fall sprechen durften.«

»Er hat Ihnen eine illegale Transplantation offeriert«, riet der Polizist.

Wieder ein Nicken. »Nicht ganz billig, und eine Garantie, dass es meiner Frau nach der OP tatsächlich besser gehen würde, konnte er auch nicht bieten. Aber die Prognose war grundsätzlich sehr positiv, und es war immerhin eine Chance.«

»Die Sie natürlich ergriffen haben.«

Gruber atmete tief durch. »Hätten Sie das nicht auch für Ihre Partnerin oder Ihren Partner gewollt?«, erwiderte der Mann und starrte auf den Ehering des Polizisten.

»Vermutlich schon, jedenfalls wenn ich das nötige Kleingeld dafür hätte«, räumte der Ermittler ein. »Und wie ging es dann weiter?«

»Wie gesagt, da war sie, die Büchse der Pandora. Ich hielt sie schon in den Händen, hatte den Deckel gedreht, aber sie noch nicht ganz geöffnet. Das tat ich erst, als wir uns für die Operation entschieden hatten.«

Der Ermittler zog die buschigen Augenbrauen zusammen. »Heißt konkret?«, bohrte er ungeduldig nach.

»Seifert hatte uns über die Risiken aufgeklärt und uns erzählt, wie schwierig es ist, einen geeigneten Spender zu finden. Je größer die Kompatibilität zwischen Spender und Empfänger ist, desto größer die Wahrscheinlichkeit, dass es nicht zu einer Abstoßungsreaktion kommt. Ich habe mir lange den Kopf zerbrochen, wie man dieses Risiko am besten minimieren kann. Die Lösung lag buchstäblich vor meiner Nase. Als damaliger Leiter der IT-Abteilung einer großen Krankenkasse hatte ich Zugang zu unzähligen Patientendaten. Ich habe Seifert davon erzählt, und er war ganz angetan von der Idee, einen Spender über die Infos aller Kassenmitglieder zu finden. Er hat mir die nötigen Eckdaten genannt, und ich schrieb ein Programm, das in der Lage war, nach genau diesen Kompatibilitätsindikatoren zu suchen. Mir war damals natürlich noch nicht klar, dass er mehr im Schilde führte, als nur einen geeigneten Spender oder eine Spenderin für meine Frau aufzutreiben.«

»Reichlich naiv, finden Sie nicht?«

»Im Nachhinein die größte Dummheit.« Er vergrub das Gesicht in den Händen. »Aber nur so konnte ich meine Frau retten.«

»Es war trotzdem pures Glück, dass Sie einen Treffer gelandet haben, oder?«

»Im Grunde nicht. Es sind mehrere Millionen Mitglieder erfasst, da war ein Treffer statistisch gesehen gar nicht so unwahrscheinlich. Das Problem war allerdings, die potenzielle Spenderin dazu zu bewegen, eine Niere für meine Frau herzugeben.«

Der Ermittler nippte an seinem Kaffee, er ahnte, was jetzt kommen würde. Es war offenbar die erste Person, deren Blut an Grubers Händen klebte. »Und wie haben Sie es bewerkstelligt?« Er stellte die Tasse sachte auf den Unterteller.

»Ich habe Erkundigungen über die Frau eingezogen. Und hatte Glück.«

»Inwiefern?«

»Sie war alleinerziehende Mutter. Hartz-IV-Empfängerin. Ich habe ihr fünfzigtausend Euro geboten, und sie hat eingewilligt.«

Die Antwort überraschte dann doch. Der Beamte war davon überzeugt gewesen, dass die Spenderin längst das Gras von unten wachsen sah. »Wie ging es anschließend weiter, also, nachdem Ihre Frau die OP überstanden hatte?«, fragte der Ermittler, obwohl er bereits eine ungefähre Vorstellung davon hatte. Und diesmal war er sich sicher, dass er richtig vermutete.

»Seiferts Frau, der eigentliche Kopf der Organisation, bei der alle Fäden zusammenliefen, erkannte das Potenzial dieser Spendersuche. *Organtransplantation de luxe* nannte sie's mal. Allerdings reichte ihr das Datenportfolio meines ehemaligen Arbeitgebers nicht, sie wollte Zugang zu mehr Patientendaten. Da kam dann das FDZ ins Spiel. Sie hat mich genötigt, mich dort zu bewerben. Es gab zufälligerweise eine Ausschreibung für einen IT-Mitarbeiter in leitender Funktion.«

»Und zu Ihrem eigenen Pech hat man Sie auch noch eingestellt. Gleichzeitig hat man Ihnen gedroht, dass Ihre Frau dasselbe Schicksal erleiden könnte wie diese armen Seelen, die man nur als Ersatzteillager betrachtet hat, wenn Sie nicht mitspielen, nehme ich an?«

»*Was man ihr gegeben hat, kann man ihr auch wieder nehmen.* Diese Drohung war eindeutig. Und die Leichen anschließend verschwinden zu lassen, darin sind die gut. Dafür haben die ihre Leute.«

Kapitel 57

Nach knapp anderthalb Stunden waren die drei Vernehmungen beendet. Jana hatte zu einem kurzen Briefing in den Besprechungsraum geladen, damit alle auf neuestem Stand waren. Auch Henning, der inzwischen ihren Auftrag erfüllt hatte, sowie Horst König waren anwesend.

»Der werte Herr Doktor Seifert hat also gemauert?«, stellte Jana empört fest, nachdem Jensen berichtet hatte, wie die Befragung des Arztes gelaufen war. »Wird ihm nur nichts nützen nach allem, was sein Spezi, der Nielsen, ausgeplaudert hat und was wir inzwischen sonst noch rausgefunden haben«, stellte sie dann nüchtern fest.

Einen Augenblick später wurde sie von einem Anruf des Kollegen aus Köln unterbrochen, der Leon Grubers erneute Vernehmung durchgeführt hatte. Bedächtig hörte sie zu, nickte dann und wann, und nachdem er ihre Fragen beantwortet hatte, beendete sie das Gespräch. Sie lehnte sich zurück, schloss kurz die Augen und dachte nach.

»Geht's dir gut?« Steffens besorgter Unterton war kaum zu überhören.

»Bestens«, erwiderte Jana mit fester Stimme, als sie die Augen wieder öffnete. »Gruber hat wichtige Informationen geliefert«, begann sie und fasste zusammen, was sie soeben aus Köln erfahren hatte. »Und«, wandte sie sich dann an den Leiter der KTU, »welche Neuigkeiten hast du für uns, Hotte?«

»Wie ihr wisst, gab es eine Reihe verschlüsselter Dateien auf dem Rechner der Seifert. Mittlerweile kennen wir auch den Inhalt der restlichen Ordner, die wir noch entschlüsseln mussten. Um ehrlich zu sein, macht mich das Ausmaß der Skrupellosigkeit sprachlos. Da passt die Geschichte von Leon Gruber gut ins Bild.« König räusperte sich kurz. »Aber der Reihe nach. Ich habe einige interessante Infos für euch. Fangen wir mit dem Netzwerk der Seiferts an. Es besteht aus insgesamt vier Teams. Jeweils zwei in England und Deutschland. Ein Team entnimmt das Organ, eins transplantiert. Die Ärzte jeder Crew stammen aus den entsprechenden Ländern, das übrige medizinische Personal für OPs und Nachbetreuung stammt ausnahmslos aus Ländern wie Albanien, Rumänien, Polen oder der Tschechei. Das gilt auch für die Leute, welche sich um die potenziellen Spender *kümmern*. Die Gewohnheiten werden bis zu ihrer Entführung ausgespäht. Die Entsorgung der Leichen übernimmt dann der Cleaner, den wir als Reinhold Brandt kennen beziehungsweise die Leute, die für ihn arbeiten. Bis auf Frank Ludwigs Identität sind uns diese Namen allerdings unbekannt.«

»Vielleicht kriegen wir ja was aus ihm raus, wenn er später zur Vernehmung gebracht wird«, grübelte Jana.

König nickte und fuhr dann fort. »Angefangen haben die Seiferts mit den Operationen tatsächlich vor knapp sechs Jahren in England, bevor sie ihre Aktivitäten aufs Festland ausgeweitet haben. Sie sind regelmäßig dort, besitzen sogar in Suffolk ein Haus, wie wir ja inzwischen herausgefunden haben. Wie sie in England an ihre Opfer rangekommen sind, die als Spender und Spenderinnen dienen mussten, wissen wir bisher nicht. Da solltet ihr noch mal nachhaken. Verdient haben sie mit dieser Sauerei zig Millionen.«

»Solange es viel zu wenig Menschen gibt, die bereit zur Organspende sind, wird das Problem mit den illegalen Transplantationen kaum in den Griff zu bekommen sein. Auf die Seiferts werden andere folgen«, brachte es Kruse auf den Punkt. »Wer von euch hat denn einen Organspendeausweis?« Er sah auffordernd in die Runde. Doch außer seiner eigenen Hand schnellte keine weitere in die Höhe. »Seht ihr, genau das meine ich.«

Betreten sahen die anderen zu Boden.

»Hast recht, Kleiner, mir hat das ehrlich gesagt die Augen geöffnet«, meinte Steffen Hempel und knuffte ihn.

König fuhr nüchtern fort: »Das Haar, das wir in dem Sarg der alten Dame entdeckt haben, in dem auch Patricia Lambrechts Leichnam zum Krematorium gebracht werden sollte, passt zu unserem Doc von der Uni-Klinik, diesem Nielsen. Vielleicht fragt ihr ihn noch mal, ob er bei seiner Aussage bleiben will, dass er ausschließlich an den Transplantationen teilgenommen hat. Das Haar scheint etwas anderes zu belegen, denn es stellt sich die Frage, wie es in den Sarg gekommen ist, wenn er zuvor nicht Kontakt zur Spenderin hatte. In diesem Fall würde nämlich Mord ebenfalls mit auf die Liste der Anklagepunkte wandern«, stellte König nüchtern fest.

»Das wäre natürlich der Hammer und würde in der Tat noch einmal ein ganz anderes Licht auf diesen selbstgefälligen Schnösel werfen«, meinte Hempel.

»Aber das war noch nicht alles, oder?« Jana schwante, dass da noch etwas kam. Sie sah an Königs Gesichtsausdruck, dass ihm etwas Wichtiges auf der Zunge lag.

»Du vermutest richtig.« König lächelte fast. »Nielsen hat ja bei seiner Vernehmung erwähnt, dass er mit brisantem Videomaterial erpresst wurde und man ihn so davon überzeugt hat, bei dem ganzen Mist mitzumachen, nachdem Seifert aus gesundheitlichen Gründen nicht mehr operieren konnte.«

»... wobei er mehrfach beteuert hat, dass die Aufnahmen, die ihn beim Sex mit Kindern zeigen, gefälscht waren«, fiel ihm Hempel ins Wort.

»Er hat dahingehend die Wahrheit gesagt. Das sind sogenannte Deepfake-Aufnahmen. Nielsens Kopf wurde einfach mithilfe von KI-Programmen in den Originalaufnahmen ersetzt. Sieht täuschend echt aus. Ohne technische Hilfsmittel, wie wir sie zum Glück haben, ist nicht rauszufinden, dass die Filmaufnahmen gefälscht wurden. Wenn die Seiferts ernst gemacht und diese Videos veröffentlicht hätten, wäre Nielsen erst mal hinter Gitter gewandert. Sein Ruf wäre ruiniert gewesen. Die Aufnahmen wurden im Darknet beauftragt und gegen das entsprechende Entgelt angefertigt.«

»Schöne Neue Welt mit diesem ganzen KI-Scheiß«, schimpfte Kruse.

»Fluch und Segen zugleich«, stimmte Horst König zu.

»Die letzte Info, die ich für den Moment habe, dürfte vielleicht nicht mehr ganz so überraschend für euch sein. Es geht um die Waffe, die Henning bei Reinhold Brandts Verhaftung sichergestellt hat. Frank Ludwig wurde eindeutig damit erschossen.«

Kapitel 58

Früher Nachmittag

Als Reinhold Brandt in den Vernehmungsraum geführt wurde, verschlug es Jana zunächst einmal die Sprache. Das Aftershave. Es wirkte auf sie wie ein Trigger.

»Sie waren das! Sie haben mich im Flur meines Wohnhauses überfallen und gegen die Wand geschmettert.« Am liebsten wäre sie dem Mann an die Gurgel gegangen. Sie konnte sich gerade noch zurückhalten.

Brandt schaute sie überrascht an. »Ich dachte, das wäre Ihnen schon früher in den Sinn gekommen. Was hat mich jetzt verraten?«, war alles, was er dazu zu sagen hatte. Es waren die letzten Worte, die der Mann für eine geraume Zeit sprach. In der Folge saß Reinhold Brandt einfach nur da und verzog keine Miene, während Jana eine Frage nach der anderen stellte, die er mit Schweigen quittierte. Er hatte die Nacht über unter strenger Bewachung zur Beobachtung im Krankenhaus verbracht. Aber außer ein paar schmerzhaften Prellungen war er bei dem Unfall, den er infolge des geplatzten Reifens nach Kruses gezieltem Schuss gebaut hatte, unverletzt geblieben. Jetzt saß er in dem Vernehmungsraum, in dem wenige Stunden zuvor Britta Seifert Rede und Antwort hatte stehen müssen. Auf einen Rechtsbeistand hatte der Mann verzichtet.

»Wie ist der Kontakt zu Britta und René Seifert entstanden? Die beiden dürften ja kaum eine Suchanzeige aufgegeben haben, um Ihre Dienste in Anspruch zu nehmen?«

Brandt saß immer noch da und betrachtete seine Fingernägel, als ob ihn all das nichts anginge. Der Typ brachte sie zunehmend auf die Palme, wie er da so arrogant vor ihr und Steffen saß. Am liebsten hätte sie Brandt am Kragen gepackt und ihn geschüttelt, um ihn zum Reden zu bringen.

»Wie viele Jahre machen Sie das eigentlich schon? Aufträge annehmen, um Leichen verschwinden zu lassen?«, war es diesmal Hempel, der die nächste Frage stellte.

Der Befragte blickte kurz auf, schüttelte aber nur den Kopf. Die Indizien, die sie in den letzten Stunden zusammengetragen hatten, setzen sich allmählich zu einer aussagekräftigen Beweiskette zusammen, die vor Gericht Bestand haben würde. Das musste auch Reinhold Brandt bewusst sein. Umso mehr irritierte es die Ermittler, dass er überhaupt keine Bereitschaft zeigte, zu kooperieren oder ein Geständnis abzulegen, um auf diese Weise seine Situation vor Gericht zu verbessern. Warum schien es ihm nichts auszumachen, dass sie ihn geschnappt hatten?

»Sind Sie wirklich so abgebrüht? Da werden junge Menschen auf offener Straße entführt! Gegen ihren Willen werden ihnen lebenswichtige Organe entnommen, anschließend bringt man sie um, und zu guter Letzt lassen

Sie sie einfach verschwinden. Ist Ihnen völlig egal, dass dort Angehörige, Freunde oder Arbeitskollegen einen lieben Menschen verlieren, ohne dass sie jemals etwas über sein Schicksal erfahren?«

Janas Hand klatschte mit den letzten Worten laut auf die Tischplatte, so sehr hatte sie sich in Rage geredet.

»Was glauben Sie eigentlich, weshalb ich in mehr als zwei Jahrzehnten ein so erfolgreiches Business aufgebaut habe? Weil ich mich von Gefühlen leiten lasse?« Brandt lachte dümmlich auf und hielt sich dabei den Bauch.

Es war das erste Mal, dass dieser Schweinehund sein Schweigen brach, und am liebsten hätte Hempel ihm für diese abfällige Aussage eine geschmiert.

»Ich nehme an, Sie wollen uns nicht die Namen weiterer Auftraggeber nennen?«, versuchte Jana noch einmal, Informationen aus dem Mann herauszubekommen.

Wieder nur ein abfälliges Grinsen.

»Okay. Belassen wir es dabei. Warum haben Sie den Laptop mit den Zugangsdaten zu Ihrem Konto auf den Caymans in Ihrer Wohnung zurückgelassen? Und weshalb haben Sie die Videoaufnahmen nicht gelöscht, die Sie zusammen mit Frank Ludwig zeigen? Ihnen musste doch klar gewesen sein, dass somit Ihre Beteiligung an dieser Schweinerei mit den ausgeschlachteten Körpern für die illegalen Transplantationen für uns klar sein würde?«

»Die erste vernünftige Frage, die Sie mir stellen.« Brandt klatschte in die Hände. »Die Antwort ist ganz simpel, und ich bin davon überzeugt, dass Sie sich das selbst schon denken können.«

Doch statt fortzufahren, hielt er einige Sekunden inne. Dieser Vogel schien die Vernehmung regelrecht zu genießen, was Jana nach wie vor irritierte. Steffen neben ihr atmete schwer ein und aus, als hätte er gerade einen Hundert-Meter-Sprint absolviert. Kein gutes Zeichen, sein Geduldsfaden würde gleich reißen.

»Ablenkung heißt das Zauberwort.«

Gott sei Dank, Brandt hatte die Sprache wiedergefunden.

»Spätestens nach Saschas dämlichem Autounfall war mir klar, dass Sie mir früher oder später auf die Schliche kommen würden. Also habe ich nachgeholfen, damit Sie die richtigen Schlüsse ziehen und erkennen, dass ich tatsächlich mit Organhändlern zusammenarbeite. Mein Ziel war es, dass Sie möglichst vielen Spuren gleichzeitig nachjagen müssen und so wichtige Ermittlungsressourcen binden. Je mehr Köder ich auslegen konnte, desto mehr Arbeit würde das für Ihr Team bedeuten. Jedenfalls kurzfristig. Schließlich mussten Sie glauben, dass man Herrn Ludwig und meine Wenigkeit aus dem Weg geräumt hatte. Ein totgeglaubter Reinhold Brandt konnte weiter unter dem Radar fliegen und die letzten Maßnahmen ergreifen für die endgültige Flucht.«

»Was Ihnen glücklicherweise nicht gelungen ist, wie man sieht.« Dieses Mal war es Jana, die grinste. »Allerdings war ich mir anfänglich tatsächlich sicher, dass Sie längst nicht mehr leben«, gab sie zu und zog einen Flunsch.

»War schon lustig, Ihre Kollegen dabei zu beobachten, wie sie den See nach meiner Leiche abgesucht haben«, unterbrach er ihre Ausführungen. Wieder lächelte er breit.

Sie schluckte kurz. Wäre sie eine Marvels-Superheldin gewesen, hätte sie jetzt vermutlich Blitze auf ihn abgefeuert. Aber sie bewahrte trotzdem Ruhe und sprach unbeirrt weiter. »Statt direkt zu flüchten, wurden Sie gierig und haben noch einmal einen Job angenommen, was Ihnen jetzt zum Verhängnis geworden ist.« Dieses Mal war es Jana, die triumphierend lächelte.

»Nun ja, wie ich bereits erwähnte, musste ich für meine Flucht noch ein paar Dinge regeln. Und was den letzten Job betrifft: Das war eigentlich nur noch ein Freundschaftsdienst. Es ging nicht ums Geld. Ich wollte einen Fehler wiedergutmachen. So was nennt man Loyalität. Abgesehen davon glauben Sie doch nicht ernsthaft, dass ich das Land für immer ohne meine Frau verlassen würde? Und jetzt ist die Plauderstunde für heute auch beendet, ich würde nun gern in meine Zelle am Dammtor gebracht werden.« Der Cleaner lehnte sich auf dem Stuhl zurück.

Allen Fragen, die in der Folge auf ihn einprasselten, begegnete er von nun an schweigend, ohne auch nur die geringste Reaktion zu zeigen.

Kapitel 59

»Ihr Bayern-Fans habt doch gar keine Ahnung von Fußball. Ihr wisst schon vor dem Spiel, dass ihr gewinnt – wie langweilig. Wir auf Pauli wissen noch, was richtiger Fußball ist, mit Herz und Leidenschaft.«

»Immer die gleiche Leier, ist doch nur der Neid der Besitzlosen. Lasst euch mal was anderes einfallen«, kam es genervt vom Beifahrersitz zurück.

Die beiden Männer waren so sehr in ihre Diskussion vertieft, dass sie das Motorrad noch gar nicht bemerkt hatten, das ihnen seit der Abfahrt buchstäblich an der Stoßstange klebte. Sie befanden sich gerade auf der Bundesstraße 433, als die Ampel an der Kreuzung Lokstedter Weg auf Rot sprang und sie anhielten.

Der Fahrer der schweren Kawasaki hielt direkt neben der Fahrerkabine und zog eine Pistole. Erst als aus dem Nichts ein zweites Motorrad neben der Beifahrertür auftauchte, dessen Fahrer ebenfalls eine Waffe zog, beide auf die Vorderreifen zielten und schossen, wurden die Männer im Fahrerhaus des Transporters aufmerksam.

»Scheiße, was geht denn hier ab?«, schrie der Beamte hinter dem Lenkrad, und zeitgleich wanderte die freie Hand Richtung Holster. Noch eher er den Griff der Waffe überhaupt berührt hatte, pfiff haarscharf an seinem Kopf eine Kugel vorbei. Als er panikerfüllt nach links blickte, sah er, wie der Motorradfahrer mit der Waffe auf ihn zielte und mit der anderen Hand ein unmissverständliches Zeichen gab, die Pistole stecken zu lassen. Rechts von ihm war sein Partner wie zur Salzsäule erstarrt, auch auf ihn war eine Waffe gerichtet worden.

Einen Sekundenbruchteil später schoss ein schwarzer SUV von der Seite heran, der unmittelbar vor ihrem Transporter stoppte. Drei weitere schwer bewaffnete Vermummte sprangen aus dem Auto heraus, rannten zum Heck des Kleintransporters, platzierten eine Mini-Sprengladung mit Magnetvorrichtung an den Hecktüren und machten einige Schritte zur Seite. Der Fahrer des Seats, der direkt hinter dem Gefangenentransport gehalten hatte, duckte sich seitlich auf den Beifahrersitz weg.

Die Explosion richtete keinen allzu großen Schaden an, sie war gerade groß genug, um die Hecktüren aufzusprengen. Während einer der Männer die nur noch in den Angeln hängenden Türen aufriss, zielten die andern beiden mit Maschinenpistolen auf den Innenraum.

»Waffe weg«, zischte ein Angreifer durch die Mundöffnung seiner Sturmhaube einem mit hinten sitzenden Wachmann zu. »Oder willst du für ihn draufgehen?«, fuhr er fort und deutete mit dem Kinn auf den Gefangenen.

Kaum hatte er die Worte ausgesprochen, ließ der Polizist seine Waffe auf den Boden fallen und hob die Hände.

»Sehr schön. Und jetzt hinlegen, Hände auf den Rücken«, rief der Mann.

Seine beiden Komplizen schwangen sich indes in den Wagen. Der Größere legte dem mittlerweile flach auf dem Bauch liegenden Polizisten Plastikfesseln an und machte sich sogleich daran, ihn nach den Schlüsseln für die Handschellen des Gefangenen zu durchsuchen. Schnell wurde er fündig und warf sie seinem Kumpel entgegen, der vor dem Häftling kniete und ihn wenig später befreit hatte. Nicht einmal anderthalb Minuten waren vergangen, seit die beiden Motorradfahrer die Reifen zerschossen hatten. Kurz darauf düste das Überfallkommando mit dem Gefangenen in dem SUV davon.

Jana starrte sekundenlang ungläubig auf ihr Handy. »Das kann doch nicht wahr sein!«, brüllte sie durchs Büro, schoss vom Stuhl auf, schnappte sich die Jacke, sammelte Steffen ein und machte sich mit ihm auf den Weg zur Kreuzung Bundesstraße 433/Lokstedter Weg.

Obwohl ihr Fahrziel nicht weit entfernt lag, brauchten sie fast zehn Minuten, was an dem Verkehrschaos lag, das ausgebrochen war, nachdem die Polizei den Bereich der Kreuzung komplett großräumig gesperrt hatte. Der Gefangenentransporter, der Reinhold Brandt vom Präsidium zur Untersuchungshaftanstalt Hamburg an der Straße Holstenglacis hatte bringen sollen, war vor knapp zwanzig Minuten überfallen worden. Von dem Gefangenen fehlte jede Spur.

Wenigstens keine Verletzten, war Janas erster Gedanke gewesen, als der Beamte sie vorhin über die Vorkommnisse in Kenntnis gesetzt hatte. Die Fahndung lief längst auf Hochtouren, vergeblich bisher. Sie kämpfte sich mit Hempel bis zum Einsatzleiter vor, mit dem sie zuvor telefoniert hatte. Er reichte ihr einen Brief, den Brandt im Transporter für sie hinterlassen hatte.

Vorschriftsmäßig war das Beweismittel in einer Plastiktüte verstaut worden. Sie las die Zeilen, und während sie das tat, verkrampfte sich ihr Magen. Als sie zu Ende gelesen hatte, reichte sie den Brief an Hempel weiter.

Ich habe mächtige Freunde, die Angst davor haben, dass ich mit der Polizei über Dinge plaudere, über die ich besser schweigen sollte. Noch größer sind die mächtigen Feinde, die ebenfalls Angst davor haben werden, dass ich singe. Ich hätte vermutlich nicht lange im Knast überlebt, also habe ich es vorgezogen, einige Vorkehrungen zu treffen, um abzutauchen. Sie waren eine würdige Gegnerin, Frau Brinkhorst, das muss ich Ihnen lassen. Aber so ist es nun mal im Leben: Manchmal gewinnt man, manchmal verliert man.

Hochachtungsvoll, Reinhold Brandt.

»Jetzt wissen wir auch, warum der Kerl so darauf gedrängt hat, in die Haftanstalt gebracht zu werden!«, stellte der Ermittler lakonisch fest.

»Der hat die ganze Zeit mit uns gespielt.«

»Ich bezweifle, dass wir ihn noch mal schnappen. Er scheint wirklich gute Kontakte zu haben, das waren Profis. Vermutlich ehemalige Militärangehörige oder so.«

»Ich befürchte, da hast du recht, Steffen.« Jana raufte sich die Haare und schimpfte in der nächsten halben Stunde wie ein Rohrspatz.

Kapitel 60

Der Plan war zu hundert Prozent aufgegangen. Statt wieder in den Knast zu wandern, war sie in die Freiheit hinausspaziert. Mats hatte sie in die Arme geschlossen und leidenschaftlich geküsst. Ihre Liebe war etwas ganz Besonderes, und dass er so bedingungslos hinter ihr stand, war für sie ein unbeschreiblich schönes Gefühl. Es hatte ihr auch nicht das Geringste ausgemacht, dass er gleich wieder losmusste, nachdem er sie nach Hause gebracht hatte, schließlich stand die Tour mit Baphomet's Disciples an. Niemals hätte sie ihm dafür eine Szene gemacht. Die Band hatte die eine Hälfte seines Herzens eingenommen, sie die andere. Außerdem passte es ihr ganz gut in den Kram, dass sie den Abend für sich allein hatte. Wie so oft. Denn sie hatte noch etwas vor.

Um kurz vor halb acht machte sie sich mit dem Rad auf den Weg in die Süntelstraße. Dreißig Minuten später sicherte sie ihr Bike mit einem Schloss an einer Laterne. Die letzten Meter ging sie zu Fuß.

Das Schicksal hatte es gut mit ihr gemeint, weil Sascha ausgerechnet hier eingeliefert worden war. Denn bevor sie die Stelle in der orthopädischen Tagesklinik annahm, hatte sie in diesem Krankenhaus ihre Ausbildung zur Krankenschwester absolviert. Sie kannte das Gebäude aus dem Effeff und wusste ganz genau, wo sich die Umkleidekabinen der jeweiligen Stationen befanden, ihr erstes Ziel.

Mit einem Pizzakarton in der Hand, den sie von zu Hause mitgebracht hatte, marschierte sie am Empfang vorbei. Sie setzte ein strahlendes Lächeln auf, eine Essenslieferung war hier an der Tagesordnung. Doch der Mann hinter der Glasscheibe schenkte ihr überhaupt keine Beachtung, winkte sie durch, ohne sie anzusehen. Sie zog die Schirmmütze tiefer ins Gesicht, um möglichst unsichtbar für die Überwachungskameras zu bleiben. Bloß kein unnötiges Risiko eingehen, falls die Bullen später skeptisch wurden und doch irgendwelche Untersuchungen anstellten, dachte sie und stieg in den Aufzug.

Um diese Zeit war zum Glück nicht mehr viel los auf Station C. Die Besuchszeit war zu Ende, die meisten Ärzte und der Großteil der Angestellten, die nicht im Schichtdienst arbeiteten, hatten bereits Feierabend. Auf dem Weg in den Umkleideraum war ihr niemand entgegengekommen, den Pizzakarton hatte sie indes schon in einem Mülleimer entsorgt. Vor der Tür angekommen versicherte sie sich noch einmal, dass die Luft rein war, und schlüpfte in den Raum. Sie drückte auf den Lichtschalter, einen Augenblick später erstrahlte der Umkleideraum in hellem Licht. Eilig steuerte sie auf den erstbesten Spind zu, auf dem der Name einer Frau stand, holte ihre Dietriche aus der Jackentasche und machte sich sogleich an dem Schloss der versperrten Tür zu schaffen. Sie war zwar ein bisschen aus der Übung, aber es dauerte trotzdem nicht lange, bis sie das verräterische Klacken hörte und die Verriegelung überwunden war.

Zu ihrer großen Freude hatte sie einen Volltreffer gelandet, denn auf einem Kleiderbügel hing fein säuberlich aufgehängt genau die Bekleidung, die sie brauchte, um auf der Intensivstation nicht unnötig als Besucherin aufzufallen: ein blaues Hemd und eine blaue Hose, wie sie das Pflegepersonal auf den Stationen trugen. Jetzt mussten die Klamotten nur noch halbwegs passen. Sie nahm die Kluft vom Bügel, zog sich hastig aus und streifte das blaue Gewand über. Ein bisschen zu groß, wie sie befand, aber für den kurzen Besuch auf der Intensivstation würde es reichen. Dann zog sie ihre weißen Sneaker wieder an, stopfte ihre eigenen Klamotten für später in den Spind und marschierte los.

Da sie Sascha schon einmal kurz nach dem Unfall besucht hatte, wusste sie, in welchem Zimmer er lag. Sie hatte sich als seine Schwester ausgegeben und der Pfleger hatte ihr bereitwillig mitgeteilt, dass seine Chancen, aus dem Koma aufzuwachen und sich von den Unfallfolgen vollständig zu erholen, bei fünfzig zu fünfzig lagen.

Schon als sie ankam, hatte sie sich eine Mund-Nasen-Maske aufgezogen. Die war zwar seit Aufhebung der Corona-Vorschriften keine Vorgabe mehr, aber bei ihrem letzten Besuch hatte sie gesehen, dass die Schwestern und Pfleger sie trotzdem vereinzelt trugen. Niemand begegnete ihr auf dem Flur, sie konnte unerkannt das Zimmer betreten.

Da lag er, an einen Überwachungsmonitor angeschlossen. Langsam näherte sie sich dem Bett. Sascha wurde mit

Sauerstoff beatmet, außerdem stand neben seinem Lager ein Infusionsständer, die klare Flüssigkeit der Flasche mit der Aufschrift NaCL lief über den Zugang direkt in seine Vene. Fast zärtlich strich sie ihm übers Gesicht.

»Es tut mir leid, was geschehen ist«, meinte sie und verharrte einen Augenblick neben ihm. Dann zog sie die Spritze aus der Tasche des blauen Kittels, die sie zuvor dort verstaut hatte, und schraubte den Zugang zum peripheren Venenkatheter auf. Sie steckte den Konus der Spritze in die Öffnung, warf einen letzten Blick auf ihren langjährigen Weggefährten und drückte dann den Kolben der Spritze hinunter, die außer hundert Millimeter Luft nichts enthielt. Lange würde es nicht dauern, bis Sascha an einer Embolie sterben würde. Die Spritze wanderte wieder in die Tasche.

Doch dann geschah etwas völlig Unerwartetes. Sascha schlug die Augen auf.

»Was hast du getan?« Die Stimme klang schwach. In seinem Blick lag eine Traurigkeit, die sie tatsächlich für einen Sekundenbruchteil berührte. Sie wollte gerade zu einer Antwort ansetzen, als hinter ihr die Tür zum Patientenzimmer aufgerissen wurde.

»Ja, genau, Frau Gebauer: Was haben Sie gerade getan?« Jana Brinkhorst und der Kollege, welcher sie am Vortag verhört hatte, waren ins Zimmer gestürzt.

»Ähm«, stammelte die junge Frau. »Ich besuche einen langjährigen Freund.« Warum zum Teufel war Sascha wach? Und weshalb hatte die Luftinjektion ihn noch nicht getötet? Die Gedanken rotierten in ihrem Kopf, und langsam wurde ihr klar, was hier gespielt wurde.

»Auf den Videoaufnahmen sieht es aber eher so aus, dass Sie versucht haben, Herrn Schultheiss mit einer ordentlichen Portion Luft zu töten. Außerdem ist es recht ungewöhnlich, dass Sie für den Besuch extra zuvor in der Umkleidekabine einen Spind aufgebrochen haben, um Kleidung einer Schwester zu stehlen. Sieht ganz danach aus, dass Sie versucht haben, den einzigen Zeugen loszuwerden, der die Geschichte, die Sie uns aufgetischt haben, als Lüge enttarnen und aussagen könnte, dass Sie in Wahrheit für den Tod von Marion Hufnagel und dem Unbekannten in Kiel verantwortlich sind.«

»Bullshit«, zischte sie durch die Zähne.

»Nun, für uns ergibt sich inzwischen ein klares Bild«, entgegnete Henning Kruse. »Ihr Pech, dass Herr Schultheiss heute Morgen aus dem Koma aufgewacht ist und uns in Abstimmung mit den Ärzten bereitwillig Rede und Antwort gestanden hat. Nur dass sich seine Version der Geschichte so gar nicht mit Ihrer deckt.« Er sah sie an, und kurz darauf klickten die Handschellen.

»Wir waren übrigens so frei und haben den Arm Ihres Freundes ein wenig präpariert. Eine künstliche Blutader, eine zweite Hautschicht, reichlich Pflaster und Schminke. Täuschend echt wie im Film, für den Fall, dass Sie hier auftauchen. Ich war mir sicher, dass Sie alles daransetzen, einen Mitwisser, der all Ihre Lügen aufdecken könnte, endgültig aus dem Weg zu räumen.«

»Du dämliche Bitch hast das alles geplant! Deshalb hat mich der Haftrichter aus der U-Haft entlassen?«, schrie Denise Gebauer aufgebracht. Speicheltröpfchen flogen in Janas Richtung.

»Hat schon eine Menge Überzeugungsarbeit erfordert, aber stimmt, es war mein Plan. Riskant, zugegebenermaßen, da wir nicht wussten, was Sie im Schilde führten. Sie hätten genauso gut mit einer Knarre oder einem Skalpell hier reinmarschieren können. Aber dafür sind Sie zu clever. Es sollte möglichst nach einer natürlichen Todesursache aussehen. Ohne die Hilfe von Herrn Schultheiss hätten wir das nicht durchziehen können. Allerdings hat er nach all den Jahren, in denen er blind vor Liebe war, endlich eingesehen, dass man Sie zur Strecke bringen musste. Es stand Aussage gegen Aussage, es hätte in alle Richtungen ausgehen können. Das galt es zu verhindern.«

Wie auf Kommando rannen plötzlich Tränenbäche über Denise Gebauers Wangen. »Aber ich … ich kann doch gar nichts dafür«, schniefte sie. »Er hat mich zu alldem gezwungen. Ich wollte mich doch nur von ihm befreien«, versuchte sie, ihr Vorgehen mit höchster Schauspielkunst zu verteidigen.

»Halt endlich den Mund«, fuhr Sascha Schultheiss sie nun mit deutlich festerer Stimme als zuvor von der Seite an. »So viele Jahre hab ich deine Lügen ertragen, mich von dir manipulieren und benutzen lassen. Es reicht jetzt.«

Langsam drehte sie sich zu ihm um. *Das wirst du mir noch büßen.* Sie formte die Worte, ohne einen einzigen Laut von sich zu geben.

»Wussten Sie, dass Herr Schultheiss damals heimlich ein Foto gemacht hat, während Sie den Unbekannten in

Kiel getötet haben?«, spielte Jana ihren letzten Trumpf aus.

»Netter Versuch, Frau Hauptkommissarin«, erwiderte Denise Gebauer und funkelte sie böse an.

»Also nicht.« Jana blieb betont gleichgültig, zückte ungerührt das Handy und zeigte der Festgenommenen ein Foto, auf dem eine junge Frau zu sehen war, wie sie das Messer in eine am Boden liegende Person rammte. Allerdings waren die Lichtverhältnisse auf der Aufnahme derart bescheiden, dass man die junge Frau nicht eindeutig identifizieren konnte. Das schien auch die Beschuldigte sofort erkannt zu haben, wie die Reaktion auf das Foto belegte.

»Das könnte jeder sein.« Denise Gebauer zuckte desinteressiert die Schultern.

»Richtig, auf den ersten Blick sind Sie nicht darauf zu erkennen. Allerdings haben unsere Techniker in unserem Labor dank der vorliegenden technischen Möglichkeiten den Beweis liefern können, dass Sie das sind, die da in Kiel das Messer schwingt«, erwiderte Jana gelassen und zeigte ihr die überarbeitete Version der Aufnahme. Auf der war Denise Gebauer eindeutig zu erkennen. »Und jetzt ist es Zeit zu gehen. Wir werden Sie höchstpersönlich in die U-Haft übergeben. Alles Weitere dann morgen auf dem Präsidium.«

Epilog

Vier Monate später

Jana hatte sich an diesem Vormittag Zeit genommen, um den Prozess gegen den ehemaligen Uniklinik-Arzt Jasper Nielsen als stille Beobachterin im Gerichtssaal zu verfolgen. Ihre eigene Aussage hatte sie bereits am ersten Prozesstag gemacht. Jetzt lauschte sie mehr oder weniger interessiert den Ausführungen des Staatsanwalts, der derart monoton sprach, dass ihre Gedanken immer wieder zu den Ereignissen der letzten Wochen abschweiften.

Nielsen bestritt nach wie vor beharrlich, an der Herzentnahme von Patricia Lambrecht beteiligt gewesen zu sein, obwohl man sein Haar im Sarg der Frau sichergestellt hatte. Aus seiner Sicht war es nachvollziehbar, dass er der langen Anklageschrift nicht noch den Mordvorwurf hinzufügen wollte. Und außer diesem einen Indiz war es ihrem Team bis dato auch nicht gelungen, einen Beweis für die Beteiligung an der Operation der jungen Studentin zu finden, die unweigerlich zu deren Tode geführt hatte. Zeugen, die gegen Nielsen aussagen wollten oder konnten, hatten sie bisher nicht auftun können. Auch die Seiferts schwiegen in diesem Fall beharrlich und belasteten ihren Komplizen nicht. Vielleicht betrachteten sie ihr Schweigen als eine Art

Wiedergutmachung, weil sie den Mann mit gefälschtem Videomaterial erpresst hatten, um ihn überhaupt erst dazu zu bewegen, bei den illegalen Transplantationen mitzumachen.

Die Mitglieder der anderen OP-Teams hatten sie bisher auch nicht ermitteln können. Der OK war es gelungen, den Mittelsmann ausfindig zu machen, der das Fachpersonal aus Osteuropa herangeschafft hatte, das neben den beteiligten Ärzten für die Durchführung der Operationen und die anschließende Nachversorgung der Patienten benötigt wurde. Allerdings hatte sich der Verdächtige der Verhaftung entziehen können.

Die fünf Frauen und Männer, die Jana mit ihrem Team in dem umgebauten Lkw verhaftet hatte, in dem die OPs durchgeführt wurden, hatten keine Angaben über die anderen Beteiligten machen können. Die Identitäten waren sämtlichen Akteuren unbekannt, sie alle arbeiteten unter einem Pseudonym. So war ausgeschlossen, dass sie sich gegenseitig verpfeifen konnten. Ein einfaches Mittel, aber effektiv, wie Jana zugeben musste.

Die zusammengetragenen Beweise würden dennoch für eine langjährige Gefängnisstrafe für das Ärztepaar Seifert und Jasper Nielsen ausreichen. Das verschaffte ihr Genugtuung, auch wenn es die vielen Menschen, die sie auf dem Gewissen hatten, nicht mehr lebendig machte.

Ein weiterer Wermutstropfen war der Umstand, dass es bisher auch nicht gelungen war, die Identität einer Person zu klären, die in Britta Seiferts Unterlagen nur als Body Broker auftauchte. Offenbar vermittelte Mrs. oder Mr. Unbekannt die gut betuchten Organempfänger an das Ärztepaar. Auch hier schwiegen die Seiferts beharrlich. Das BKA und Interpol bissen sich seit Wochen die Zähne aus, Informationen über die Vermittlerin beziehungsweise den Vermittler von gut betuchten auf Organspenden angewiesene Patienten mit dem äußerst zynischen Pseudonym zu beschaffen. Auch Maximilian Schindler, der Geschäftsmann aus Wien, dessen Tochter illegal eine Niere verpflanzt worden war und die sich mittlerweile wieder bester Gesundheit erfreute, hatte den Ermittlern nicht weiterhelfen können. Der Mann hatte lediglich ausgesagt, dass man ihn kontaktiert hatte. Leon Gruber, der Leiter der IT-Abteilung des FDZ, hatte bestätigt, dass man über die Patientendaten nur nach passenden Spendern und nicht nach potenziellen Empfängern gesucht hatte. Von daher war es weiterhin fraglich, wie die Organhändler an die Namen der Personen gelangten, die auf ein lebensrettendes Organ angewiesen waren. Im Fall Reinhold Brandt traten sie nach monatelanger Ermittlungsarbeit noch immer auf der Stelle. Der Mann war nach seiner spektakulären Befreiung untergetaucht und wie vom Erdboden verschluckt. Dasselbe galt für seine Ehefrau. Sie war noch vor der Befreiungsaktion aus ihrer Wohnung verschwunden, wie sie später ermittelt hatten.

Im Zuge der Vorbereitung auf den Prozess gegen Denise Gebauer, der Freundin des Gitarristen, hatten Spezialisten festgestellt, dass die Frau unter einer dissozialen Persönlichkeitsstörung litt. Die psychische Erkrankung zeichnete sich durch Missachtung sozialer Normen aus, den Betroffenen fehlte es oft an Schuldbewusstsein, und ihr Vermögen, sich in andere Personen hineinzuversetzen, war mitunter gestört. Vor allem verstanden die Erkrankten sich aber perfekt darauf, Menschen aus ihrem Umfeld zu täuschen und zu manipulieren.

Viele Merkmale trafen auf die junge Arzthelferin zu. Im Jugendalter hatten sich bereits erste Anzeichen der Erkrankung gezeigt, die sich später manifestierten. Dass sie sehr wahrscheinlich den Hund der Pflegefamilie umgebracht hatte, passte da leider perfekt ins Bild.

Sascha Schultheiss war der jungen Frau eigenen Angaben nach seit der ersten Begegnung buchstäblich verfallen. Obwohl Denise Gebauer die Liebe nie erwiderte, hatte sich der Bestattungshelfer immer der Illusion hingegeben, irgendwann einmal ihr Herz erobern zu können. Aus diesem Grund hatte er auch den ersten von ihr begangenen Mord gedeckt. Zwar hatten sich im Fall von Marion Hufnagel Skrupel bei ihm eingestellt, trotzdem war er zunächst nicht bereit gewesen, die Liebe seines Lebens ans Messer zu liefern. Dazu war er erst fähig gewesen, nachdem Henning ihm klargemacht hatte, dass Denise Gebauer ihm die Morde anhängen wollte. Der Mordversuch, bei dem sich Schultheiss bereitwillig als Lockvogel zur Verfügung gestellt hatte, war dann nur noch das i-Tüpfelchen, um ihn zur Besinnung zu bringen.

Daraufhin hatte er ihnen die Aufnahmen ausgehändigt, die Gebauer beim Mord an dem Unbekannten vor acht Jahren in Kiel zeigten. Die Techniker der KTU hatten das Foto so bearbeitet, dass die junge Frau darauf eindeutig als Täterin zu identifizieren war.

»Fahren wir nun fort mit dem Schlussplädoyer der Verteidigung.« Die Worte des Richters rissen Jana wieder aus ihren Gedanken.

Sie war gespannt wie ein Flitzebogen, wie Nielsens Anwalt versuchen würde, den Kopf seines Mandanten aus der Schlinge zu ziehen.

Nachwort

Lieber LeserInnen,

Organtransplantationen sind ein sensibles Thema, denn ohne jetzt den mahnenden Zeigefinger heben zu wollen, zeigt der sachliche Blick auf die Zahlen, dass die Spendenbereitschaft trotz der in den letzten Jahren öffentlich geführten Diskussion immer noch viel zu gering ist. So gab es in Deutschland im Jahr 2022 lediglich 869 Organspenden – die Zahl war im Vergleich zum Vorjahr rückläufig (wobei Corona da sicherlich eine nicht zu unterschätzende Rolle gespielt hat). 8496 Menschen standen hierzulande am Ende des Jahres immer noch auf der Warteliste, 743 Menschen sind gestorben, weil sie vergeblich auf ein Spenderorgan gewartet haben – die Zahlen habe ich der Internetseite www.organspende-info.de entnommen. Nachgewiesene illegale Transplantationen gab es in Deutschland von 2003 bis 2017 zwar gerade einmal 26, aber auch wenn mein Buch der reinen Fantasie entsprungen ist, dürfte die Dunkelziffer hier deutlich höher liegen.

Bei meinen Recherchen zum Manuskript habe ich immer wieder Sätze in der Form gelesen: »Ein Spenderorgan wollen alle haben, aber die Bereitschaft, selbst zu spenden, ist trotzdem gering«. Die o. g. Zahlen belegen das. Versetzt man sich in die Situation eines oder einer Wartenden, kann man vielleicht annähernd nachvollziehen, wie verzweifelt ein Mensch ist, wenn er lange Zeit auf der Warteliste steht und sich der Gesundheitszustand gleichzeitig massiv verschlechtert. Verfügt diese Person über die nötigen finanziellen Mittel, sind Tür und Tor möglicherweise weit geöffnet, um sich auf andere Art und Weise ein Organ zu beschaffen, so wie in »Totenhändler« beschrieben.

Auch wenn einige Aspekte der Geschichte einen realen Hintergrund haben, handelt es sich selbstverständlich um einen fiktiven Roman, alle in ihm vorkommenden Personen sind frei erfunden. Ähnlichkeiten und Übereinstimmungen mit lebenden oder realen Personen wären rein zufällig und sind nicht beabsichtigt. Außerdem möge mir das FDZ bitte verzeihen, dass es durch einen Mitarbeiter infiltriert wurde und Daten dort für meinen Roman gestohlen wurden. Auch diesen Vorfall hat es selbstverständlich nicht gegeben.

Das Schreiben des Buches hat mir wie immer unglaublich Spaß gemacht, und ich hoffe sehr, dass ich Ihnen einige spannende Lesestunden bescheren konnte. Die Geschichte wird am Ende erst zu einer runden Sache, weil es einige liebe Menschen gibt, die mich auf vielseitige Art und Weise unterstützen.

Da wäre zuallererst meine Lektorin Christine Weber. Ich kann dir gar nicht genug für deine Anregungen und Anmerkungen zu den Schwachpunkten des Manuskripts danken – es war dann doch mehr Klärungsbedarf, als ich dachte. Ich weiß, dass ich dich manchmal zur Verzweiflung treibe, und danke dir sehr für deine nie endende Geduld! Ich freue mich jetzt schon auf unsere nächsten gemeinsamen Projekte.

Ein noch so gutes Lektorat ist am Ende nur die Hälfte wert, wenn dafür der Fehlerteufel gnadenlos zugeschlagen hat und den Lesespaß hemmt. Deshalb danke ich Heidemarie Rabe ganz herzlich dafür, dass sie sich auf die Fehlersuche bei »Totenhändler« gemacht haben.

Auf Herz und Nieren prüfend – in diesem Zusammenhang ein besonders schönes Wortspiel – haben mein Autorenkollege Werner Pfeil und Beate Majewski wieder ganz hervorragende Arbeit geleistet. Ihr macht als Testleser einen grandiosen Job, und ich hoffe sehr, dass ich auch in Zukunft bei weiteren Projekten auf euch zählen darf.

Ein großes Dankeschön geht auch diesmal wieder an den Empire-Verlag: Was ihr als Team leistet, ist einfach großartig. Ich freue mich sehr, Teil der Empire-Familie sein zu dürfen.

An dieser Stelle möchte ich mich auch noch bei Anika und Bianka für das Schlusskorrektorat bedanken, ebenso bei Chris Gilcher für das tolle Cover und die Umschlaggestaltung.

Last but not least – danke an alle Buchblogger:innen und Leser:innen für die großartige Unterstützung, die ich von euch erhalte – vielen, vielen Dank!

Ebenso dürfen Sie mir gerne Lob, Kritik, Anregungen oder Verbesserungsvorschläge mitteilen. Schreiben Sie einfach an meine E-Mail-Adresse: aachenkrimi@gmx.de. Ich schreibe auf jeden Fall zurück.

Alle Informationen rund um meine Bücher finden Sie auch auf Facebook und Instagram:

facebook.com/frankesserautor/

instagram.com/frankesserautor/

Herzlichst, Ihr Frank Esser

Quellenverzeichnis

www.organspende-info.de

Bundeszentrale für gesundheitliche Aufklärung (BZgA), Maarweg 149-161, 50825 Köln Telefon: 0221/8992-0, Fax: 0221/8992-300, E-Mail: Poststelle@bzga.de Kommissarischer Leiter der Bundeszentrale für gesundheitliche Aufklärung (BZgA): Dr. Johannes Nießen

Für diese Website verantwortlich: Felix Vieth

Datenschutzbeauftragter: Volker Johann

Die Informationen, die sie auf unserer Webseite finden, werden regelmäßig aktualisiert und entsprechen dem aktuellen Stand von Wissenschaft und Politik.

Weitere Veröffentlichungen

Wir schweigen bis ins Grab
Empire-Verlag, August 2022

Julius Wellenbrink, ein renommierter Anwalt, stirbt unter mysteriösen Umständen. Kriminalhauptkommissarin Jana Brinkhorst wird schnell klar, dass der Mann ermordet wurde. Kurze Zeit später wird der erfolgreiche Immobilienmakler Patrick Sanddorn getötet, ein alter Weggefährte Wellenbrinks. Zufall? Jana Brinkhorst gräbt immer tiefer und findet immer mehr Hinweise, dass die Morde mit einem seit Jahren ungeklärten Verbrechen zusammenhängen könnten. Stück für Stück setzt sie die einzelnen Puzzleteile zusammen, um am Ende die gesamte schockierende Wahrheit ans Tageslicht zu bringen!

Der Auftakt der Jana-Brinkhorst-Krimi-Reihe ist ein in sich geschlossener Fall. Der Krimi ist eine Neuauflage und erschien ursprünglich unter dem Titel *Sühnepakt*.

Wenn Märchen sterben
Empire-Verlag, Oktober 2022

»Ich bin der Tod und ich bin die Erlösung.«

Mordalarm im Amphitheater im Hamburger Stadtpark! Kriminalhauptkommissarin Jana Brinkhorst und ihr Team sind als Erste am Tatort und machen eine außergewöhnliche Entdeckung. Die Leiche wurde als Rotkäppchen verkleidet und entsprechend des Märchens in Szene gesetzt. Im Korb des Opfers befindet sich eine Botschaft des Mörders, die die Ermittler vor ein Rätsel stellt.
Noch ehe die Ermittlungen richtig in Gang kommen, wird eine zweite Leiche entdeckt. Dieses Mal ist die Tote als Hexe aus dem Märchen Hänsel und Gretel verkleidet. Eine weitere Botschaft des Täters lässt keinen Zweifel daran, dass es sich hier um eine Mordserie handelt.
Bei der Suche nach Gemeinsamkeiten der beiden Opfer wird Jana Brinkhorst schnell fündig. Das Motiv des Täters jedoch bleibt weiterhin unklar. Während sie die Vergangenheit der beiden Frauen durchleuchtet, kommt es zu einer überraschenden Wendung, die die Ermittlungen in eine völlig neue Richtung lenken. Werden noch weitere Leichen folgen? Und was hat es mit den Märchenmorden auf sich?

Der zweite Teil der Jana-Brinkhorst-Reihe ist ein in sich geschlossener Fall. Beide Teile können unabhängig voneinander gelesen werden.

Das Todesflüstern der Raben
Empire-Verlag, September 2023

Die Hände waren wie zum Gebet auf dem Bauch gefaltet, zwischen die Daumen war ein schwarzer Papierrabe geklemmt worden.

Als der Rentner Frederik Hansen tot unter einer Hebebühne aufgefunden wird, ahnt Kriminalhauptkommissarin Jana Brinkhorst nicht, dass sie es mit dem gefährlichen Serienmörder zu tun bekommt, dessen Markenzeichen ein Origami-Rabe ist, den er an seinen Tatorten hinterlässt. Gemeinsam mit Hauptkommissar Karl Hansen, dem Neffen des Ermordeten, macht sie sich auf die Jagd nach dem sogenannten »Origami-Mörder« und dringt dabei immer tiefer in ein Netzwerk aus Rache und dunklen Geheimnissen ein.
Die Jagd nach der Wahrheit wird zu einem packenden Rennen gegen die Zeit, bei dem schon bald klar wird, dass die Verbindung zwischen den Opfern tiefgreifender ist, als es zunächst den Anschein hat.

Im dritten Band der Jana-Brinkhorst-Reihe müssen Jana und Hansen die tiefsten Abgründe der menschlichen Psyche erkunden. Doch werden sie rechtzeitig erkennen, wer die Fäden im Hintergrund zieht, bevor *Das Todesflüstern der Raben* das nächste Opfer fordert?

Die Lukas-Sontheim-Thriller-Reihe

Der Schmerzkünstler
Empire-Verlag, Dezember 2021

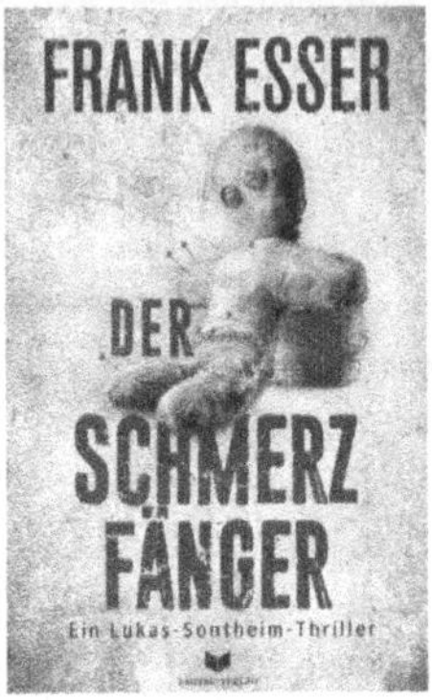

Der Schmerzfänger
Empire-Verlag, Dezember 2021

Der Schmerzflüsterer
Empire-Verlag, April 2022

Deine Sünde ist dein Tod
Empire-Verlag, April 2023

Weitere Informationen finden Sie auf der Website des Verlages:
https://www.empire-verlag.at/autoren/frank-esser/